Le Balcon au Lac

P. Saville Monks

Grosvenor House
Publishing Limited

This book is published by
Grosvenor House Publishing Ltd
Link House
140 The Broadway, Tolworth, Surrey, KT6 7HT.
www.grosvenorhousepublishing.co.uk

This book is a work of fiction. Any resemblance to
people or events, past or present, is purely coincidental.

A CIP record for this book
is available from the British Library

ISBN 978-1-83615-407-5

À ma femme, Sandra,
qui est sûre qu'elle aurait
dû naître française.

D'abord je tiens à remercier chaleureusement Louise Molamba. Elle m'a aidé à éviter de nombreuses erreurs et m'a suggéré plusieurs améliorations. Je tiens aussi à reconnaître que j'ai utilisé certaines lignes des paroles de "Both Sides Now" (parfois appelé "Clouds") par Joni Mitchell (traduit en Français par Alain Chevalier) car elles me semblaient tout à fait appropriées. J'ai également utilisé une recette dramatique du chef Marc Veyrat que je recommande vivement. La photo du "Roc de Chère" et les montagnes qui l'entourent, dont "Les Dents de Lanfon" sur la couverture, était prise par ma femme, Sandra.

Sommaire

Le Balcon au Lac

CHAPITRE 1
Jacques 1978 – 1999

"Jacques."

"Oui, patron."

"J'ai vu les essayages que vous avez mis au planning. Nous ne pouvons pas nous les permettre. Nous avons besoin de quelque chose de moins cher."

"Cela ne peut pas être fait, patron. Je sais que ça existe, mais en réalité, ce n'est tout simplement pas sûr. Vous savez que dans ces bâtiments près du canal, l'eau peut s'infiltrer n'importe où. Il n'y aurait pas de problème immédiat, sans doute, mais les trucs bon marché ne dureront pas."

"Quand même, nous ne pouvons pas nous le permettre et j'ai besoin que vous choisissez quelque chose de beaucoup moins cher."

"Je vais y jeter un œil mais je ne pense pas que ce soit possible, si l'on respecte les normes de sécurité."

"Fais-le Jacques. Fais-le."

Le patron soupire et s'éloigne. Je continue mon travail. Il me laisse tranquille jusqu'à la fin de la journée. Nous rénovons quelques appartements dans la vieille ville d'Annecy. Les bâtiments sont très anciens et n'avaient bien sûr pas d'électricité lors de leur construction. Le câblage a été ajouté plus tard et une grande partie semble avoir été réalisée à bas prix.

Très souvent, lorsqu'un immeuble change de mains, le nouveau propriétaire souhaite remplacer le câblage. Toute maison ou appartement vendu, doit légalement faire l'objet d'une évaluation si le câblage a plus de quinze ans. L'appartement dont je m'occupe actuellement, est au deuxième étage et ne pose pas vraiment de problème. Souvent les rez-de-chaussée et surtout les sous-sols sont humides, avec des murs qui ont tendance à s'effriter. Ce soir je travaille jusqu'à tard, ce que je fais volontiers tous les soirs où je n'ai pas de rendez-vous avec Sylvie.

Sylvie et moi, nous sommes rencontrés pour la première fois il y a environ six mois. Il y a un bar dans le quartier récent d'Annecy où je vais souvent après mon travail pour prendre un café ou une bière. Les cafés et bars de la vieille ville sont chers car on paie pour l'ambiance. Il vaut mieux être dans la partie la plus récente de la ville. Il est également vrai que si je travaille sur un immeuble dans la vieille ville, j'ai du mal à ne pas penser à mon travail alors que je prends un verre tout près. J'ai l'habitude d'aller au 'Bistro du Thiou' qui est un peu en retrait de la rivière. Il y a souvent un petit groupe de jeunes femmes. J'y étais allé plusieurs fois quand j'ai croisé le regard de l'une d'elles et elle m'a souri. Ce n'était peut-être pas remarquable, mais en sortant, elle m'a fait un sourire éclatant qui a affaibli tout mon corps. Puis elle est partie. Quelques jours plus tard, nous étions tous de nouveau là. J'ai décidé que d'une manière ou d'une autre, j'allais l'approcher. Cela devrait être simple. Elle m'avait montré sans équivoque qu'elle était intéressée. C'est un étrange paradoxe que je trouve dans le fait d'approcher les femmes. Plus j'ai envie de le faire, plus cela devient difficile. Elle passe devant ma table. J'ai le sentiment que c'était en fait pour m'aider à faire une passe.

"J'aime ton pull" dis-je. Ma voix me paraissait étrange.

"Oui, c'est joli, n'est-ce pas" dit-elle. "C'est du cachemire. Je l'ai acheté à Milan."

Elle s'est assise nonchalamment à ma table. C'est comme ça que ça s'est passé. Je peux honnêtement dire que c'est elle qui a pris l'initiative. Elle n'aurait pas pu plus me faciliter la tâche. Je me demande pourquoi je trouve ce genre de chose si difficile? Tant d'hommes semblent avoir une confiance suprême. Nous avons discuté de rien pendant environ une demi-heure et nous avons convenu d'un rendez-vous dimanche. Cela s'est passé il y a plusieurs mois.

Maintenant c'est le dimanche après l'échange avec le patron sur les installations électriques. Je suis sur une crête du Roc de Chère surplombant le Lac d'Annecy. Je suis venu ici pour essayer de résoudre mon dilemme, même si au fond je sais qu'il n'y a qu'une seule réponse. Je suis électricien et je travaille dans une entreprise de construction. Heureusement je travaille un peu en indépendant. Je ne suis pas entièrement dépendant du travail dans l'entreprise. Je sais que nous n'allons pas bien en ce moment. Tout le monde le sait. Il existe de sévères restrictions sur la construction autour du lac d'Annecy et la concurrence est énorme. J'ai obtenu le poste il y a quelques années et j'ai été ravi d'être accepté. Le patron de l'époque était un homme âgé, doté d'un grand sens de l'humour et capable de transformer n'importe quel petit revers en quelque chose de positif. Il écoutait toujours patiemment un problème et parvenait généralement à trouver une solution simple. Il avait récemment pris sa retraite et l'entreprise était désormais dirigée par son fils qui n'était qu'un imbécile gonflé, qui semble penser que chaque problème appartenait à quelqu'un d'autre. Depuis qu'il a pris la relève, l'entreprise était en déclin et il souhaitait que je fasse des compromis sur la qualité de l'installation électrique. Je ne pensais pas pouvoir faire ça. Ce ne serait pas sécuritaire, mais je savais que si je m'en tenais à mes positions, mon travail serait en jeu. Personne n'aime se faire virer, surtout quand on pense avoir raison. J'étais venu à cet endroit pour mettre les choses au clair dans mon esprit.

Le Roc de Chère est une réserve naturelle qui surplombe le lac et jusqu'à ce moment je n'avais pas réalisé quelle impression cela m'avait fait. Je suis né et j'ai grandi dans la ville d'Eymoutiers sur la rivière Vienne et quand j'étais enfant, je suis souvent allé au Lac de Vassivière avec ma famille pour pique-niquer ou se baigner. Le Lac de Vassivière est entouré de terrains vallonnés ici et là, mais assez plats. C'est un beau paysage. Il y a beaucoup d'arbres et on voit souvent des poneys sauvages en liberté mais cela ne m'a pas préparé au Lac d'Annecy. C'est autre chose, magnifique, presque entièrement entouré de montagnes, et des plus belles montagnes en plus.

Comme j'ai grandi à Eymoutiers, il me faut maintenant vous raconter mon parcours et comment se fait-il que je sois arrivé à Annecy. Eymoutiers était une ville importante au Moyen Âge et possède de nombreux et beaux édifices. Comme la population est en déclin depuis lors, il ne s'agit pas d'un endroit avec un grand nombre de nouveaux bâtiments et conserve donc, une grande partie de son charme d'antan. La rivière Vienne est très jolie et forme une douce courbe au nord de la ville. Ceci est quelque peu gâché par le chemin de fer et la gare, qui séparent la ville d'une grande partie de la rivière voisine. Je suppose qu'il est nécessaire pour toute ville de suivre l'ère moderne et c'est un petit sacrifice à faire pour un accès ferroviaire facile à Limoges.

Mon meilleur ami est Georges Barbier. Nous avons joué ensemble avant l'âge scolaire et étions dans la même classe tout au long de la scolarité. Lorsque nous étions jeunes enfants, l'endroit où nos mamans nous emmenaient le plus souvent était le parc du Pré Lanaud. Il y aurait nous six; mon frère Jules et moi, Georges et son frère Gérard qui était plus jeune que Jules mais plus âgé que Georges et moi, et bien sûr, nos mamans qui étaient de bonnes amies. Le parc fait à peu près un hectare. Il se trouve à l'est de la ville, avec accès par une jolie petite passerelle au-dessus de la Vienne. Pendant qu'on se trouve dans le parc, on peut se promener le long de la rivière avec une belle vue sur l'église Saint-Étienne. Quand nous étions plus grands, nous prenions la même passerelle pour nous rendre à l'école. Nous traversions le parc vers le nord et prenions un chemin sous la voie ferrée.

Bien que loin d'être stupide, Georges n'avait pas l'esprit académique. Il ne souhaitait rien de mieux que de quitter l'école et d'avoir un travail simple, raisonnablement bien rémunéré. Georges comprenait instinctivement l'argent; l'offre et la demande. Il était très doué pour acheter de petites choses à la mode et les transmettre avec profit. Il pouvait s'agir de paquets de cartes à jouer ou de jeux de dés de poker; généralement de petits objets facile à gérer. Moi, j'étais enclin à la science. Même avant qu'on nous en enseigne officiellement, j'étais fasciné par le va-et-vient de la balançoire ou par la façon dont le soleil change de couleur tout au long de la journée. Nos différents points de vue sur l'éducation ne posaient aucun problème à notre amitié et nous avons passé beaucoup de temps ensemble.

J'avais treize ans lorsque ma mère est tombée malade. Ma mère a été emmenée à l'hôpital Dupuytren à Limoges. L'hôpital était presque neuf à cette époque, très grand et intimidant. Mon père, pour une raison qui ne m'est encore claire, a pensé que je devais partir pendant que lui et Jules pouvaient rendre visite à maman à l'hôpital. Bien sûr je me rends compte maintenant, qu'elle était très malade et qu'il pensait que j'étais trop jeune pour en voir les conséquences. Cela me donne toujours l'impression d'être exclu d'un événement majeur de ma vie. Jules était plus âgé à dix-sept ans et je vois que mon père ne pourrait pas l'empêcher de rendre visite à maman. Sa solution à ce qui était, à mon avis, son problème était de m'envoyer en vacances avec un vieil ami de la famille.

C'était chez les Diacre qu'on m'envoyait. Antoine et Anne Diacre n'ont qu'un seul enfant, une fille Catherine; treize ans, le même âge que moi. J'avais vu son nom sur des cartes envoyées par la famille mais je ne savais rien d'elle. C'est une situation curieuse mais ma famille (les Parisel) entretient une relation particulière avec les Diacre qui remonte à plusieurs générations. Ils ne se sont jamais mariés entre eux mais à chaque génération, l'épouse d'une famille a été présentée comme la meilleure amie d'un membre de l'autre famille. Ainsi ma mère, Françoise était la meilleure amie de Marie Diacre, qui était la sœur d'Antoine et la tante de Catherine. L'histoire qui s'est transmise dans les deux familles, est que cela a toujours été ainsi et qu'il en sera toujours ainsi. On peut en effet, démontrer que cela est vrai sur une période de plus de cent ans. Au fil des générations, cela a rendu les familles très proches à certains égards, même si les contacts réels ont été limités. Je n'avais jamais rencontré les Diacre même si j'avais vu plusieurs cartes postales de vacances. Les Diacre vivaient en Haute Savoie. Mon père leur a demandé de me loger chez eux à Écharvines, près du lac d'Annecy. Je n'avais pas mon mot à dire et si je l'avais eu, je m'y serais opposé avec véhémence. À treize ans, j'y suis allé sans avoir le choix.

Maman va à l'hôpital et moi, je vais à Écharvines chez les Diacre. C'était une maison ancienne de trois grandes chambres située entre une belle montagne 'Les Dents de Lanfon', et une réserve naturelle 'Le Roc de Chère'. Il y avait un jardin à l'arrière avec quelques petites granges. Même s'il n'était qu'à quelques centaines de mètres du lac, il n'était pas possible de le voir, mais les montagnes du côté ouest du lac étaient frappantes. Cela semblait être un cadre idyllique. Une caractéristique étrange de la maison était son extension. C'était une pièce pas très grande mais avec un toit très complexe; une pyramide à cinq côtés, avec un sommet de cinq panneaux triangulaires. Ceux-ci se glissaient les uns derrière les autres de manière à pouvoir ouvrir jusqu'aux quatre cinquièmes du toit. Il pourrait également pivoter afin que la section qui n'était pas ouverte sur le ciel puisse être modifiée. Cela semblait inutilement compliqué. J'en ai parlé à Mme Diacre.

"Oui Jacques" dit-elle. "C'est compliqué et c'était très cher. La raison pour laquelle nous l'avons installé est à cause des deltaplanes et des parapentes. Ce n'est pas leur intention mais il est impossible de profiter du soleil dans le jardin sans se sentir presque espionné. Parfois, il peut y avoir une douzaine de personnes au-dessus de nous. Bien sûr, les gens ne nous regarderont pas réellement, mais il est impossible de ne pas se sentir envahi. Ce toit est compliqué mais il nous permet de capter le soleil sans ressentir cette intrusion car la partie du ciel avec les planeurs peut être masquée." Comme je l'ai découvert, le ciel pourrait en être rempli de dizaines, surtout le week-end.

Je ne suis pas une personne extravertie, plutôt réservée et généralement lente à me faire des amis, mais Catherine et moi, nous sommes immédiatement entendus. Peut-être qu'en tant qu'enfant unique, elle trouvait exaltant d'avoir quelqu'un de son âge sous le même toit. Pour ma part, elle avait un rire contagieux et un sourire particulier, difficile à décrire mais un peu déséquilibré et pensif; comme si, 'oui la vie est amusante mais qu'il fallait y réfléchir'. Pour une raison quelconque, nous étions inséparables. Nous allions partout ensemble. Nous prenions des vélos et parcourions des kilomètres. La rive est du lac est montagneuse. Les routes sont escarpées et le vélo est un travail difficile. De l'autre côté du lac c'est beaucoup plus facile. Il y a une piste cyclable séparée de la route, qui était autrefois une voie ferrée à voie unique. Ainsi, toutes les pentes raides ont été nivelées, faisant du vélo un véritable plaisir. Nous avons réussi à y arriver un jour mais c'est loin d'Écharvines et cela implique, par endroits, de prendre la route principale qui traverse Annecy même, ce qui est beaucoup moins amusant. Il est prévu d'étendre la piste cyclable tout autour du lac. Pour le moment cependant, faire du vélo sur la rive est du lac est un travail difficile.

Nous avons aussi beaucoup erré sur les sentiers de montagne. Catherine m'a emmené dans tous les endroits qu'elle aimait le plus. Il y avait une cascade dont je ne me souvenais pas du nom jusqu'à ce que je la revisite récemment; 'La cascade d'Angon'. On peut se promener derrière l'eau qui tombe sans se mouiller, ou du moins seulement quelques gouttes. Sur le même chemin, il y a un joli pont qui enjambe un petit ruisseau. L'endroit que nous avons le plus aimé était une certaine crête du Roc de Chère qui surplombe le lac et offre une vue étendue sur les villages de l'autre côté du lac, dont le Château de Ruphy peint par Cézanne. Je suis tombé amoureux de cette petite crête. Je l'ai baptisée 'Le balcon au Lac' car on pouvait voir tout un panorama comme depuis un balcon. Lorsque j'ai dit à la mère de Catherine où nous sommes allés, elle a semblé très inquiète.

"C'est très dangereux, tu sais, Jacques. Des gens sont morts en sautant de la falaise."

J'ai regardé Catherine et j'ai souri. "Ouais, Ouais" pensais-je.

Quand nous étions seuls, Catherine a admis qu'il était vrai que des gens s'y étaient noyés en plongeant depuis les falaises et que si l'on est dans le lac, en train de nager ou de faire du bateau, depuis l'eau on peut voir des plaques commémoratives à certaines des personnes qui y sont mortes et aussi un avertissement concernant les serpents. Je ne me suis pas laissé inquiéter. Je n'allais pas plonger de la falaise et je pensais que les serpents se tiendraient bien à l'écart des sentiers ouverts. Catherine a trouvé que 'Le balcon au lac' était un joli nom pour notre endroit spécial et nous y sommes allés fréquemment pendant mon séjour. J'étais heureux. La vie était belle. Puis la catastrophe frappe. Ma mère meurt.

Le père de Catherine m'a ramené à Eymoutiers. Quand nous sommes arrivés, les choses étaient traumatisantes. Mon père s'est effondré mentalement. Il s'est affalé dans un fauteuil. Il semblait incapable de parler, encore moins d'être constructif. Antoine Diacre a fait des remontrances gentiment auprès de son – son, (disons, presque) beau-frère.

"Ressaisis-toi, Pierre, je sais que c'est pénible à accepter, mais il faut l'accepter. J'aiderai Jules à faire tous les arrangements avant mon départ. Tu dois endurer la situation et passer à autre chose."

Il est resté quelques jours. Comme il a dit, il a aidé Jules à organiser les funérailles. Puis il est parti. C'était le signal pour que Jules me devienne très désagréable.

"C'est OK pour toi n'est-ce pas Jennifer. Oui! Tout va bien pour toi. Hein?" Commença-t-il.

J'ai immédiatement su que des problèmes allaient arriver. Quand nous étions plus jeunes, il m'appelait 'Jennifer' quand il voulait me taquiner. Ce n'est pas qu'il m'accusait d'être une petite fille ou d'être mouillé. C'est une corruption de 'Jeune Frère' qui, il le sait, m'exaspère. Dans le passé il pouvait me faire piquer une crise de colère avec ça. J'avais depuis longtemps dépassé cette réaction, mais le fait qu'il ait ramené cette phrase du passé signifiait qu'il s'en prenait à moi. Sans aucun doute des problèmes se préparaient.

"Mais oui" continua-t-il, "en vacances dans les Alpes alors que moi, j'ai passé le dernier mois à regarder maman mourir lentement. Tu peux le nier, mais ah oui, tu t'es bien amusé."

J'étais dévasté. Il était vraiment méchant. Je suppose qu'il avait vraiment eu du mal à supporter de voir maman descendre la pente. Le pire était qu'il avait raison. Le dernier mois était le plus heureux dont je puisse me souvenir et pendant tout ce temps, ma mère était en train de mourir à l'hôpital. Cela ne servait à rien de penser que je n'avais pas envie d'y aller en premier lieu. En effet, je ne voulais pas y aller mais depuis mon arrivée à Écharvines, honnêtement, je n'avais presque jamais pensé à maman. Je me sentais mal. Il serait inutile de répondre. Il n'y avait rien d'atténuant à dire. Alors je n'ai rien dit. Le silence semblait durer des siècles. Et soudain, ça lui est arrivé. Il avait l'air plus fou que je ne l'ai jamais vu. Avant que je puisse bouger d'un pouce, il me frappe; dur, en dessous de l'œil gauche. Je suis projeté en arrière contre le mur par le pouvoir. Immédiatement il parut horrifié, voire humilié. Son visage s'est froissé et il est parti sans dire un mot. L'ecchymose est apparue immédiatement et était très impressionnante dans le miroir. Le lendemain, lorsqu'on m'a demandé ce qui s'était passé, j'avais bien sûr trébuché et malheureusement je suis tombé contre le coin de la table. Je pense que les gens me croyaient car il n'y avait jamais eu de violence auparavant dans notre famille. Mais papa – papa? – il n'a même jamais demandé. Il était assis là dans son fauteuil, l'air d'une blancheur mortelle. Il n'a rien fait ni dit. Le lendemain, Jules était: s'excuser est un mot trop doux: il était horrifié d'avoir pu me frapper comme ça. Cela ne s'est plus jamais reproduit. Je lui ai assuré que j'allais bien. J'ai souligné que nous étions tous très stressés. Je pense que seulement pour faire durer la conversation, il a dit combien il était inquiet pour papa.

"Il reste là, jour et nuit, sans dire un mot. Je pense que ce serait mieux s'il prenait la bouteille ou commençait à se droguer pour essayer de s'en sortir, mais il est tout à fait passif, une épave totale. Cela ne peut pas continuer."

Mais ça continue comme ça. Il va au lit. Il se réveille. Il va au travail. Il rentre chez nous. Il reste sur sa chaise. Il se couche…Jour après jour, mois après mois…Entre nous, Jules et moi devions faire le ménage &c. Non seulement tout ce que maman faisait, mais aussi tout ce que papa faisait. Il aidait maman dans les tâches ménagères générales mais maintenant il restait assis là, hébété. Ils ont dû être très patients sur son lieu de travail car je ne crois qu'il aurait pu faire n'importe quoi. Un an passe sans aucun changement. Je reçois un mail de Catherine m'annonçant que son père a bénéficié d'une promotion mais cela nécessite un déménagement à Toulouse, puisqu'il prendra en charge la partie sud-ouest du cabinet. Nous sommes restés en contact par courriel mais très rarement, peut-être une ou deux fois par an. Le moment était venu pour Jules de passer son baccalauréat et j'étais inquiet pour lui. Il s'est avéré que je n'aurais pas dû m'inquiéter. Il a réussi à s'en sortir à merveille. Il passe son bac avec brio et est admis à l'Université de Limoges pour étudier l'Histoire. Limoges est une sorte d'université moyenne, loin d'être parmi les meilleures mais pas mauvaise quand même. Il serait près de chez nous et il était ravi d'avoir cette place. J'étais plus enclin à la science. Le Collège Georges Guingouin, à Eymoutiers, obtenait de bons résultats à cette époque et mes études semblaient plutôt bien se dérouler. Je pensais étudier la physique. Georges mon meilleur ami, voulait trouver un travail au plus vite possible et quitter Eymoutiers pour une grande ville; pas Paris mais Marseille ou peut-être Lyon. Il favorisait Marseille.

Papa s'est légèrement amélioré. Il avait toujours l'air malade mais il en faisait un peu plus et nous parlait de temps en temps. Quatre ans s'étaient écoulés depuis le décès de maman. C'était à mon tour d'arriver au baccalauréat. C'est le matin du quatrième anniversaire de la mort de maman. Papa ne s'est pas levé à l'heure habituelle pour le petit-déjeuner. Jules entre dans sa chambre et m'appelle doucement. Il y a une bouteille de cognac vide sur la table de chevet et un grand paquet vide de somnifères à côté. Jules le prend très calmement. Il prend toutes les dispositions nécessaires.

Je ne pensais pas que cela affecterait mon travail scolaire, mais ma mémoire semblait me faire défaut à certains moments. Quand j'ai passé mon bac, je ne semblais me souvenir de rien et j'ai lamentablement échoué. Je me souviens que l'examen pratique de physique était un problème particulier. Les élèves ont tous reçu le matériel nécessaire pour mesurer la chaleur latente de la glace. J'avais déjà réalisé cette expérience et j'aurais dû savoir exactement quoi faire. Mon esprit était vide. Je ne pouvais penser à rien. Je voyais tous les autres étudiants faire leur travail, mais rien ne vient. Ma mémoire ne fonctionnait tout simplement pas. Je savais la vraie réponse. La réponse est 334 joules par gramme mais je ne me souvenais pas quoi faire. Tout ce que je pouvais faire c'était griffonner des calculs illisibles sur le papier et écrire une réponse proche de la bonne (j'ai choisi 329) à la fin du gribouillage. Je ne m'attendais pas à obtenir des points. À peine l'examen est-il terminé que ma mémoire est revenue et je m'ai rappelé exactement ce que j'aie dû faire. J'ai trouvé ça incroyablement déprimant.

Catherine, ayant bien sûr le même âge que moi, passait aussi son bac. Un peu plus tard elle m'a envoyé un email. Elle avait une place à la Sorbonne. Ouah! C'était une réussite. Je l'ai chaleureusement félicitée. En même temps, cela semblait accentuer mon échec abject. Cet échec à obtenir une place à l'université m'a laissé dans un dilemme. Pendant un certain temps, Je me sentais perdu, ne sachant pas quoi faire. Je ne voulais pas repasser le bac, même si j'étais sûr que j'y arriverais bien. Je n'en avais tout simplement pas le courage. Après mûre réflexion et discussion avec Jules et Georges, nous avons eu l'idée d'une formation professionnelle d'électricien. J'ai postulé et j'ai été accepté en CAP de deux ans à Limoges. C'était assez près de chez nous et semblait être une bonne réponse à mon problème. Georges quittait l'école et trouvait, presque immédiatement un emploi dans une entreprise lyonnaise qui rachète des biens en faillite. C'était un poste très junior mais il l'a trouvé tout à fait dans ses cordes et était convaincu qu'il pourrait gravir les échelons.

Hormis la poursuite de l'apprentissage, très peu m'a affecté pendant mes deux années de CAP. L'essentiel est que Jules trouve un emploi comme professeur d'histoire dans une école de Provence. Cela veut dire que je suis seul dans la maison. Pendant que Jules et moi vivions là-bas, nous avions gardé la maison en marche grâce à l'argent que les décès de papa et maman avaient mis à notre disposition. Maintenant que Jules n'habitait plus là, il serait tout à fait raisonnable qu'il ne paie pas. Cependant, il a volontiers accepté de payer sa part jusqu'à ce que je gagne ma vie. Nous avions alors prévu de vendre la maison et partager l'héritage; en fait suivre notre propre chemin. Durant cette période de ma formation, Georges a gagné la confiance de la haute direction de son entreprise et a reçu une promotion à un poste avec une responsabilité limitée pour les achats de certaines catégories de marchandises. Catherine était toujours à la Sorbonne et, à en juger par ses courriels occasionnels, elle adorait Paris.

J'étais un étudiant extrêmement consciencieux. J'étais méticuleux dans tout que je faisais. J'ai pris l'électricité très au sérieux estimant que c'est une source d'énergie dangereuse. Il serait essentiel de prendre de bonnes habitudes, car changer quelque chose qu'on a bien appris est très difficile. Il existe un grand nombre d'exigences légales pour les installations électriques et je les ai toutes apprises, jusqu'aux notes de bas de page ou réflexions après coup. Être électricien est un métier pratique. J'ai pris soin de noter les différentes façons dont les personnes avec qui j'ai travaillé, ont abordées questions pratique, comme gérer les coins inaccessibles ou travailler avec très peu de marge. J'ai énormément apprécié le cours et au final j'en suis sorti avec une qualification qui a reçu une note de mérite. Jules était en Provence. Georges était à Lyon. Je me sentais vraiment seul. Je suis une personne réservée. Même si j'ai évidemment rencontré quelques personnes et eu quelques rendez-vous avec des filles, après deux ans j'ai découvert que je n'avais pas de nouveaux amis. Lorsque ma classe de l'année s'est qualifiée, nous avons bien sûr organisé une soirée de célébration, mais le lendemain, j'étais seul. J'avais avant tout, besoin d'un travail.

Ensuite, j'ai eu une chance inouïe. Il y a un bar sportif à Limoges qui diffuse du rugby lorsqu'il y a un bon match. Je ne suis pas un grand fan mais j'aime suivre les cinq nations. Il y a des spéculations selon lesquelles l'Italie pourrait joindre et en faire une compétition à six nations. Je suis tout à fait favorable à cela. Six nations rendraient les calendriers beaucoup plus équilibrés. Quoi qu'il en soit, le week-end où je viens de terminer ma formation, le bar des sports de Limoges diffuse le match France-Angleterre au Parc des Princes. J'y vais pour voir le match. Je suis assis à une table avec une carafe de vin blanc. Sur une table voisine, je remarque qu'il y a un homme d'une soixantaine d'années, tout seul, assez élégant, qui regarde le match mais qui semble en même temps un peu préoccupé. Je n'y pensais pas beaucoup à ce moment-là. Je ne fais que regarder le match, qui se déroule dans les dernières minutes de la première mi-temps. Les scores sont à égalité à sept partout. D'un coup, l'équipe de France réalise une belle combinaison. Il y a un faux mouvement de ciseaux suivi des vrais ciseaux et un coup de pied joliment jugé, récupéré par l'aile; un essai merveilleux. Beaucoup de gens dans le bar sont debout et je découvre que moi aussi. À la mi-temps, personne n'écoutait vraiment les experts analyser ce qui s'était passé. L'homme à la table voisine s'est penché vers moi et s'est présenté.

"Je m'appelle Claude" dit-il.

"Jacques" j'ai répondu.

"Tu étais très enthousiaste par ce dernier essai" a-t-il poursuivi. "Tu es donc fan de rugby?"

"Pas vraiment. Je me tiens au courant des cinq nations mais je ne soutiens pas une équipe de club."

"C'est un peu comme moi" dit-il. "J'apprécie les internationaux, surtout avec les équipes de l'hémisphère sud."

"Oui les All Blacks sont magnifiques à regarder" je l'ai admis.

Je lui ai offert un verre de mon vin et il a accepté avec gratitude. Il m'a ensuite demandé ce que je faisais et je lui ai raconté le décès de papa, comment j'avais échoué le bac et que je venais récemment d'obtenir mon diplôme d'électricien. La conversation a continué mais j'ai commencé à me sentir un peu mal à l'aise. Plutôt que de bavarder, il semblait me sonder; il essaie, si l'on peut dire, de voir ce qui m'a motivé. Puis la seconde mi-temps a commencé et nous avons regardé le match. C'était un bon match. Les arrières français étaient meilleurs que les anglais mais les attaquants anglais avaient l'avantage. Vers la moitié de la seconde période, ils ont forcé un essai sous les poteaux. C'était un coup de pied facile. 14 partout et c'est comme ça qu'il s'est terminé. C'était décevant car c'était un match à domicile et nous avions mené presque tout le temps. Je me suis levé pour partir.

"Ne pars pas encore, Jacques" dit Claude. "Je voudrais discuter de quelque chose avec toi." Cela semblait étrange mais je me suis assis et je l'ai écouté.

"Tu vois, j'ai besoin de toute urgence d'un électricien en ce moment. Je suis patron d'une petite entreprise de bâtiment à Annecy. C'est vraiment petit. Je n'utilise qu'un seul électricien. Olivier est avec moi depuis toujours mais je viens d'apprendre qu'il a été impliqué dans un accident de voiture. Il est hospitalisé à Genève. On dit qu'il ne pourra pas travailler pendant au moins trois mois, voire plus. Il a le même âge que moi. Nous étions à l'école ensemble. Je suis presque certain qu'il prendra sa retraite, même s'il peut revenir au bout de trois mois. J'ai été impressionné par ce que tu m'as dit sur toi-même. Nous voici, par hasard. Tu es électricien et tu as besoin d'un emploi. Je suis constructeur et j'ai besoin d'un électricien. Et si nous parlions?"

"Annecy!" j'ai répondu. "J'ai passé un mois dans la région quand j'avais treize ans. Continue certainement à parler."

"Je peux te garantir trois mois. C'est une bonne période d'évaluation. Si au bout de trois mois ou même après, Olivier veut revenir, il faudra que tu partes. Je lui dois. S'il ne veut pas revenir et que je pense que tu es à la hauteur, tu as un emploi permanent. Qu'est-ce que tu en pense?"

"Claude" je dis, "tu es un ange gardien."

"Jacques" répondit-il, "tu m'as sauvé la vie. Au fait, comment se fait-il que tu étais dans la région d'Annecy à treize ans?" Je lui ai raconté l'histoire sans trop de détails mais j'ai mentionné les Diacre.

"Je les connaissais" dit-il. "Ils ont déménagé quelque part dans l'ouest, à Bordeaux je crois."

"Toulouse" j'ai accepté. "Il a été promu."

"J'ai fait pour eux une extension compliquée, car Madame Diacre trouvait les parapentes très intrusifs si elle prenait un bain de soleil dans le jardin."

"C'était toi?"

"Oui, je l'ai conçue moi-même."

"Claude" dis-je, "j'adorerais travailler dans ton entreprise. Donne-moi demain pour régler quelques affaires, lundi pour voyager et je peux commencer mardi."

"Il te faudra un endroit où loger, Jacques, tu peux rester chez moi un moment. Nous avons une chambre libre. Dix jours seulement, disons, car nous la gardons pour le moment où ma fille viendra chez nous. Tu peux rester chez nous dix jours, le temps de trouver un endroit."

Nous nous sommes donc séparés, Claude et moi, en nous tutoyant très amicalement. Deux jours plus tard j'arrivais à Annecy. La maison de Claude était rue Capitaine Baud à Annecy-le-Vieux. Son épouse Marie était absolument charmante et m'a accueilli comme un fils. La chambre qu'elle m'avait préparée était impeccable et offrait une vue sur le Mont Veyrier, l'une des montagnes les plus basses qui entourent le lac. Je savais que c'était la chambre qu'ils gardaient à disposition pour leur fille, donc je devais trouver un autre endroit rapidement. Je ne savais pas où serait le meilleur. L'entreprise de Claude, Desplaces & Cie, avait un bureau dans le quartier des Romains à Annecy. Faute d'une meilleure idée, j'ai cherché quelque part dans ce quartier et j'ai très vite trouvé un studio. Ce n'était en réalité qu'une chambre, mais elle disposait d'une douche, d'un coin cuisine, d'un lit et d'une table avec deux chaises. Pas grand-chose mais je n'avais pas besoin de grand-chose. C'était assez bon marché entre la rue des Alpins et la voie ferrée. Je l'ai récupéré avant qu'il ne disparaisse du marché.

Je faisais du bon travail sans aucune erreur désastreuse. Le passage de l'apprentissage à l'exercice réel d'un travail peut être dur mais j'ai très bien géré le changement. Olivier est sorti de l'hôpital mais il n'a pas encore suffisamment récupéré pour se déplacer beaucoup. Claude lui rend visite à son domicile. J'ai donc toujours un travail. Un mois plus tard, je suis arrivé au bureau un jour et il y avait là un homme avec

Claude. Il était assis sur une chaise avec une canne à côté de lui. C'était une canne qui, en bas, se divise en un petit trépied pour donner une plus grande stabilité; ceux fournis par les hôpitaux. J'ai su tout de suite que c'était Olivier. Je n'ai pas attendu l'introduction.

"Olivier! Je suis si heureux de vous rencontrer" j'ai dit. "Je m'appelle Jacques. Comment se passe la guérison?" En toute vérité, je voyais qu'il n'était pas en état de revenir au travail. Il était blanc comme un linge et de temps en temps, une grimace traversait son visage alors qu'un pincement désagréable le frappa.

"Oh! Cela avance lentement" a-t-il dit. "Je suis heureux de vous rencontrer, Jacques. Claude m'a beaucoup parlé de vous. Je devrais probablement laisser Claude vous le dire lui-même, mais il ne le ferait pas. Il est ravi de votre travail. Il dit que maintenant, il ne vous laisserait pas partir même si je revenais. J'aimerais pouvoir le faire" a-t-il poursuivi, "mais je peux à peine marcher. Je suis bien dans la soixantaine. Je dois malheureusement prendre ma retraite. C'est du bon sens."

Maintenant que j'avais un travail à Annecy et que Jules en avait un en Provence, il était temps de vendre la maison dans laquelle nous avions grandi. Cela s'est avéré très difficile, bien plus difficile que je ne l'imaginais. Elle contenait tellement de souvenirs. Chaque pièce contenait des objets dont nous n'aurions peut-être pas besoin mais qui nous manqueraient. C'était l'idée de ne plus jamais revoir autant de notre vie passée. Des petites choses dont je n'aurais jamais pensé qu'elles avaient de l'importance. Le bain d'oiseaux dans le jardin; la douche puissante dans la salle de bain; la vue depuis la fenêtre de ma chambre, tout d'un coup ces choses semblaient avoir une importance ridicule. Cependant, nous nous sommes réunis un week-end et nous avons décidé de ce que nous devions garder, de ce que nous devions jeter et de ce que nous espérions pouvoir vendre. La plupart des meubles nous mettons en magasin, car l'un de nous en aurait probablement besoin. Des choses comme les rideaux nous laissons, en partie pour que la maison ne paraisse pas nue lorsque des acheteurs potentiels viendraient la voir et aussi parce qu'un acheteur pourrait très bien être reconnaissant pour des objets faits sur mesure et qui n'étaient pas trop en mauvais état. Jules avait déjà emmené la voiture de papa en Provence, car il faisait une vingtaine de kilomètres de trajet depuis le lieu qu'il louait jusqu'à l'école. J'ai pris quelques petits tableaux qui iraient bien dans ma chambre à Annecy.

Dans le loft, nous avons trouvé une valise contenant les vieilles photographies habituelles. Au-dessus des photos il y avait une enveloppe contenant une lettre. Elle datait d'environ un mois avant que maman n'entre à l'hôpital. C'était adressé à papa par un certain Henri Roussel. Le nom me semblait un peu familier mais je n'arrivais pas à le situer. Jules n'en était pas sûr, mais il pensait que Roussel était un collecteur de loyers qui venait à Eymoutiers environ une fois par quinzaine, pour percevoir les loyers ou inspecter les propriétés appartenant à une entreprise de Limoges. Il savait que papa le connaissait mais ne pensait pas qu'ils étaient amis. Cela semblait confirmé par le caractère très formel de la lettre.

Monsieur,

Je dois m'excuser pour cette intrusion, que j'espère n'est pas nécessaire. Il y a six semaines, j'étais au supermarché et j'ai vu votre femme s'effondrer. Naturellement, je suis allé à l'aider mais elle s'est rétablie très rapidement. Elle m'a spécifiquement demandé de ne pas vous le dire. J'ai accepté ça. C'est pourquoi je me sens si mal à l'idée d'écrire cette lettre. Je le fait parce que lors de mes deux dernières visites, je l'ai encore vue souffrir d'une douleur évidente qui semble être pour peu de temps seulement. Elle est ensuite allée à la Pharmacie, j'imagine pour acheter des analgésiques. Ce ne sont pas mes affaires et elle m'a demandé de ne pas vous le dire. Néanmoins je sens que c'est ce que je dois faire, car je crains qu'elle ne soit très malade et qu'elle vous le cache.

Veuillez agréer, Monsieur, l'expression de mes sentiments amicaux.

Henri Roussel

Jules et moi nous sommes regardés, sachant ce que nous pensions tous les deux. Même si nous ne pouvions pas en être sûrs, il semblait que la raison pour laquelle papa avait si mal pris la mort de maman et s'était finalement suicidé, était qu'il se sentait responsable. Il avait reçu cette lettre. Il n'y croyait pas et l'ignorait. Il a alors découvert qu'Henri Roussel lui avait en fait, donné une chance d'éventuellement sauver notre mère, Françoise, qu'il n'avait pas saisie. La voir se détériorer a dû être une véritable agonie. Bien sûr, peut-être qu'il lui avait posé des questions à ce sujet et qu'elle l'avait nié, mais le prendrait-il si mal qu'il se sentirait obligé de se suicider? Je ne pense pas. Pour moi, cette lettre expliquait la plus grande énigme de ma vie.

Après avoir trié la maison et l'avoir mise sur le marché, Jules est revenu en Provence et moi à Annecy. C'était une belle ancienne maison, qui s'est vendue rapidement pour une somme décente que nous avons divisée en deux. Les prix dans la région d'Annecy sont considérablement plus élevés qu'à Eymoutiers, mais j'ai trouvé que j'avais de quoi constituer une bonne caution pour l'achat d'un appartement. Ayant récemment emménagé dans un petit 'Studio Flat', j'étais désormais à la recherche d'autre chose. C'était une tout autre question, parce que quoi que j'achète maintenant, je vivrai probablement là-bas pendant longtemps. J'avais l'avantage par rapport à la précédente recherche d'un logement, de connaître désormais bien mieux la ville d'Annecy qu'à mon arrivée. J'ai pris mon temps et après quelques mois, j'ai trouvé un appartement de deux chambres de bonne taille avec une place de parking, dans un immeuble de l'avenue de Genève au nord d'Annecy. C'était au cinquième étage, face à l'est. Il profitait du soleil du matin et possédait un balcon avec vue sur la montagne. Maintenant, je me sentais installé et dépensais suffisamment de mon argent restant pour rendre l'endroit vraiment confortable.

Claude a un fils, Dominique. Il est généralement là pour regarder ce qui se passe et a officiellement un travail au bureau. Contrairement à son père, il n'est pas du genre amical. J'étais dans l'entreprise depuis environ un an, lorsque Claude a annoncé qu'il envisageait de prendre sa retraite et que Dominique prendrait la barre. Claude m'a dit personnellement qu'il avait la soixantaine avancée et que même s'il aimait toujours ce métier, il pensait qu'il était temps de le transmettre à son fils. Je ne peux pas dire que j'en étais heureux. Mais à la base, cela ne me regardait pas. Claude avait été très gentil avec moi et s'il voulait transmettre son entreprise à son fils, c'était son affaire. J'appelle Claude par son prénom, bien qu'il soit mon patron, car c'est comme ça que ça s'est passé lors de notre première rencontre. Son nom de famille est Desplaces. Une fois aux commandes, Dominique supportait qu'on l'appelle 'Monsieur Desplaces' mais préférait s'appeler 'Patron'. Alors je l'appelle 'Patron'. Tout pour une vie facile. Pourtant, la vie n'était pas facile. Cela devenait gênant, car il trouvait constamment à redire sur quelque chose, généralement le prix des matériaux. Il semblait également s'attendre à ce que je travaille très tard, ce que je faisais volontairement de toute façon.

Six mois après la retraite de Claude, j'ai rencontré Sylvie. Lors de notre premier rendez-vous, un dimanche de mai. Nous avons dîné au Jardin de l'Auberge, un restaurant qui surplombe le Thiou où il ressemble plutôt à un canal. Nous avions une table avec vue sur le canal et avons mangé de la Pierrade de Bœuf. C'est un plat très amusant. On cuit son bœuf soi-même à table, sur une plaque de métal chauffée. Beaucoup sont chauffées au charbon de bois mais les plus modernes sont électriques. Jusqu'à présent Sylvie a fait toute la course dans notre relation. Je décide que c'est peut-être le bon moment pour prendre un peu de risque. Elle n'est peut-être pas prête pour ce genre de choses. Je prends la plus belle des petites lanières de bœuf déjà cuites et à l'aide des couverts fournis, la place entre ses belles lèvres.

C'est incroyablement sexy de nourrir sa petite amie depuis la plaque chauffante comme ça. Quand elle fait de même, cela scelle un lien. Je ressens un sentiment d'unité à couper le souffle. Nourrir et être nourris de cette façon nous rapproche également l'un à l'autre, sans aucun contact réel. Je peux détecter son doux parfum. C'est délicat. Elle n'en a pas exagéré. Le senteur essaie de me rapprocher mais je dois y résister. Il est trop tôt et ce n'est pas le bon endroit. Après le dîner, nous avons fait une promenade au bord du lac à travers le parc des Marquisats. Au bout du parc, Sylvie s'est tournée vers moi et je l'ai prise dans mes bras. Son corps semblait se fondre dans le mien. J'ai embrassé ses lèvres et j'étais complètement perdu dans la merveille d'elle.

Sylvie est née et a grandi à Annecy. Elle connaît tous les cafés, tous les magasins d'alimentation et certainement toutes les boutiques de vêtements chics qui existent. Les restaurants vont et viennent étonnamment vite à Annecy mais pour les recommandations, elle surpasserait n'importe quelle brochure de vacances. Quand elle était jeune, sa famille habitait un appartement au dernier étage de l'avenue d'Albigny, surplombant le lac. Je ne peux pas dire que je les aime de l'extérieur. La vue depuis le dernier étage sur le lac doit cependant être superbe et posséder un endroit comme celui-ci implique de l'argent. Sylvie l'ayant vu depuis son plus jeune âge, n'a pas été très impressionnée mais a dû admettre que c'était une belle vue. Elle occupe aujourd'hui un poste de Responsable Junior d'une bijouterie rue Carnot. La rue Carnot est la principale rue commerçante d'Annecy. C'était autrefois le début de la route principale menant à Genève, mais c'est aujourd'hui une zone piétonne. Quand Sylvie avait dix-huit ans, sa mère et son père s'installèrent dans un bungalow à Annecy-le-Vieux. Cela a été en partie dû à quelques malheureuses coupures de courant, qui ont obligé tout le monde à monter de nombreux escaliers; un inconvénient distinct d'un penthouse! C'est à cette époque que Sylvie emménage dans son appartement actuel du chemin de la Croix Rouge avec ses amies.

Nous nous revîmes ensuite presque tous les soirs, répétant souvent la même promenade au bord du lac. Quinze jours plus tard, nous sommes devenus amants dans mon petit appartement douillet de l'avenue de Genève. La vie était belle. J'étais ravi. Elle était amusante. Elle était belle; la tenir dans mes bras était un délice. J'étais bel et bien sous le charme. Oui, j'étais très amoureux de Sylvie. Sylvie partageait l'appartement avec trois autres jeunes femmes, le groupe dans lequel elle se trouvait lors de notre rencontre. C'était sur le Chemin de la Croix Rouge, à proximité du croisement avec les vestiges de la voie ferrée unique. C'était malheureusement plutôt bétonné de l'extérieur mais très bien aménagé quand on y était. Très élégamment meublé mais tout sauf privé. Chaque fois que nous voulions un peu d'intimité, nous devions aller chez moi. Être avec Sylvie signifiait que je n'étais plus prêt à travailler à toute heure et Dominique 'Le Patron', ne semblait pas en voir la justice. Lui et moi ne nous entendions pas, c'est sûr.

Je vous ai raconté ma vie jusqu'au point où je suis sur mon arête préférée du Roc de Chère, en train de réfléchir à la suite à donner à la volonté de Dominique d'utiliser des matériaux bon marché, dont les essayages seront à ma charge. Sylvie est partie à Chambéry pour la journée rendre visite à sa sœur. Du Balcon au Lac, il y a un petit sentier qui descend raide et un peu dangereusement jusqu'au bord de l'eau. Il y en a à peine assez de terrain plat en bas pour poser un tapis et pique-niquer. En juillet et août, quelqu'un prend presque toujours un bateau le long du lac et l'amarre là à cet effet. Aujourd'hui, c'est libre. Cette année, il y a une branche d'arbre à la bonne hauteur pour s'asseoir. C'est exactement ce que je fais et je suis plongé dans mes pensées lorsque j'entends des voix au Balcon au-dessus de moi. Puis il y a un rire. Un rire que je connaîtrais n'importe où même si je ne l'ai pas entendu depuis des années. Catherine! Je me lève d'un bond et gravis la pente.

"Catherine" j'appelle.

"Jacques" répond-elle, "qu'est-ce que tu fais ici?"

"Et toi" je dis, "je pensais que tu étais à Paris."

"Jacques" dit-elle, "voici mon fiancé Jean. Jean voici Jacques, un ami d'enfance que je n'ai pas vu depuis des années."

"Bonjour Jacques" dit Jean. "Bienvenue, un ami de Catherine est un ami de moi. N'est-ce pas un si bel endroit?"

"Nous l'appelons 'Le Balcon au Lac'" disons Catherine et moi à l'unisson. On rigole alors en même temps. Ensuite, nous avons tous les deux un rire incontrôlable. C'est trop la honte. Je suis tellement heureux de la revoir après tant d'années. Catherine a amené Jean à Annecy pour une petite pause, afin de lui montrer où elle a vécu étant enfant. Ils sont en fin de séjour et doivent rentrer à Paris demain.

J'ai acheté l'autre jour un de ces nouveaux téléphones portables. Leur prix a beaucoup baissé récemment. Sylvie en avait déjà un quand je l'ai rencontrée. Cela semble encore étrange de voir des gens se promener apparemment en se parlant à eux-mêmes, mais maintenant je rejoins ce groupe. Je téléphone à Sylvie pour savoir si elle revient de chez sa sœur. Oui, elle vient. Je suggère que nous dînions tous les quatre ensemble. Nous n'allons pas dans des endroits chics. Nous allons au bistro du Thiou où Sylvie et moi nous sommes rencontrés. Les prix sont très raisonnables et il y a toujours une ambiance conviviale. Catherine et moi avons beaucoup de rattrapage à faire mais nous devons le limiter au minimum, sinon nous ignorerons nos partenaires. La conversation se déroule très bien mais se limite principalement à des sujets que nous connaissons tous. Catherine et Jean envisagent de se marier l'été prochain. Ils se marieront probablement à Paris car c'est là qu'habite Catherine mais Toulouse où demeurent ses parents est encore une possibilité. Ils n'ont pas encore pris leur décision.

Jean est passionné de ski et de parapente. Il a grandi à Pau dans le sud-ouest. Son expérience s'est donc déroulée en grande partie dans les Pyrénées, principalement à Cauterets, mais il a passé des vacances au ski à Denver. Depuis qu'il s'est installé au nord, il les a laissés tomber. Il nous parle de quelques gars qui sont tombés en chute libre d'un avion, ont atterri en parachute et ont dévalé une grande partie à ski avant de s'envoler dans la vallée en parapente. Il en fait une très bonne histoire, un conteur naturel ses yeux sont brillants et il a l'air très vivant. Il a très envie de passer des vacances au ski dans les Alpes cet hiver. Je me demande ce que Catherine en pense. Pour autant que je sache, elle n'a aucune expérience du ski, mais elle a l'air très enthousiaste. Elle a évoqué Le Grand Bornand, qui se trouve dans les Aravis près d'Annecy mais Jean semblait plutôt coincé sur Chamonix. Ni Sylvie ni moi n'avons aucune expérience du ski et ne partageons pas l'enthousiasme de Jean et Catherine.

Puis Catherine me demande comment va mon meilleur ami, Georges. Je lui dis qu'il a un travail à Lyon mais plus important une ampoule s'allume dans ma tête. Georges! Mon dieu, Georges! Pourquoi n'ai-je pas pensé à lui avant? Cela n'arrivera probablement pas, mais si quelqu'un peut me procurer des équipements électriques de haute qualité à bas prix, c'est bien Georges. Je me ramène au présent... On sert un merveilleux sorbet mangue au Bistro du Thiou et nous terminons le repas avec ça avec une tasse de café. Catherine et Jean doivent prendre le train tôt le matin pour rentrer à Paris, donc c'est toute une journée terminée. Je suis ravi de dire que Sylvie ne retourne pas dans son appartement. Sylvie décide de venir chez moi.

CHAPITRE 2
Catherine 1978 – 1998

Je m'appelle Catherine Diacre. J'ai vingt ans et j'étudie le droit à la Sorbonne. J'ai un fiancé Jean Montaut, de plusieurs années mon aîné, diplômé en droit de l'Université de Lyon. Il est en train de devenir un expert mondial en droit international. J'ai grandi à Écharvines, un petit village de Haute Savoie sur la rive est du lac d'Annecy. Je suis fille unique. Quand j'étais jeune, nous habitions une grande ancienne maison. Il y avait trois chambres à coucher, mais étant vieille, elle ne correspondait pas vraiment à la classification moderne des maisons et des appartements. Les chambres étaient grandes. Il y avait un grand terrain à l'extérieur de la maison et plusieurs petites dépendances ou granges. L'une d'elles nous servait de garage. Nous avions une extension plutôt étrange à la maison que maman voulait. Cela lui a permis de bronzer sans se faire remarquer des parapentistes. J'ai pensé que c'était un gaspillage total, même si j'ai compris son point de vue. Parfois, le week-end, le ciel semblait en être rempli, mais et alors ?

Ma famille, du côté de mon père, vivait là depuis des générations, possédait quelques vaches et fabriquait ses propres versions de fromages, Raclette et Reblochon. Mon père travaillait pour une entreprise de fabrication de meubles. Quand j'étais jeune, il était responsable local à la Zone Industrielle du Grand Epagny au nord d'Annecy. Cela signifiait que nous avions des meubles plutôt jolis. La salle à manger a été aménagée dans le style Louis Philippe. C'était très élégant avec un beau buffet en acajou. Mon père est né dans cette maison. Il a une sœur aînée, célibataire, Marie, qui habite à Aixe-sur-Vienne dans le Limousin et un frère cadet, mon oncle Robert. Il a déménagé en Provence et a épousé ma tante Nicole alors qu'ils étaient encore adolescents. Leur fille, ma cousine Aurélie, a quelques années de plus que moi. Tout le monde dit que nous nous ressemblons. C'est bien le cas, même si je pense qu'Aurélie est beaucoup plus jolie que moi.

Quand j'étais petite, nous allions leur rendre visite à Grasse pendant une semaine ou deux l'été. Aurélie et moi aimions nous habiller de la même manière. Nous persuadions nos mères de nous acheter les mêmes tenues d'été pour que partout où nous allions, les gens disent 'Je peux voir que vous êtes sœurs'. Nous riions comme si le fait que nous soyons cousines et non sœurs était une sorte de secret. Tante Nicole nous a emmenées dans des endroits très charmants. Je me souviens particulièrement d'une visite à la petite plage de Bauduen au bord du lac de Sainte Croix. Une chose qui ne m'a pas semblé étrange à l'époque, c'est que papa ne nous accompagnait jamais à Grasse où ils habitaient. C'étaient ses proches, pas ceux de ma mère. Je suppose qu'il essayait de démontrer son 'éthique de travail' dans l'entreprise de meubles, car lorsque j'avais environ dix ans, il a été promu directeur. À peu près au même moment, tante Nicole a eu une surprise avec l'arrivée de bébé Léo et nos visites à Grasse ont cessé. J'étais triste de ne plus voir ma cousine Aurélie. Je pense que tante Nicole a peut-être trouvé un bébé tardif, et probablement pas vraiment désiré, un peu difficile. Je n'ai vu Léo que lorsqu'il était un tout petit bébé.

Aurélie et moi restons en contact de manière plutôt informelle. Elle a obtenu son Baccalauréat et vient d'obtenir son diplôme de médicine à l'Université d'Aix-Marseille. Actuellement elle effectue un stage à Marseille. La Faculté de Médecine remonte au XVe siècle et fait partie de l'Université de Provence, mais pour une raison quelconque, le gouvernement semble incapable de laisser sa structure administrative tranquille. L'Université de Provence d'origine a été fusionnée avec des universités plus récentes puis divisée en deux; restructurée en trois et des discussions sont actuellement en cours sur la possibilité de recombiner les trois en une seule. Aurélie dit que l'institut médical date de 1409 et que toute cette réorganisation n'y change rien.

J'ai fréquenté l'école communale de Menthon St Bernard. Je ne veux pas me vanter mais si je vous parle de moi, je dois être honnête, sinon cela ne sert à rien. Je suis brillante et j'ai toujours été première de la classe. Je tiens cela en grande partie de ma mère. Elle était fille unique comme moi. Elle est née à Chambéry et diplômée en droit de l'Université de Savoie qui possède un campus à Chambéry et à Annecy. Elle a épousé mon père peu de temps après avoir obtenu son diplôme et est tombée enceinte de moi presque immédiatement. Elle n'avait donc jamais exercé le droit.

J'ai certaines qualités, qui pour les autres font de moi une bizarrerie. J'adore les motifs. Quand j'étais toute petite, je jouais avec des briques. J'avais un chariot à pousser, avec cinquante d'entre eux. Au moment où je suis allée à l'école, je savais déjà que si je faisais un triangle avec un côté de trois briques, un côté de quatre briques et un côté de cinq briques et que je le formais en carrés avec les autres briques, cela consommait toutes mes cinquante briques. La moitié de mes briques formaient le carré de cinq briques et l'autre moitié formait les carrés de trois et quatre briques. Je n'avais pas encore quatre ans et je comprenais déjà Pythagore sans jamais en avoir entendu parler. Je n'étais pas beaucoup plus âgée quand je regardais un échiquier de huit cases sur huit. Je pouvais imaginer enlever une colonne et la remettre en ligne. Il resterait un carré. 9 fois 7 donnent un de moins que 8 fois 8. La prochaine fois qu'on le ferait (10 fois 6), il restait 4 carrés. Des années plus tard, à l'école, on nous a enseigné l'algèbre simple $a^2 - b^2 = (a + b)(a - b)$. Je le savais déjà, rien qu'en regardant un échiquier, même si je n'y avais pas pensé exactement comme ça. Donc je suis brillante et je suis une intello. Heureusement, contrairement à beaucoup d'intellos, je m'entends bien avec les gens. Il existe d'autres facettes des modèles qui sont bien plus intéressantes que les mathématiques. Quand je suis très heureuse, je vois de belles formes que je ne pourrai jamais réimaginer une fois disparues. Je vois des couleurs qui ne sont pas là. C'est-à-dire que je ne les vois que lorsque je suis très heureuse. Elles disparaissent presque immédiatement. C'est comme si une personne ne pouvait voir les couleurs que lorsqu'elle était très heureuse. Quand j'étais jeune, je me souviens avoir vu un film intitulé 'Le Jardin Secret' je crois, qui était tourné en noir et blanc, à l'exception des scènes du jardin secret qui étaient tournées en couleur. C'est la particularité que j'ai. Je vois tout le temps tous les couleurs normaux (rouges, bleus, verts &c), mais quand je suis très heureuse, je vois des couleurs et des formes que je ne peux pas décrire. Je garde généralement le silence à ce sujet, car les gens me regardent drôlement et me traitent de cinglée.

J'avais treize ans quand un jour mon père m'a dit: "Nous allons avoir un jeune garçon qui restera avec nous pendant un moment. Il s'appelle Jacques et c'est le fils de vieux amis de la famille. Il a treize ans, le même âge que toi. Sa mère doit être hospitalisée. Son père aimerait qu'il reste avec nous pendant qu'elle n'est pas à la maison. Tu as peut-être vu quelques photos de lui sur les clichés de vacances qu'ils nous envoient de temps en temps."

"Oui, je pense. Il y a un des quatre garçons et deux femmes avec un fond d'un lac que j'ai vu"

"Tu as raison! C'est Jacques, sa mère et son frère ainé Jules avec quelques amis au lac de Vassivière. je ne sais pas grand-chose de Jacques mais j'ai dit que nous l'hébergions. J'espère que vous vous entendrez bien."

Je dois dire que j'étais inquiète à ce sujet. En tant qu'enfant unique, on s'habitue à ne pas avoir d'autres enfants à proximité. Même s'il peut être très amusant de rencontrer quelqu'un de nouveau, il peut parfois être difficile de trouver son propre espace. Avoir un autre enfant à la maison tout le temps pourrait ne pas fonctionner du tout. J'étais inquiète. Comment réagirais-je? Comment réagirait-il? Je n'avais pas besoin de m'inquiéter. Quand Jacques est arrivé, il était adorable. Nous nous sommes immédiatement bien entendus. Il était tellement intéressé par tout ce que je lui montrais; tellement enthousiaste; donc prêt à accepter tout ce que je suggérais. Il adorait le petit Pont des Fées, qui menait à la cascade. C'était les vacances scolaires. Nous étions ensemble tout le temps, tous les jours. Nous avons beaucoup fait du vélo. Ma mère et mon père sont de fervents cyclistes. Ils allaient partout à vélo avant de se marier. Nous avions plusieurs vélos dans l'une des dépendances, donc Jacques avait le choix. Le cyclisme est une activité difficile dans la région de Menthon. Ce sont les Alpes, vous pouvez donc l'imaginer. J'y étais habituée et je me demandais comment Jacques s'en sortirait. Il venait des environs de Limoges. C'est beaucoup plus plat dans cette région. Il a bien réussi. Même si j'y étais habituée, il pouvait me devancer dans la pente raide de Talloires. Je suppose qu'en réalité les garçons sont plus forts que les filles. L'endroit qui l'a le plus fasciné était une petite crête du Roc de Chère avec une belle vue sur le lac. Il l'appelait 'Le Balcon au Lac.' J'ai aimé cela. Dès lors, c'était 'Le Balcon au Lac' pour nous deux.

Puis la pire chose qui pouvait arriver s'est produite. Sa mère est décédée. Je pouvais entendre papa lui dire quelque chose d'une voix sérieuse. Il y eut un curieux gargouillis et une porte claqua. Je me suis précipitée dans la pièce pour demander à papa ce qui se passait. Il m'a dit. Comme c'est terrible, comme c'est horrible, comment Jacques allait-il s'en sortir?

"Je sais où il est allé" dis-je. "Je vais aller le réconforter du mieux que je peux."

Je suis allée aussi vite que possible au Balcon au Lac. Je savais qu'il serait là. Il était bien là, assis par terre, les jambes par-dessus bord, les yeux rouges à force d'avoir essuyé les larmes. Je me suis assise à côté de lui et j'ai mis mon bras autour de lui. Il ne dit rien. Nous avons été comme ça pendant longtemps. Je n'ai rien dit. Il n'y avait rien à dire. Rien ne pourrait améliorer les choses. Finalement, il a dit "Merci Catherine" et nous sommes rentrés lentement chez nous. Le lendemain, papa l'a ramené chez lui près de Limoges.

Environ six mois plus tard, papa a été promu directeur régional de l'entreprise. Cela implique un déménagement à Toulouse où l'entreprise a son siège social pour la région sud-ouest. Nous avons loué la maison pour une longue durée, par l'intermédiaire d'une agence et avons déménagé à Toulouse. Maman et moi étions bouleversées de partir. S'il l'était aussi, papa ne l'a pas montré. Je pense qu'il était très satisfait de sa promotion, qui signifiait une bonne augmentation de salaire et qui l'emportait sur tout chagrin de quitter une maison qui appartenait à sa famille depuis des générations. S'installer à Toulouse signifiait une nouvelle maison et une nouvelle école. La maison était très différente de celle à laquelle j'étais habituée. C'était rue Biot dans le quartier des Minimes, moderne avec quatre chambres. Il y avait un seul garage et il n'y avait pas beaucoup de jardin. Les chambres étaient plus petites. À Écharvines, il y avait de la place. Nous avions deux voitures. Maman possédait la classique Deux Chevaux Citroën qu'elle avait acheté avant leur mariage et papa avait un nouveau break Peugeot chic; utile s'il avait besoin de transporter quelques meubles. À Toulouse, maman a décidé de vendre sa voiture. Je pouvais voir qu'elle était très triste à cause de cela. Elle était très attachée à la 'Deux Chevaux'. Elle l'a conduite toujours de préférence à la Peugeot. Il était cependant très rare que nous utilisions les deux voitures en même temps. Ce n'était donc pas nécessaire. Ce qui est très nostalgique après avoir vendu une voiture, c'est qu'on la reverra peut-être. Toulouse est grande mais maman voyait sa vieille voiture de temps en temps. À chaque fois, cela la rendait triste.

Ma nouvelle école est le Lycée Général de Saint-Sernin. Il s'agit d'une distance facilement accessible à pied d'environ un 1500 mètres. Je m'installe très vite. Je suis immédiatement première de ma classe, un poste auquel je m'attendais. Quelques garçons, Emile et Thierry, qui étaient là depuis des années et qui étaient également très intelligents, semblent s'en offusquer. C'est sûr, ça ne leur a pas du tout plu. Il semble qu'il puisse y avoir des problèmes. Ce qui apaise la situation, c'est que je me suis liée d'amitié avec deux filles, Janine et Louise. Elles sont toutes les deux très belles (et en sont parfaitement conscientes). Il ne fait aucun doute que les garçons qui m'en veulent, kiffent Janine et Louise. Ils peuvent voir que ce n'est pas la meilleure façon d'avoir du succès auprès d'une fille que d'être complètement désagréable avec une de ses amies. Alors grâce à mes deux belles amies et aux hormones adolescentes hyperactives des garçons, je suis inviolable. Au fur et à mesure que nous nous connaissons mieux, leur ressentiment s'estompe.

Maintenant que j'ai seize ans, maman pense qu'il est temps pour elle de trouver un travail. Cela a dû être très frustrant pour elle de se qualifier en droit et d'avoir immédiatement un bébé à s'occuper. Je sais qu'elle est convaincue que c'est le travail d'une femme de s'occuper de ses enfants, d'être à la maison pour eux tout le temps, jusqu'à ce qu'ils soient assez grands. Nous sommes toutes deux d'accord sur le fait qu'à seize ans, ce jour est arrivé; que je n'ai pas besoin qu'elle soit constamment disponible. La première chose qu'elle fait est de suivre un cours de remise à niveau rapide. Dans n'importe quel pays, la loi aura évolué en seize ans. Elle trouve ensuite un emploi pour aider les pauvres qui ont besoin d'une aide juridique. Elle trouve un emploi à l'Aide Juridictionnelle. Je peux la voir s'épanouir. C'est un tel plaisir de voir ma mère si heureuse; de pouvoir utiliser ce qu'elle a appris pour aider les personnes dans le besoin.

En vieillissant, j'ai commencé à m'inquiéter pour Janine. Elle semblait folle de garçons. Chaque semaine, on la verrait de près et se blottir contre quelqu'un de différent. Sans doute, elle filait un mauvais coton. Louise était beaucoup plus mature. Bien sûr, elle avait des petits amis. Elle m'a dit qu'elle était allée jusqu'au bout avec un d'eux, mais on pouvait voir qu'elle avait le contrôle. Elle n'allait pas s'attirer des ennuis. Nous, les filles, avons plus de chance que celles des générations précédentes. Il existe plusieurs formes de contraception qui ont fait leurs preuves et sur lesquelles nous pouvons compter. Si nous sentons que nous devons avoir des relations sexuelles, nous pouvons garder le contrôle dans une large mesure. Je pouvais voir que Janine déraillait. Louise et moi avons toutes les deux eu une petite conversation avec elle, mais en vain. Peut-être que mes hormones se développaient tardivement, ou peut-être que ce n'était que ma personnalité car, même si j'avais eu quelques rendez-vous, les baisers occasionnels n'avaient jamais grand-chose pour moi. Je n'en voulais pas plus et ça ne m'a certainement pas donné envie de risquer ma vie entière en tombant enceinte alors que j'étais encore adolescente. Je pense en fait qu'à 16 ou 17 ans, c'est un énorme avantage de ne pas avoir d'hormones effrénées. Cela permet de se concentrer sur d'autres choses de la vie. Finalement, l'inévitable s'est passé. Quelques mois après son 17e anniversaire, Janine est tombée enceinte. Je pense que le garçon était Thierry. Janine ne se confiait jamais, donc je ne peux pas en être sûre. Janine avait utilisé un test de grossesse. Elle a su très tôt qu'elle était enceinte. Elle hésitait, se demandant si elle devait ou non subir une opération pour mettre fin à la grossesse. Louise et moi savions très bien qu'avant d'être enceinte, elle avait dit que si jamais cela se produisait, elle en aurait une. Elle ne savait plus vraiment si elle devait garder le bébé ou non. Il semble que le désir d'avoir un bébé puisse être très profondément enraciné. Je suppose que c'est ce à quoi on peut s'attendre sur des bases évolutives. La limite légale de l'interruption de grossesse ici en France est précoce par rapport aux normes de certains pays. Elle était à la limite lorsqu'elle a fait une fausse couche. Il y avait ceux qui pensaient qu'elle avait interrompu sa grossesse, mais Louise ou moi avions été avec elle presque tout le temps. Nous pensions toutes les deux que c'était naturel.

L'expérience d'une grossesse, puis d'une fausse couche a changé radicalement la personnalité de Janine. Elle est passée d'une personne amicale et insouciante à une misérable pleurnicheuse. Elle était incapable de supporter les simples petits revers de la vie dont auparavant elle aurait ri, souri et continué les choses avec une approche 'c'est la vie'; de très petites choses, comme le magasin qui n'a plus d'eye-liner, rater le bus de quelques secondes ou le téléphone portable inexplicablement à plat. Ces petites irritations la mettraient soit dans une rage folle, soit dans une épave gémissante et apitoyée sur elle-même. C'était très dur d'être avec elle. Louise et moi étions ses amies et nous la soutenions. Pour y parvenir, nous avions de plus en plus besoin du soutien de l'autre. C'était une tension surtout à l'approche du baccalauréat. Nous avons organisé une rotation de soutien pour Janine. Nous avons divisé la partie de la journée pendant laquelle elle n'était pas à la maison avec ses parents, en trois parties. Dans la mesure du possible, Louise serait avec elle pour une section, moi pour une autre et nous deux ensemble pour la troisième. C'était incroyablement usant. Nous avions certainement toutes les deux, besoin de cette troisième section; la partie de la journée où nous étions toutes les trois ensemble. Louise et moi nous soutenons mutuellement ainsi que Janine. Nous l'avons calmée. Nous l'avons cajolée. Nous l'avons chouchoutée. Nous l'avons gâtée. Il nous arrivait même de la gronder. L'effet principal ne semblait pas être sur Janine, même si son état s'était un peu amélioré. L'effet principal était sur Louise et moi. Nous sommes devenues les meilleures amies du monde. Nous sommes tellement proches maintenant que nous nous disons tout. Après ces quelques mois, je mourrais pour Louise et je suis sûre qu'elle ressent la même chose pour moi.

À la maison, je me concentrais sur mon travail au point que ma mère et mon père pensaient que j'en faisais trop. Ils m'ont conseillé de me détendre un peu, de passer quelques nuits sans étudier. Je leur ai expliqué que, comme Janine avait besoin de beaucoup d'attention, je ne pouvais étudier que le soir. Je suis devenue très tendue et inquiète à ce sujet. J'ai commencé à avoir de mauvaises nuits et à me réveiller épuisée. Je suis heureuse de dire que lorsque le bac est arrivé, j'avais l'esprit totalement clair. J'étais en pleine forme. J'ai trouvé ça vraiment un jeu d'enfant; les doigts dans le nez. Tout semblait si facile. C'était un plaisir de voir tout ce que j'avais appris; à quel point ma mémoire m'a servi. J'ai postulé à la Sorbonne. J'étais ravie lorsqu'on m'a attribué une place. Louise s'en est bien sortie. A un cheveu, mais même Janine s'en est sortie. Je pense que Louise et moi méritons une médaille pour le succès de Janine. Elle n'y serait jamais parvenue sans nous. Jacques m'a envoyé un email. Il l'avait échoué lamentablement. Je me sentais si désolée pour lui. D'abord sa mère meurt, puis son père se suicide au moment où il s'apprête à passer son baccalauréat. Je ne sais pas si je pourrais y faire face. J'ai trouvé Janine extrêmement difficile à gérer.

Maintenant, je devais aller à Paris et trouver un endroit où vivre. C'était excitant. Mon allocation étudiante de l'État, 'La Bourse sur Critères Sociaux' (BCS) et mon aide au logement ont toutes deux abouti. Il est, quand même, difficile d'imaginer qu'ils suffiront pour vivre à Paris. J'ai de la chance. Mon père me donne une bonne allocation pendant que je suis étudiante, ce qui doit m'éviter des soucis financiers. Papa semble avoir de l'argent à dépenser après sa promotion au poste de directeur régional principal. Je comprends qu'il était si apprécié, qu'il a été coopté au conseil d'administration, en tant que membre sans droit de vote, pour donner son point de vue sur certaines stratégies. Il espère réellement intégrer le conseil d'administration. Il me donne une allocation généreuse. Ce qui fait que, malgré les prix exorbitants à Paris, je peux me permettre de louer un très bel appartement d'une chambre. Je trouve exactement ce que je cherche dans le treizième arrondissement. C'est un appartement au sixième étage d'un immeuble en béton de l'avenue de Choisy, à proximité de la Sorbonne, ou du moins de la plupart des endroits où il me faut aller. Bien que cher pour ce qu'il était, mon budget généreux peut le couvrir avec suffisamment de réserve pour les autres nécessités de la vie. La seule chambre de l'appartement est, en fait assez grande. Elle accueille facilement un lit double. Maintenant, je me sens plutôt bien. J'ai une place à la Sorbonne. J'ai un appartement quasiment au centre de Paris. Maintenant, je pense, il ne me reste plus qu'à profiter de tout cela.

Louise avait obtenu une place à l'Université de Toulouse où elle devait étudier la biologie végétale. L'université est grande avec plus de cent mille étudiants, mais très populaire. Louise me manque terriblement. Nous étions tellement proches après la saga avec Janine. Dès mon installation, je me suis arrangée pour qu'elle vienne à Paris et reste avec moi pendant les vacances d'hiver. Aucune de nous n'était jamais allée à Paris auparavant. Durant mon premier semestre, je n'ai volontairement pas fait de tourisme du tout pour que lorsque Louise viendrait, ce soit frais pour nous deux. Le premier trimestre s'est très bien passé. Je me suis naturellement adaptée au rythme de la vie universitaire. Je me suis liée d'amitié avec quelques autres étudiantes en droit, Marie et Jeanne, qui suivaient les mêmes cours que moi. Nous sommes allées prendre des pauses-café ensemble et avons discuté du cours et de la politique, comme si nous pouvions avoir une influence sur l'un ou l'autre. Elles m'ont fait de bonnes amies mais j'attendais avec impatience la fin du trimestre, lorsque Louise viendrait me rendre visite. Le train de Toulouse arrive à Paris Montparnasse qui est un peu trop loin pour marcher jusqu'à mon appartement, même si Louise possède une de ces valises à roulettes si courantes de nos jours. Nous prenons un taxi. Je suis tellement contente de la voir. Elle a l'air très bien. Bien mieux que Louise, fatiguée et tirée, qui a passé le bac! À l'époque, je devais moi-même beaucoup ressembler à ça. La saga Janine a certainement eu des conséquences néfastes sur nous deux. Louise est très impressionnée par l'appartement.

"Peux-tu vraiment te le permettre? À Paris?" elle demande.

Je dois admettre une allocation très généreuse de mon père. Louise s'installe. Nous prenons un café avec une tranche de gâteau. Nous nous regardons ensuite joyeusement pendant un moment. C'est tellement agréable de la voir. Le lendemain et les jours à venir, nous explorons Paris pleinement. Parfois, je trouve que je regrette de ne pas être allée dans des endroits auparavant, pour préparer le terrain pour notre visite commune, mais dans l'ensemble, cela avait été une bonne idée de ne rien voir d'abord. Nous arrivons toutes les deux fraiches au Louvre et à d'autres attractions et c'est pourquoi nous rions ensemble, gémissons ensemble et profitons simplement de tout ce que nous voyons ensemble. Lorsque nous rentrons à l'appartement après le premier jour, le coucher de soleil à travers la fenêtre à l'ouest est le plus étonnant que j'ai jamais vu avec des couleurs qui n'existent tout simplement pas sûr la palette d'aucun artiste et qui s'estompent lentement sous mes yeux. Je suis si heureuse;

donc très, très heureuse. Je n'ai qu'un seul lit mais c'est un double. Nous nous endormons toutes les deux là-dedans. Quand nous nous réveillons, nous constatons que nous nous étreignons. Nous étions toutes les deux si heureuses d'être ensemble que, dans notre sommeil, nous nous étions rapprochées. Ces périodes de sérénité passent et Louise doit rentrer à Toulouse. Je sens qu'il me faut le faire aussi. Je dois aller voir mes parents. Nous prenons le même train vers le sud et nous nous séparons à la gare de Toulouse, après une semaine très heureuse (même si brève semble-t-il) ensemble.

Maman et papa sont ravis de me voir. Maman a l'air beaucoup plus jeune depuis qu'elle a accepté ce poste auprès de l'assistance juridique. Elle estime évidemment que cela justifie tout son travail acharné et les dépenses liées à sa formation en premier lieu. Il y a évidemment quelque chose d'un peu idiot dans le fait de former un groupe de personnes à faire quelque chose et de constater ensuite qu'elles s'en vont et font autre chose. Dans de nombreuses situations, on pourrait imposer comme condition à la formation que quelqu'un travaille quelques années avant de passer à autre chose et certains cours le font, mais en ce qui concerne les femmes et la grossesse, il ne semble pas vraiment y avoir d'alternative.

Je suis restée avec mes parents pendant environ une semaine. C'était, à vrai dire, un peu ennuyeux. Ils travaillaient tous les deux en semaine, car les vacances universitaires ne coïncidaient pas avec leurs jours de congé. Nous sommes allés à Narbonne sur la côte le samedi. La Peugeot chic de papa facilite un voyage comme celui-là. En hiver cependant, Narbonne est un peu une perte sèche. On jette un regard (plutôt froid) sur la Méditerranée. Nous déjeunons très bien dans un bistro du centre-ville puis nous rentrons chez nous. J'adore mes parents mais j'étais assez soulagée dimanche, de reprendre le train pour Paris et mon joli petit appartement dans le treizième.

Je reviens donc aux pauses-café avec Marie et Jeanne mais aussi au cursus juridique intéressant que je poursuivais. Peu après mon vingtième anniversaire en avril, il y a une conférence annoncée. Jean Montaut devait faire une conférence sur les difficultés qu'il y a à tenter d'amener les nations de l'Union Européenne à avoir les mêmes lois. Elle était intitulée "Un droit commun pour tous les pays de l'UE?" C'est un jeune maître de conférences, pas à la Sorbonne. Il occupe un poste à Lille mais il devait s'être fait suffisamment connaître pour avoir été invité à s'exprimer sur le sujet en tant que conférencier invité. Je décide d'y aller. Il est évidemment un peu étrange, si l'on habite à une frontière, qu'à chaque fois qu'on traverse la frontière, la loi change. Les États-Unis ont eu un énorme problème avec cela au cours des années d'interdiction, car les différents États ont des lois différentes. Je ne suis pas le genre d'étudiante qui s'assoit devant et lève tout le temps la main pour poser une question. Il m'avait intrigué sur un certain point. J'ai attendu la fin de la conférence et j'ai réussi à lui parler avant qu'il ne parte. Il a mentionné que la réglementation européenne prévoit que tout État qui estime qu'une loi adoptée par le Parlement Européen est contraire à ses intérêts nationaux peut l'abroger. Je savais à l'époque qu'il y avait au Royaume-Uni un groupe important de politiciens qui se plaignaient du fait que des lois étaient votées à Bruxelles contre lesquelles ils ne pouvaient rien faire. Je voulais être sûre des faits. J'ai réussi à le coincer en sortant, je l'ai félicité pour sa conférence, en lui disant à quel point il avait été clair, mais... et je l'interroge sur la possibilité pour chaque État d'abroger les lois adoptées par l'UE. Il dit:

"Allons-nous plutôt prendre une tasse de café?" Je suis abasourdie.

"Plutôt?" je pense. Mais il s'éloigne déjà, alors je le suis. Il y a effectivement un café tout près. Nous nous asseyons. Il s'excuse immédiatement.

"Vous devez me pardonner" a-t-il dit. "Quand j'ai dit 'plutôt', je voulais dire 'au lieu de rester debout dans le couloir'; pas au lieu de répondre à votre question. Je suis encore nouveau en tant que conférencier invité. Je trouve que la plupart des questions sont soit préparées pour donner l'impression que celui qui pose la question soit intelligent, soit portent sur une question non traitée dans le cours. J'aime sortir du bâtiment avant d'être coincé." Il sourit. "Mais dans votre cas, je ne suis pas y arrivé à temps. Vous savez probablement que je m'appelle Jean; et vous?"

"Catherine" je réponds. "Il n'y a pas de problème. Ce n'est qu'un malentendu et cela explique beaucoup de poursuites judiciaires." Le serveur est venu prendre notre commande. Nous avons tous deux demandé un café blanc.

"J'aime votre question, Catherine" dit-il, "en partie parce que c'est quelque chose que j'ai traité dans la conférence et en partie parce qu'elle a plus d'une réponse. Question: Les États membres peuvent-ils abroger une loi votée par le Parlement de l'Union Européenne? La réponse directe en un seul mot est 'Oui'. En réalité, la réponse est 'Avec beaucoup de difficultés'. La mise en garde contenue dans la loi actuelle; à savoir qu'elle doit être contraire à l'intérêt national de son pays; n'est pas la partie la plus difficile, puisque seul ce pays peut décider de ce qui est contraire à ses intérêts. Les difficultés viennent tout d'abord du fait que la plupart des pays ont un retard dans la législation qu'ils envisagent d'adopter. Les parlements sont devenus surchargés. Le recours au Filibuster, l'obstruction systématique, aux États-Unis est un exemple de la manière dont une petite minorité est capable d'empêcher ou de retarder considérablement un projet de loi. L'effet d'entraînement signifie, naturellement, que cela retardera toute législation. Un nouveau projet de loi est difficile à insérer dans le calendrier. Il y a ensuite le fait psychologique que le projet de loi a déjà été adopté par l'UE. À moins que le parlement d'un pays ne soit massivement favorable à sa révocation, le fait qu'un grand nombre d'autres pays l'aient déjà accepté donne une grande crédibilité à ceux qui souhaitent l'accepter. La réalité est donc, que cela arrive rarement." Le café arrive et nous prenons tous les deux une gorgée.

"Merci pour cette explication si complète" dis-je. "Il semble toujours que rien n'est simple. J'adore la chanson 'Je n'ai rien appris'.

> *'J'ai vu les deux côtés des nuages à présent,*
> *De haut en bas et pourtant, quelque part*
> *C'est des illusions dans les nuages, dont je me souviens.'*

Cela décrit tellement de choses sur la vie."

Je peux maintenant sentir un changement subtil chez Jean. Je pense qu'il s'intéresse peut-être plus à moi qu'à la question que j'ai posée. J'ai raison parce qu'il commence à me tutoyer. Nous ne sommes plus le professeur et l'étudiante.

"Tu as tellement raison, Catherine" dit-il. "Tout peut être perçu sous différents points de vue mais c'est rarement le cas. L'histoire est un classique; vue du point de vue du vainqueur. Mais tout ce qu'on nous enseigne à l'école est d'un seul point de vue. Il n'y a tout simplement pas le temps de faire autrement et malheureusement, la majorité des gens apprennent mieux si on leur dit quelque chose avec certitude, même si la réalité est que ce n'est qu'une possibilité parmi plusieurs."

Je trouve Jean tout à fait à mon goût. Il est définitivement sur ma longueur d'onde. Tout au long de mes années d'école, j'ai été témoin d'une vision étroite de l'éducation; la manière algébrique d'envisager ce que j'avais vu comme un changement de modèle par exemple; l'approche darwinienne totale de l'évolution lorsque une grande partie de l'évolution ne correspond pas vraiment à cela. Bien sûr, la sélection naturelle est indéniable mais cela n'explique en aucun cas tout. Je réalise comme je vous l'ai dit que je suis une intello, mais je pense que Jean est une personne qui comprend les nerds. Il a l'air pensif.

"Catherine" dit-il, "peut-être que certaines personnes diraient que donner une conférence et demander un rendez-vous à une fille qui y a assisté est une mauvaise pratique. Je ne vois pas vraiment pourquoi et de toute façon c'est ce que je vais faire. Pouvons-nous nous rencontrer un jour? J'aimerais vraiment, mieux te connaître." Je connais ma réponse mais je le fais attendre un peu. J'admire son allure épurée, l'angle de sa mâchoire et son air général très en forme. J'aime son sourire facile. Je pense déjà savoir que nous avons une vision similaire de la vie.

"Oui, Jean, j'aimerais vraiment ça."

Nous nous donnons rendez-vous au café où nous nous trouvons actuellement, comme nous savons tous deux où il se trouve; dimanche à midi, dans dix jours. La semaine prochaine semble s'éterniser. Lentement, lentement se déplacent les sphères éternelles du ciel. Marie et Jeanne, sans que ce soit de leur faute, étaient soudain extrêmement irritantes. J'ai dû me mordre la langue à plusieurs reprises, sachant que c'était ma faute et non la leur. Enfin c'est dimanche. Je me lève tôt, saute le petit-déjeuner, prends une bonne et longue douche, puis je réfléchis à quoi porter. De nos jours, tout le monde porte des jeans. Ce serait bien, mais je veux avoir l'air spécial; pas ultra-spécial. Je ne veux pas en faire trop. Je choisis une robe chic mais sobre. Elle a une taille légèrement serrée qui me donne une jolie silhouette et elle est de longueur trois quarts, loin d'être provocante. Je me regarde dans le miroir. Je sais que je ne suis pas une beauté; pas comme Louise qui est magnifique. Je me suis fait paraître, pas magnifique, mais gentille, présentable, quelqu'une avec qui tu aimerais être. C'est bon. Je pars exactement à l'heure que je pense qu'il faudra pour y arriver à midi. Je ne suis pas une fille qui pense qu'il faut faire attendre les gens seulement pour le plaisir. J'arrive à midi pile. Jean est déjà là et il a réussi à trouver une table dehors. Son visage s'illumine quand il me voit et je sais que le mien fait de même en le voyant. C'est un bon début. Nous nous apprécions déjà.

"Tu es à l'heure" dit-il. "C'est tellement bon de te voir Catherine."

"Et toi, Jean. Ce café n'a-t-il pas l'air différent pendant la journée? Je doutais un peu d'être au bon endroit. Quand il faisait noir, je n'avais pas remarqué qu'il y avait autant d'arbres ici."

C'est vrai que je ne l'avais pas noté, mais c'est curieux. Nous sommes rue des Médicis en face du Palais de Luxembourg. C'est une jolie rue bordée d'arbres que je connais bien car proche de la Sorbonne. Par une journée ensoleillée de mai, il fait bon de s'asseoir dehors. Nous nous attardons autour de notre café, ne parlant de rien. Puis nous remontons lentement le boulevard Saint-Michel jusqu'au fleuve. Une promenade le long de la rivière est toujours relaxante. Nous traversons la rivière et prenons le sentier au bord du fleuve, le long du quai du Louvre. François Mitterrand est décédé il y a quelques années, et certains souhaitent changer le nom de cette rue pour lui rendre hommage. Je n'ai rien contre lui mais je suis une traditionaliste à cet égard. Je ne crois pas au changement de nom de lieu, sauf circonstances exceptionnelles. Nous continuons à marcher lentement le long de la rivière, sans trop parler. Il est surprenant de voir jusqu'où l'on peut errer sans but. Jean propose de déjeuner. Je réalise soudain que je suis affamée, après avoir sauté le petit-déjeuner. Nous sommes arrivés au quai Louis Blériot. Il y a un joli petit bistrot au coin du boulevard Murat, exactement là où nous en avons besoin. Une fois de plus, nous nous asseyons dehors sous le soleil de mai. Nous faisons le déjeuner durer un âge. Nous apprécions simplement la compagnie de chacun. Le soleil se couche. Il fait un peu froid. Je décide que ce serait une bonne idée de s'arrêter pendant que nous sommes encore au chaud. Je lui dis combien j'ai apprécié cette journée.

"J'ai un peu froid" dis-je. "Je pense qu'il est peut-être temps de rentrer à la maison. Il te faut rentrer à Lille, n'est-ce pas, et ça prend quelques heures." Alors je n'attends pas qu'il me le demande.

"Puis-je te revoir Jean?"

"Le plus tôt sera le mieux pour moi" dit-il.

"Et vendredi soir?" je suggère.

"Ce serait excellent, Catherine. Je peux quitter Lille un peu plus tôt et être là à temps pour voir un spectacle. Pourrais-tu me donner ton numéro de téléphone? Je réserverai quelque chose pour la soirée et je te dirai le meilleur endroit pour nous rencontrer."

"Merci Jean, j'attends ça avec impatience." Nous échangeons nos numéros de téléphone, marchons jusqu'au métro le plus proche et partons dans des directions opposées.

Le premier rendez-vous s'est très bien passé. En attendant le deuxième rendez-vous, je ne suis plus une boule de nerfs. Je suis convaincue que nous allons apprécier tout ce que Jean décide de réserver, mais plus important encore, nous apprécierons également la compagnie de chacun. Marie et Jeanne redeviennent des personnes charmantes. Comment aurais-je pu les trouver irritantes?

Notre deuxième rendez-vous est le vendredi soir. Nous allons à l'opéra. Jean a des billets pour le premier balcon du Palais Garnier, l'opéra de Paris. La Bohême de Puccini est à l'affiche. Lorsqu'il s'agit de 'Quelle petite main glacée', Jean en profite pour me tenir doucement la main. Un peu ringard? Pas pour moi; il semble toujours trouver le bon timing pour moi. On se tient la main pendant un certain temps sans que cela ne perturbe le déroulement de l'opéra. Ensuite, nous nous promenons vers la Seine et descendons les marches du Quai des Tuileries. Contrairement à l'île de la Cité, elle est presque déserte à cette heure de la soirée. La Seine coule gracieusement sous nos pieds. Nous faisons quelques pas et puis arrive le moment que je désirais tant. Jean me prend dans ses bras et m'embrasse sur les lèvres. Pour la toute première fois de ma vie, mes hormones dormantes entrent en action. Je ressens un immense élan de désir. 'C'est donc la force qui pousse les gens à mentir, à tricher et à tuer', je pense. Je n'ai jamais rien vécu de pareil. Après quelques instants, nous nous séparons et je vois les ondulations de la Seine former des motifs fascinants aux couleurs indescriptibles. J'étais époustouflée. Cela décrit très bien ce que je ressens. Je suis complètement absente pendant plusieurs minutes, alors que les couleurs vibrantes et uniques s'estompent lentement et que les formes miraculeuses redeviennent de simples ondulations dans une rivière. Cela dure trop longtemps pour Jean.

"Est-ce que ça va, Catherine?" demande-t-il, l'air très inquiet. "N'aurais-je pas dû faire ça?"

Je ne peux pas lui expliquer les couleurs inimaginables, les formes fascinantes des ondulations de la Seine, ou encore le plaisir immense que j'éprouve. Ces effets bizarres qui montraient mon bonheur total et m'avaient rendu complètement absente me font aussi un peu cinglée dans l'esprit de la plupart des gens. Non. Pas encore. Il est trop tôt dans notre relation. Mais Jean est plus que contrarié. Je dois faire quelque chose. Il me semble qu'il n'y a qu'une seule réponse. Je me tourne vers lui et l'embrasse passionnément, avec envie, sur les lèvres. Celui-ci dure longtemps mais on finit par se séparer. Je pense qu'il est rassuré. Nous flânons lentement le long de la Seine, nous séparons à l'île de la Cité. Il va au nord: je vais au sud.

Par la suite, on s'est vu régulièrement. J'aurais adoré abandonner mes études, aller à Lille et rester avec Jean. Cela arrive à certaines filles. Elles vont à l'université avec l'intention d'obtenir un diplôme et de l'utiliser à des fins utiles. Elles tombent follement amoureuses et quittent l'université. Ce n'est pas du tout moi. Je suis désespérément amoureuse de Jean mais c'est la dernière année de mon diplôme. Là encore, je me sens différente de beaucoup de jeunes; garçons et filles. Il arrive fréquemment qu'être amoureux perturbe la capacité d'apprendre ou de penser de manière concise. J'ai trouvé le contraire. J'ai trouvé que ma pensée était parfaitement claire. J'ai obtenu un diplôme de première classe avec mention de la Sorbonne. Je suis LL B! Je me sens très fière de moi. Mon diplôme est la concrétisation d'années de travail acharné. Je suis déterminée à devenir notaire. Cela va prendre encore quatre ans, mais je sais que je peux le faire. Avec les longues vacances d'été qui approchent, je vais me détendre et me concentrer sur ma relation avec Jean.

Dans cette optique, après plusieurs autres rendez-vous, je l'invite chez moi un samedi, pour le dîner. Je dis d'arriver vers six heures et demie. Je suis une bonne cuisinière. Pas en première classe peut-être, mais en tant qu'enfant unique, la plupart du temps que j'aurais pu passer à jouer avec mes frères et sœurs si j'en avais, était plutôt consacré à aider ma mère à préparer les repas. Ainsi, dès mon plus jeune âge, j'étais compétente. En grandissant, je préparais un des repas le samedi ou le dimanche car je n'avais pas de devoirs le week-end. Cela signifie qu'au lieu de n'avoir qu'un ou deux plats que je pensais pouvoir préparer, j'en ai des dizaines. Le choix est généralement considéré comme une bonne chose, mais le problème avec le choix est que cela signifie prendre une décision. Les décisions ne sont pas toujours faciles à prendre.

Je ne sais pas dans quelle mesure je voudrais me lancer des fleurs. Vais-je produire un repas merveilleux ou un plat simple et savoureux? Je choisis deux plats; une entrée et un plat principal. Je ferai du premier plat, une petite merveille; un plat afin d'impressionner. Le plat principal doit être plus simple. Je connais exactement le plat pour le 'plat de démonstration'. C'est l'une des spécialités du chef Marc Veyrat. Marc est propriétaire et chef d'un restaurant à Veyrier du Lac, au bord du lac d'Annecy, où j'ai grandi. Je pense qu'il a probablement autant d'étoiles Michelin que possible. Cette soupe présente des textures et des couleurs contrastées ainsi que des températures contrastées. On pourrait aussi dire que cela ne vaut pas la peine d'être mentionné. C'est la 'soupe aux pois'. On prend des petits pois frais; les réduit en purée. On ajoute la moitié de leur poids d'eau; un peu de sel avec l'option de quelques herbes. On la porte doucement à ébullition. On fait un radeau avec des petits bâtonnets d'un fromage à pâte dure comme le Gruyère. Pour servir, on verse la soupe, fait flotter le radeau et ajoute dessus une boule de sorbet à la baie maison. Un sorbet à la myrtille ou à la framboise se marie le mieux avec; et voilà. On a la soupe chaude, le fromage à température ambiante et le sorbet glacé. Il y a le vert des petits pois, le jaune du Gruyère et le rouge de la framboise aux saveurs et acidités contrastées. C'est un chef-d'œuvre et vraiment pas difficile à préparer.

J'ai plus de difficulté à décider ce qui devrait suivre. En fin de compte, j'opte pour le 'poulet au citron et à l'ail'. C'est un plat qui met deux heures et demie à cuire, ce qui rend le poulet très tendre, mais toute la préparation est faite au début donc je serai libre et ferai preuve d'un calme olympien quand Jean arrivera, sans courir dans tous les sens comme un poulet sans tête. Le poulet sans tête sera déjà au four. Pour le vin, je sais que ma mère aurait choisi le Chignin Bergeron lorsque nous étions en Savoie, mais on dit que ce vin 'ne voyage pas' donc je ne pourrai probablement pas l'acheter à Paris. Je choisis entre le Petit Chablis et le Sancerre et opte finalement pour le Sancerre. L'eau du robinet est bonne à Paris, mais je considère ce repas comme une occasion spéciale, alors je choisis le Badoit légèrement pétillant plutôt que le Vichy St. Yorre salé ou le Perrier, très pétillant et légèrement plus acide. Je revois mon choix et j'en suis contente. Ce repas va rivaliser avec tout, sauf avec le meilleur restaurant qui serait presque certainement extrêmement cher.

Je commence à réfléchir à quoi porter. Je veux quelque chose qui me donne l'air un peu sexy et l'encourage sans en faire trop. J'ai vu exactement ça dans une boutique du boulevard Haussmann. Quand j'arrive, ils l'ont toujours. Ah joie! C'est une petite jupe noire qui est peut-être une fraction courte sur le devant et un tout petit peu plus courte encore à l'arrière. Elle est dans un très joli matériel doux et coûteux avec un motif délicat, pas de cuir tape-à-l'œil ni, pire encore, de plastique bon marché. "Vas-y!" Je me dis. C'est un peu cher mais cette occasion m'est devenue importante.

Je sais que j'ai déjà exactement le chemisier qui va avec.

Le jour arrive et je suis étonnamment nerveuse. Je sais que je suis une bonne cuisinière. Je sais que j'ai choisi les plats avec beaucoup de soin pour obtenir l'équilibre que je souhaite. Mais tout le monde, aussi bon cuisinier soit-il, sait que le jour J, tout peut arriver. On peut oublier de préchauffer le four. On peut laisser tomber la soupe par terre. Il peut y avoir une coupure de courant et le repas est à peine cuit. Je m'arrête de penser à tout ce qui peut mal tourner et je me détends. J'attends avec impatience cette soirée. Jean arrive à six heures et demie comme convenu. Il semble que nous soyons également compatibles sur les enjeux de ponctualité. Avec ce repas peu importe que Jean soit en avance ou en retard, mais c'est rassurant lorsqu'il arrive exactement comme prévu. Je lui propose une bière mais nous nous contentons d'un café. Pendant que je le prépare, il s'assoit sur le canapé. Je le rejoins avec le café. Tout est très détendu. On s'entend tellement bien ensemble. J'aimerais lui faire un câlin sur-le-champ, mais j'ai un repas à servir. Après avoir bu notre café, je prépare la soupe qui ne prend que quelques minutes et ne nécessite aucune angoisse. Quand je lui sers la soupe, il est vraiment interloqué.

"Catherine! Regarde-la. Merveilleuse. Comme elle est belle!" Il parle de la soupe, je pense, mais il me regarde comme s'il parlait de moi. Je me sens rougir un peu.

"Oui, c'est une jolie soupe, n'est-ce pas?" je réponds.

Il goûte la soupe aux pois. Il ne fait aucun doute que les petits pois frais font vraiment toute la différence. Quelques fois, auparavant, j'ai préparé cette soupe avec des petits pois surgelés, mais cela la réduit au banal. Jean comprend l'idée. Les différentes couleurs, les différentes températures, les saveurs différentes. Oui, sans doute, je l'ai surpris. L'un des avantages du 'Poulet au citron et à l'ail' est que même si le temps de cuisson recommandé est de deux heures et demie, il cuit à une température relativement basse, donc un peu moins ou plus n'a pas vraiment d'importance. Il n'y a aucun des 'je dois le servir tout de suite' ou 'Ah mon Dieu, je l'ai brûlé'. Je le sors du four et le sers avec désinvolture, sans tracas. Naturellement, Jean est impressionné. C'est un repas de première classe servi avec simplicité, désinvolture et panache, comme s'il s'agissait d'une boîte de fèves au lard.

"Tu es une merveille" dit-il. "Où as-tu appris à cuisiner comme ça?"

"Sur les genoux de ma mère" je réponds et c'est vrai.

Nous voilà de retour sur le canapé, avec le dernier de la Sancerre. On se blottit tout près et c'est très sexy. Je sais que ma petite jupe noire a fait son travail. J'ai servi la soupe en me penchant un peu sur la table, pendant qu'il était sur le canapé. Je sais qu'il l'a remarqué. Au bout de quelques minutes, je constate qu'il est aussi excité que moi. J'attends, j'ai envie, qu'il nous propose de continuer ça dans ma chambre à coucher où ce serait encore plus amusant. Cela n'arrive pas. Je suis perplexe. La soirée s'est bien passée. Je pense que j'aurais l'air un peu insistant si je faisais le geste moi-même et suggérais la chambre. Cela pourrait détruire toute notre relation, mais il ne semble pas que Jean va le faire. Ce serait ma première fois, donc d'une certaine manière, je ne suis pas sûre de ce que je fais. Je me fie uniquement à mon instinct et à mes sentiments naturels, sans aucune expérience pour les étayer. Je suis confuse et je sens que je dois en rester là. Je dois me reprendre et réfléchir. Nous avons une douce séance de câlins avec encore un peu de baisers et Jean s'en va. Je m'attendais à ce qu'il passe la nuit, donc j'ai beaucoup de choses à penser. Je suis sûre que je suis amoureuse de ce type. Que vais-je faire?

Marie et Jeanne ne sont pas bonnes pour une question aussi importante que celle-là. Je dois en parler avec Louise. Elle a bien plus d'expérience que moi. Je pense que son conseil serait de laisser partir Jean. Je ne suis pas du tout sûre de pouvoir le faire; du moins pas maintenant. Je peux donner un aperçu à Louise par email ou par téléphone, mais je veux une conversation sincère en face à face. Pour être honnête, je suis un peu désespérée. J'appelle son portable. Louise se montre à la hauteur. Je savais qu'elle le ferait. Elle est rassurante, gentille et sensée. Elle dit qu'elle viendra à Paris n'importe quand mais elle imagine que j'aimerais qu'elle me voie sans Jean.

"Non" je dis. "J'aimerais que tu le rencontres, Louise. Je veux que tu le rencontres. Tu es ma meilleure amie. Il faut se rencontrer. Tu peux venir le week-end prochain? Je lui dirai que tu es ma meilleure amie et que j'aimerais qu'il te rencontre. Je lui donnerai rendez-vous dans l'appartement. Il saura qu'il n'est pas censé rester parce que tu resteras. Après son départ, nous pourrons en parler. En suite tu pourras me dire ce que tu penses."

Louise est une vraie chérie. Elle accepte de venir me voir à Paris le week-end prochain. Nous raccrochons. J'appelle Jean. Il est évident qu'il est heureux d'entendre ma voix. A-t-il le sentiment qu'il a peut-être foiré hier? Je ne sais pas mais je suis contente qu'il veuille toujours me voir. C'est donc prévu pour samedi. Nous nous retrouvons tous pour déjeuner dans mon appartement. Je sers des sardines fraîches sur du pain grillé avec diverses herbes. C'est facile à faire et je ne veux rien d'élaboré cette fois. La journée se passe très bien. Jean ne tarit pas d'éloges sur moi auprès de Louise, lui disant quel merveilleux repas j'avais préparé la semaine dernière. Louise est très élogieuse envers Jean et me fait de la pub; très subtilement. Nous nous entendons tous très bien. Nous sortons au bistro pour le repas du soir et ensuite Jean part pour Lille. Louise et moi retournons à l'appartement. Je fais du café. Louise s'assoit dans le fauteuil et je prends le canapé.

"D'abord, c'est un homme craquant! Ne le laisse jamais partir. Je crois bien que tout finira par s'arranger. Plusieurs choses me viennent à l'esprit. Je pense que tu as peut-être fait une erreur en ne faisant pas cette suggestion cruciale. C'est chez toi. J'imagine qu'il n'a jamais vu ta chambre. Cela pourrait ressembler à un taudis rempli de trucs que tu as jetés hors de cette pièce afin de la ranger pour son arrivée. Mais je comprends ton point de vue et de toute façon, c'est fait maintenant. Ce serait ta première vraie relation sexuelle et tu dis que tu es un peu perdue. J'ai le fort sentiment que cela pourrait aussi être sa première rencontre. Il se peut également qu'il ne sache pas comment procéder. J'imagine que tu prends la pilule mais il ne le sait pas. Même s'il a eu la précaution d'apporter un contraceptif, il se peut qu'il ait du mal à réfléchir à la manière dont il va le mettre. Je pense donc, qu'il y a de nombreuses raisons pour lesquelles ce qui ne s'est pas passé, ne s'est pas passé. La question est: 'où vas-tu à partir d'ici?'"

Je regarde Louise avec étonnement. Elle est tellement positive. Elle me fait sentir que ce qui s'est passé était la chose la plus naturelle au monde. Elle me fait même me sentir un peu stupide de faire autant d'histoires. Je ne me suis jamais sentie aussi heureuse de me sentir idiote de ma vie. Mais je ne sais toujours pas comment procéder

"Vas-y Louise" je dis. "Tu es si serviable."

"D'accord. À cause de l'autre soir, chez toi ne serait pas une bonne idée. De même, je ne pense pas qu'il faille s'attendre à pouvoir, pour ainsi dire, forcer les choses avec lui chez lui. Il nous faut arranger quelque chose sur un terrain neutre. Je pense que je viens peut-être d'avoir une idée." Elle fait une pause et nous prenons une gorgée de notre café. Ça devient un peu froid.

"Jean a été véritablement impressionné par le repas. Il y revenait sans cesse avec du respect dans la voix. Tu as certainement fait du bon là, Catherine. J'ai vu dans le journal que Saumur sur la Loire, va organiser un festival début juillet. C'est une fête du vin, des champignons et des herbes. La région de Saumur est célèbre pour ses champignons. Bien sûr, il y aura également du Saumur Champigny et du Saint-Nicolas de Bourgueil et je pense qu'il y aura également un certain nombre de blancs de la Loire. Il sait maintenant que tu es un génie culinaire. Tu peux dire que tu es intéressée par les champignons et les herbes. Je te propose d'aller ensemble à ce festival; que cela fera un très bon week-end. Il sera d'accord. Pourquoi pas? Tu réserves une chambre double pour vous deux et tu lui dis que tu l'as fait. Je pense qu'il n'y aura aucun doute sur tes intentions. Cette fois, même s'il semble réticent, tu peux y aller fort, mais s'il ne répond pas rapidement, recule ou tu n'auras peut-être pas d'autre chance."

Je fais un gros câlin à Louise. C'est très agréable d'avoir un plan. C'est parfaitement logique. Louise rentre à Toulouse. Je parle avec Jean de la fête de Saumur et il a l'air enthousiaste. Avant qu'il puisse dire qu'il va prendre les dispositions nécessaires, je lui dis que je connais exactement l'hôtel donc je vais m'en occuper de la réservation.

Certes, je connais un bon hôtel, car j'en ai déjà recherché. Je réserve l'Hôtel Anne d'Anjou. C'est une belle bâtisse du XIIIe siècle dominant la Loire avec un escalier impressionnant et de très belles pièces. Je réserve une chambre double pour vendredi et samedi nuit. Lors de notre prochain rendez-vous, je le dis à Jean. Son sourire est beau à voir et il me donne un long et délicieux baiser sur place. Il semble que tout se passera bien.

Quand arrive la première semaine de juillet, nous prenons le train depuis Montparnasse. Il faut environ deux heures et demie jusqu'à Saumur. La chemin de fer aborde la Loire à Tours et suit à peu près le même cours que le fleuve, suivant la rive droite pour arriver à Saumur. Même s'il commence à faire nuit, le chemin offre de superbes vues sur la rivière. L'hôtel se trouve à environ un kilomètre et demi. La soirée est douce. Alors nous décidons de flâner lentement sur le pont. L'Île Offart est située au milieu de la Loire à Saumur. La plupart de notre balade se fait sur les ponts qui enjambent le fleuve, l'île ou la route qui surplombe la rive gauche. Il y a une vue parfaite sur le château qui se trouve presque exactement au-dessus de notre hôtel. Nous arrivons très détendus et prêts pour le dîner. Il semble que l'hôtel fasse partie de ceux qui ne disposent pas de leur propre restaurant mais ont un accord avec un restaurant qui se trouve pratiquement sur le même site. Du point de vue des clients, cela pourrait faire partie de l'hôtel ou non. J'ai réservé pour huit heures et demie. Nous sommes en retard de quelques minutes après avoir traîné sur le chemin, mais pas suffisamment pour être gênants. En pensant à la fête à laquelle nous allons demain, nous choisissons une entrée aux champignons. Ensuite on prend du brochet au beurre blanc. Jean commande une demi-bouteille de Petit Chablis pour l'accompagner. Je considère cette modération comme un bon présage. Le brochet était fraîchement pêché aujourd'hui dans la rivière voisine. Le repas est superbe.

Jean me sourit. "...Mais pas aussi bien que le tien" dit-il.

Je souris en retour, ravie du compliment. Je ne suis pas sûre cependant. C'est une affaire serrée. Il y a toujours une pointe d'anxiété en mangeant un repas que l'on a cuisiné soi-même. J'ai certainement autant apprécié celui-ci. Nous prenons un café après le repas. Il est maintenant environ dix heures et demie. Nous allons dans notre chambre. Jean me surprend alors avec une suggestion très sexy.

"Nous vérifions que nous portons le même nombre de vêtements. Puis déshabillons-nous un vêtement à la fois, comme le strip-poker sans poker. Je pense que ce sera très amusant."

C'est méchant, je fais glisser sa veste le long de ses bras tout en l'embrassant sur les lèvres, mes seins s'enfonçant dans sa chemise. C'est sexy mais ça ne se compare pas au moment où il glisse ses mains le long de l'intérieur de mes cuisses pour enlever mes collants. La dernière chose à décoller est mon soutien-gorge. Jean me retourne pour le défaire par l'arrière, puis me pousse fermement sur le lit. Les choses deviennent ensuite très proches et personnelles. Un peu plus tard, nos corps fusionnent. Je ressens une vive douleur. Cela se mêle avec tant de plaisir qu'ils se combinent comme une vinaigrette parfaite. "Est-ce la sensation que recherchent les masochistes?" Je me demande. Puis je le serre de plus en plus fort jusqu'à ce qu'il éclate.

Le lendemain, nous allons au festival. La nuit dernière a changé notre relation. Chaque mot, chaque contact, chaque sourire a une signification accrue. Nous apprécions les collations aux champignons, les dégustations occasionnelles de vin et bien sûr, ces fêtes attirent toujours un tas d'étals de marchandises non spécifiques; peintures, bric-à-brac, etc. Nous nous promenons main dans la main, nous rapprochant parfois un peu plus. J'achète un kit pour cultiver mes propres champignons à la maison. Cela suggère que l'on cultive des herbes avec eux dans le même sol. On prétend que la saveur des herbes est incorporée dans les champignons. Les herbes sont fournies dans le kit. C'est ridiculement cher et je sais que ça va être de la foutaise. Les champignons aiment les conditions humides avec une fraîcheur et une obscurité modérée, il est peu probable qu'ils poussent bien avec des herbes, mais je veux acheter quelque chose ici, pour la mémoire et, qui sait? Cela pourrait bien fonctionner. Le soir, Jean commande une bouteille de vin entière pour accompagner le repas. Après nous prenons une liqueur avec le café et nous nous endormons dans les bras l'un de l'autre sans le drame et la passion de la nuit dernière.

Et voilà, c'est le retour à Paris pour moi et à Lille pour Jean. Il doit donner une conférence pendant la période des vacances. C'est une idée un peu étrange. Jean dit que cela signifie que les étudiants d'autres universités peuvent y assister. Presque toutes les personnes présentes viennent de relativement loin car elles ne peuvent y assister que pendant les vacances. Même si c'est la période des vacances, Jeanne, Marie et moi nous retrouvons encore souvent pour prendre un café plusieurs fois par semaine. C'est devenu notre habitude.

"Il y a tellement moins de circulation en juillet…" Je commence mais je vois que Jeanne a un large sourire sur son visage.

"Qu'est-ce qu'il y a Jeanne?" je demande.

"Alors! Il a livré les biens; a dépassé vos attentes, n'est-ce pas Catherine?" dit-elle.

Je n'arrive pas à comprendre. Je n'ai jamais discuté de Jean avec Jeanne et Marie, pourtant il semble que Jeanne sache exactement ce qui s'est passé. Peut-elle vraiment le dire? Comme ça, sans indice? Je balbutie quelque chose qui est inaudible et qui n'a probablement même pas de sens.

"Catherine" poursuit-elle, "tu étais tendue comme une cocotte-minute ces dernières semaines; beaucoup plus tendue que jamais avec les examens finaux à venir. Aujourd'hui, tu arrives parfaitement détendue et absolument rayonnante de santé. Je peux faire le lien entre deux choses: une certaine tension s'est soudainement relâchée. Dans dix cas sur un, il s'agit d'un homme."

Je ris aux éclats.

"Tu devrais être détective, Jeanne, pas avocat. Oui, tu as tout à fait raison, je ne pensais pas que c'était aussi évident. Nous avons passé le week-end au festival de Saumur et cela nous a vraiment rapproché."

"Qui est ce type, Catherine?" demande Marie. "Est-ce quelqu'un que nous pourrions connaître?"

"Vous pourriez bien. Vous souvenez-vous d'un conférencier invité de l'Université de Lille plus tôt dans l'année, qui parlait de la difficulté d'amener les pays de l'UE à avoir les mêmes lois?" Jeanne avait l'air vide mais Marie se souvient:

"Ah oui, j'y suis allée. Un jeune homme, n'était-il pas méchant?" Il y eut une légère pause, puis le déclic. "Oh non, Catherine. Tu ne sors pas avec lui, n'est-ce pas? Vraiment, tu es une sacrée veinarde!"

Je ne peux m'empêcher de sourire. "Oui, je suis une sacrée veinarde! Je la suis! Je suis vraiment tombée amoureuse de lui."

Alors la vie continue. Jean et moi nous voyons le week-end et occasionnellement en semaine, d'habitude à Paris. Il y a bien plus à faire à Paris qu'à Lille et mon bel appartement était meilleur que le studio que Jean avait à Lille. Sans que je m'en rende compte, une année entière s'était écoulée depuis ma rencontre avec Jean. Puis un dimanche de juillet, Jean m'a surpris en me disant qu'il voulait m'emmener à l'église. Je ne suis pas religieuse. Ni ma mère ni mon père n'allaient à l'église. Le sujet était rarement abordé à la maison, mais le sentiment général était que même s'il est possible que Dieu existe, cela ne semble pas probable. Certes, l'abondance des différentes religions suggère que personne ne sait de quoi il parle: le fait que le nombre de conversions à une nouvelle religion est très faible et que presque tout le monde suit la religion de leurs parents, suggère que 'la foi' est le résultat du lavage de cerveau dans l'enfance. Après tout, la foi, c'est croire en quelque chose pour lequel il n'existe pas suffisamment de preuves. À mon avis, 'Dieu' entre dans cette catégorie. Jean n'avait jamais mentionné auparavant l'église ni même la religion. J'attends quelques explications. Je m'habitue au sens de l'humour de Jean. C'est un peu comme un indice énigmatique de mots croisés. Les mots qu'il utilise sonnent comme s'ils signifiaient une chose, mais s'avèrent signifier quelque chose de complètement différent.

"Il y a une église près de Rambouillet que j'aimerais que tu voies" dit-il, sans rien expliquer de plus.

Eh bien, je suis heureuse d'y aller. Je suppose qu'il y a quelque chose de spécial dans l'architecture. Nous y arrivons et c'est une jolie petite église mais je n'y vois rien qui mérite une visite spéciale. Jean n'en dira pas plus.

Puis "Viens" dit-il.

Nous entrons et marchons le long de l'allée. Nous montons deux marches. Voilà se trouvent les stalles du chœur et l'autel et au sommet il y a une statue, grandeur nature, d'un garçon avec les mains jointes en prière. Il lève les yeux vers le vitrail au-dessus de l'autel. Il est à genoux avec une expression béate sur le visage. Il est plutôt mignon mais ce n'est pas vraiment un Michel-Ange.

Jean se met à genoux, imite l'expression ridicule du garçon, me regarde avec adoration et dit:

"Catherine, veux-tu m'épouser?" Quelle façon de proposer le mariage. Je ris aux éclats. Immédiatement je pense que je ne devrais peut-être pas rire puisque nous sommes dans une église. Je m'arrête. Jean n'a pas bougé.

Mon Dieu! Je dois lui parler de mes bizarreries. J'aurais déjà dû le faire. Comme c'est stupide d'attendre aussi longtemps.

"Jean, avant de te donner une réponse, je dois te dire quelque chose sur moi" dis-je.

Il a l'air très perplexe et un peu inquiet. Je lui raconte ce qui m'arrive lorsque je ressens une surcharge de bonheur.

"Tu te souviens de notre premier baiser?"

"Bien sûr que oui" dit-il.

"Comment j'étais, disons, dans la lune avec les fées pendant quelques minutes."

"Oui, tu étais un peu étrange."

"Quand je vis un moment d'extrême bonheur, il semble qu'une partie de mon cerveau soit en surcharge. Je vois des formes et des couleurs impossibles qui s'estompent rapidement et ne existent plus. Cela me neutralise presque, pendant environ une minute ou deux. Je sens que je dois te le faire savoir. Que tu devrais savoir que je suis une cinglée avant de prendre un engagement à long terme avec moi."

"J'ai lu quelque chose comme ça" dit-il, "mais ce n'est pas tout à fait la même chose que ce que tu décris. Certaines personnes voient des couleurs autour des petits chiffres ou des petits mots. D'autres peuvent obtenir le même effet avec les voix ou la musique. On dit que certaines de ces couleurs n'existent pas dans la soi-disant vie réelle. Cela s'appelle la 'synesthésie', je crois. Cela ressemble beaucoup à ce que tu dis. C'est étrange, n'est-ce pas," dit-il en réussissant, je suis heureuse de le dire, à éviter le mot bizarre. "Je ne vois pas que cela fasse de toi un handicap. Je pense plutôt que cela te rend encore plus fascinante. Je ne vois pas vraiment pourquoi tu ressentes le besoin de m'en parler aussi sérieusement, comme s'il s'agissait d'une maladie mortelle. Quelque chose comme ça ne va pas m'empêcher de t'aimer. C'est certainement merveilleux de savoir que tu avais une surcharge de bonheur quand je t'ai embrassée."

Je m'aperçois soudain que Jean est toujours à genoux en attendant une réponse, même s'il a perdu son expression béate et idiote!

"Jean, pour l'amour du ciel, lève-toi" je plaide. "Bien sûr, je t'épouserai."

J'aimerais tomber dans ses bras mais encore une fois l'église me restreint. Je lève les yeux vers le vitrail. Effectivement, il est rempli de couleurs inimaginables. Les piliers de l'église sont disposés selon ce qui doit être des courbes imbriquées en quatre dimensions. Je suis bouche bée. Encore, j'ai une surcharge de bonheur. Le bonheur, je le réalise, est très différent de la passion. La passion est agressive, presque douloureuse; peut-être même devrait-elle être évitée? Le bonheur est tranquille, confortable comme un feu de bois une nuit d'hiver. Notre passion peut s'estomper mais j'espère que notre bonheur durera pour toujours.

C'est presque la fin des vacances d'été. Les deux dernières semaines du mois d'août, Jean n'a aucun engagement à Lille. Nous pouvons être ensemble 24 heures sur 24. C'est le test ultime d'une relation et cela fonctionne bien. Je propose qu'on fasse un voyage aux Alpes pour montrer à Jean où j'ai grandi jusqu'à mon adolescence. Jean est un skieur passionné mais il n'est pas allé dans les Alpes. Il a fait la majeure partie de son ski dans les Pyrénées. Il veut voir comment les Alpes se comparent aux Pyrénées et aimerait prendre une semaine de vacances en hiver dans une station de ski alpin; Le Mont Blanc, bien sûr, est ce dont il rêve. Il accepte avec joie une virée au lac d'Annecy.

Ma maison familiale est louée avec un loyer longue durée donc nous ne pouvons pas y rester mais j'ai bien l'intention de la montrer à Jean de l'extérieur. Se pose la question de savoir où loger. Si je veux faire découvrir à Jean tous les endroits préférés de mon enfance, il faut qu'on puisse s'y déplacer facilement. Bien que Jean ait un permis de conduire obtenu il y a quelques années, il n'a pas de voiture en ce moment. Lille, comme Paris, dispose d'un bon système de transports et de tarifs de stationnement exorbitants. Une voiture devient plus un handicap qu'une aide. Je n'ai pas encore passé l'examen de conduite. Il me faut m'y mettre un jour. Annecy elle-même, la ville, dispose d'un bon service de bus mais le service vers les endroits autour du lac, bien qu'il existe, est plutôt sommaire. Certains services n'ont lieu que deux ou trois fois par jour. Les frais de stationnement sont très raisonnables. Plusieurs parkings à quelques pas du centre sont effectivement gratuits. Cela semble une bonne idée de louer une petite voiture. Si nous sommes prêts à nous lever tôt le matin, nous pouvons prendre le TGV jusqu'à Annecy. Sinon, il y a des trains plus lents plus tard. Il existe plusieurs sociétés de location de voitures à proximité de la gare. Si l'on loue une voiture, il sera beaucoup plus facile de se déplacer. Cela facilite également le choix du lieu de séjour. Jean me laisse le soin de choisir l'hôtel, car je connais la région. Je choisis L'Auberge du Lac à Veyrier. C'est à mi-chemin entre Annecy et Écharvines où j'ai grandi. Il est au bord du lac et les chambres ont une vue sur le lac jusqu'au mont Semnoz de l'autre côté.

J'emmène Jean dans tous mes repaires d'enfance. Je lui montre la maison où j'ai grandi. Il appartient toujours à ma mère et à mon père mais je ne veux pas être intrusive et déranger la famille qui y vit. Depuis la route, je montre à Jean l'étrange extension que ma mère a fait construire.

Je souligne les (ouah!, c'est pire que jamais, il y en a une vingtaine de) parapentistes qui volent au-dessus de la maison. La veille de notre retour, je l'emmène voir 'Le balcon au Lac'. Nous laissons la voiture et parcourons les petits sentiers du Roc de Chère. C'est paisible et calme. En arrivant au Balcon, je souligne quelques-uns des éléments les plus intéressants de l'autre côté du Lac. Jean dit qu'il pense que la couleur de l'eau doit être une de ces couleurs étonnantes que je vois quand je suis très heureuse. J'en ris et soudain, un cri retentit en dessous de nous et une silhouette grimpe le sentier escarpé depuis le bord du lac.

"Catherine" crie-t-elle.

Bon Dieu, c'est Jacques. Je ne l'ai pas vu depuis que nous avons treize ans. Cela doit faire sept ou huit ans!

"Jacques" je réponds, "qu'est-ce que tu fais ici?"

"Et toi" dit Jacques. "Je pensais que tu étais à Paris."

Je présente Jean et Jacques. Jean dit que c'est un endroit génial. Jacques et moi répondons ensemble. Nous continuons à parler à l'unisson et finissons par rire de façon incontrôlable. C'est trop la honte. Jacques est ravi de me voir après tout ce temps: et en effet, je suis très heureuse et surprise de le voir. Il a récemment acquis un téléphone portable. C'est nouveau et c'est évident qu'en ce moment c'est son bien le plus précieux.

Il appelle sa petite amie et organise un dîner ensemble. Le dîner est dans un bistro près de la rivière. C'est nouveau pour moi et peut-être n'existait-il pas il y a sept ans. Le repas est une grande réussite. Nous nous entendons très bien tous les quatre. Jacques est visiblement complètement amoureux de Sylvie. Je crois que je peux prédire un mariage imminent! Nous n'y restons pas tard car Jean et moi devons rendre notre voiture de location et prendre le train pour Paris le lendemain matin.

CHAPITRE 3
Jacques 1999 – 2001

Nous sommes lundi matin et je téléphone à Georges. Après les plaisanteries habituelles, je lui dis ce dont j'ai besoin pour ce prochain travail et quel est le budget. Je dis que je me rends compte que c'est probablement tout à fait impossible et j'explique la tension qui existe sans doute entre Dominique et moi. Je lui donne également le numéro de mon nouveau téléphone portable. J'en suis plutôt fier. Il y a un an, ils étaient bien hors de ma fourchette de prix. Ensuite, je continue mon propre travail. Cet appartement au deuxième étage de la vieille ville n'est pas difficile. J'ai terminé le nouveau câblage. Il ne lui manque plus qu'une nouvelle boîte à fusibles. Les boîtes à fusibles modernes sont équipées de déclencheurs ou de disjoncteurs qui coupent un circuit individuel avant que le fusible ne saute. Cela signifie que la fréquence de devoir changer un fusible est beaucoup plus rare. Tout ce qu'il faut faire est de réduire la charge du circuit et de remettre l'interrupteur en marche. Ils disposent également d'un disjoncteur pour toute l'installation. Si la quantité de courant consommée dépasse un certain point, tout se déclenche; le réfrigérateur, la cuisinière, les lumières: tout. S'il fait nuit, l'endroit est plongé dans l'obscurité. Cela peut être un peu ennuyeux, alors lorsque j'installe une nouvelle boîte à fusibles, par exemple dans le hall, j'exempte la lumière la plus proche de la boîte. Je lui donne son propre circuit et son propre disjoncteur pour qu'il reste seul allumé si le courant maximum est dépassé. Alors que je termine le travail, le propriétaire arrive. Il est ravi de voir que j'ai terminé et je lui explique ce que j'ai fait. Ce n'est vraiment pas nécessaire. Tout est simple. Mais ce sont de bonnes relations publiques. Je lui montre la lumière du couloir qui restera allumée si le courant admissible de l'appartement est dépassé. Il a l'air content et me demande si j'ai une carte de visite. L'autre jour, j'ai fait exécuter quelques cartes professionnelles lorsque j'ai acheté mon nouveau téléphone. J'aimais plutôt une vieille écriture allemande.

𝔍𝔞𝔠𝔮𝔲𝔢𝔰 𝔓𝔞𝔯𝔦𝔰𝔢𝔩,
𝔗𝔢𝔩 06 ** ** ** **

        𝔈𝔩𝔢𝔠𝔱𝔯𝔦𝔠𝔦𝔢𝔫 à

                𝔇𝔢𝔰𝔭𝔩𝔞𝔠𝔢𝔰 & 𝔈𝔦𝔢
                𝔗𝔢𝔩 04 50 ** ** **

Il me dit que certains amis ont besoin d'un électricien et il va leur passer les cartes. Je le remercie et retourne au bureau des Romains. Dominique est là, par son attitude on dirait que l'endroit lui appartient, ce qui est bien sûr le cas. Je ne peux pas laisser ce type me déranger alors qu'il n'y a vraiment aucune raison. Garde-le pour le moment où il y a une raison. Cela arrive assez souvent. En fait, aujourd'hui, il est plutôt sympa.

"Ah bonjour Jacques" dit-il gaiement. "Tu as fini le recâblage de l'appartement, n'est-ce pas? Bon travail, mec. Je vais envoyer la facture tout de suite. Ils seront ravis de l'avoir installé si rapidement. Super truc!"

"Merci patron. Oui, tout était simple. Il n'y a eu aucun problème. C'est un bel appartement. Cela ne me dérangerait pas d'y vivre moi-même, mais la vieille ville est très bruyante jusqu'à tard. Je ne pense pas qu'on dormirait beaucoup."

"Oui, là tu as raison. Ah au fait, des nouvelles des aménagements pour le prochain chantier?"

"J'ai mis des sondes mais je n'ai aucun espoir. J'ai bien peur de ne pas accepter des trucs de qualité inférieure."

Il a l'air un peu agacé mais garde son sang-froid.

"Pas de qualité inférieure Jacques, simplement moins cher. Nous devrons attendre; voir ce qui est disponible. N'est-ce pas?"

Je change de sujet. "Que voudriez-vous que je fasse pour le reste de la journée?"

"Guy et Michel commencent l'agrandissement de cette maison de Sévrier, celle qui est un peu en haut de la montagne avec une belle vue. Je ne me souviens plus de l'adresse. Tu pourrais y aller et évaluer ce dont tu aurais besoin pour cela."

"OK patron, je vais faire ça."

Je vais dans le tiroir 'travaux en attente'. Par hasard, il m'arrive de voir les derniers comptes sur son bureau. Bien sûr, je ne peux pas voir les détails mais ils me semblent désastreux. Dominique n'était pas d'une grande aide en disant 'celui un peu en haut de la montagne avec une belle vue'. Il y a de nombreuses maisons à Sévrier qui sont 'un peu en hauteur avec une belle vue'. Cependant, je constate qu'il n'y en a qu'une dans nos livres. Je note l'adresse. C'est sur le Chemin de la Grotte. Puis je pars.

Il y a un peu plus d'un kilomètre entre mon appartement et le bureau. Si c'est le premier endroit où je vais dans la journée, d'habitude, je marche. Cela prend environ quinze minutes, souvent moins. Selon l'endroit où je travaille, je marche ou je prends mon petit scooter Vespa. C'est très pratique car il est facile de sortir de la route s'il n'y a pas de parking. Il ne faut pas longtemps pour arriver à Sévrier en Vespa. La N508 est presque toujours un bouchon pour les voitures, même si elles avancent lentement. C'est la seule route principale qui se trouve entre le lac et le Semnoz, la montagne à l'Ouest. C'est la route vers de nombreuses stations de ski en hiver et elles sont également très populaires en été. Le principal aéroport international de la région se trouve à Genève. Ainsi, la plupart des personnes qui arrivent par avion pour skier dans des stations comme Tignes ou Les Trois Vallées doivent l'emprunter. De plus, comme Annecy est la principale ville de la région pour faire du shopping, toute personne venant du Sud doit l'emprunter pour se rendre à Annecy.

J'ai entendu beaucoup d'étrangers critiquer les automobilistes français, mais ils font volontiers la place aux motos et aux scooters. La Vespa me conduit à Sévrier en un rien de temps, les voitures mettent un peu plus. Quand j'arrive à la maison, je trouve qu'elle est plus haute que les autres maisons plus proches du lac et offre une vue magnifique. Les montagnes derrière Écharvines, où j'ai séjourné avec les Diacre, sont une belle formation mais si l'on se trouve du côté est du lac, on est trop près d'eux pour voir leur vraie beauté. Oui, la vue depuis cette maison sur le lac et les montagnes est vraiment exceptionnelle. À mon arrivée, Guy et Michel mesurent la prolongation prévue. Il y a apparemment un petit problème avec le sol sur lequel devrait se trouver le dernier mètre de la pièce proposée. Le sol se transforme brusquement en sable très meuble. Michel évalue la profondeur que devront parcourir les fondations pour atteindre le substrat rocheux. Guy est assis sur un muret en train de souffler une Gauloise. Michel se demande si la toute fin de l'extension proposée coûtera beaucoup plus cher au propriétaire.

Michel a une quarantaine d'années. C'est un ami de Dominique et il travaille dans le cabinet depuis longtemps. Il semble installé et heureux dans son travail. Guy est plus jeune, quelques années de plus que moi. Il a rejoint le cabinet environ six mois avant moi. Je sais que comme moi, il n'est pas convaincu que Dominique parvienne à faire perdurer l'entreprise. L'idée germe dans ma tête que Guy et moi pourrions former une équipe informelle, quitter Desplaces & Cie et travailler à notre compte. À vrai dire, de nombreux travaux électriques pourraient bénéficier de la disponibilité d'un maçon et vice versa. Michel va s'entretenir avec le propriétaire de la difficulté qu'il envisage. Je bavarde avec Guy pendant qu'il finit sa cigarette. Je propose qu'on prenne une bière au Café de la Boule à Sévrier quand on aura fini. Il y a une énorme boule de béton à l'extérieur qui est conçue pour être entourée d'eau, mais cela ne semble jamais être le cas. Le café porte peut-être le nom de ce que je considère comme une monstruosité, mais ils font du bon café et le service est très sympathique. Guy est heureux de m'y rejoindre. Nous sommes maintenant assis à une table à l'intérieur du café. Michel a emmené le van de l'entreprise au bureau. Je prends un café et Guy prend une bière blanche. Elles sont brassées près du Mont Blanc. Je les aime. Elles sont parfumées aux herbes des montagnes. Maintenant, j'ai du mal à aborder le sujet. Je décide de partir dans la direction opposée à mes vraies pensées et de booster un peu Dominique. Je vais lui donner du crédit et voir ce qui se passe.

"Dominique était de bonne humeur" dis-je. "Il m'a complimenté pour le travail bien fait et était positivement rayonnant."

"Cela fait un changement agréable" répond-il. "La plupart du temps, Il fait la tronche comme s'il est une semaine pluvieuse. Il trouve toujours de quoi se plaindre. Je repense à l'époque où son père était le patron et je me demande comment tout peut changer si vite. 'Le Vieux Desplaces' savait certainement comment diriger un tel spectacle. C'est dommage qu'il ait pris sa retraite. Il était encore tout à fait à la hauteur."

"Oui." Je prends le taureau par les cornes. C'est un engagement. Si je ne quitte pas l'entreprise après cela, je vais perdre beaucoup de face. "Je pense quitter Desplaces et Cie et travailler pour moi-même."

"Ouah!" dit-il. "C'est un pari, n'est-ce pas?"

"Peut-être, mais il faut prendre des risques de temps en temps. Lors des deux derniers travaux que j'ai effectués, les gens m'ont demandé mon nom. Le dernier a pris quelques-unes de mes cartes pour les offrir à des amis qui ont besoin d'un électricien. Tu fais un peu pendant ton temps libre, n'est-ce pas? Si l'un des travaux que je reçois nécessite de la maçonnerie, je te recommanderai. Si tu as des cartes, donne-m'en quelques-unes. Si tu n'en as pas encore, fais-en imprimer. Si tout se passe bien, tu parviendras peut-être même à te détacher de Dominique toi-même."

"Cela semble très tentant" dit Guy. "Merci pour l'offre. Voyons comment ça se passe."

Guy habite à Sévrier, tout près. Je le ramène chez lui sur ma Vespa. Cela s'est mieux passé que prévu. Ensuite, je reçois un appel sur mon portable.

"Jacques Parisel" dis-je. Je peux à peine retenir le sourire narquois de ma voix. Je n'aurais jamais pensé qu'avoir un téléphone portable serait aussi amusant.

"Ah Jacques, comment ça va? C'est Georges. Je te téléphone à propos de ces trucs électriques que tu cherches. Je pense que tu seras content. J'ai trouvé un de nos entrepôts avec une quantité limitée. C'est l'essentiel de ce dont tu as besoin. C'est un peu plus cher que ton bilan; ton budget net. Mon entreprise m'accorde une réduction de dix pour cent sur quelque chose que j'achète pour moi-même. Si je t'ajoute cela, ce ne sera qu'un peu au-dessus de ton chiffre pour presque tout ce que tu demandes. Je ne pourrai plus utiliser ma réduction de personnel pour toi naturellement. Cela serait remarqué et de toute façon, ce ne serait pas bien."

"C'est merveilleux Georges. Je t'enverrai le paiement tout de suite."

"Merci Jacques. Il y a autre chose. Cela ne prend pas beaucoup de temps par autoroute entre Lyon et Annecy. Je peux t'apporter les choses moi-même samedi après-midi prochain et nous pouvons dîner ensemble."

"Magnifique Georges, ce sera génial. Alors, à samedi!" Nous raccrochons.

Peu de temps avant de décider de prendre sa retraite, Claude m'a donné le pouvoir d'effectuer des paiements pour des appareils électriques jusqu'à une certaine limite. Comme le montant se situe dans cette limite, j'organise immédiatement le paiement. Je dis à Sylvie que Georges viendra et elle a hâte de rencontrer mon meilleur ami. Je réserve une table aux Jardins de L'Auberge. Je me souviens de la Pierrade de Bœuf avec une pointe de nostalgie mais ce repas n'ira pas du tout dans ce sens. Georges arrive samedi après-midi dans un petit van de l'entreprise qui s'intègre parfaitement dans mon parking. Je lui présente Sylvie. Après avoir dit 'Bonjour', nous descendons à la camionnette et je regarde ce qu'il m'a apporté. Il a presque tout ce que j'ai demandé. Incroyable! Seul Georges aurait pu y parvenir. Les produits sont de haute qualité et ne dépassent que légèrement le budget fixé par Dominique.

Sylvie a préparé du café pendant que nous étions en bas. Nous nous installons confortablement. Georges et moi avons beaucoup de choses à rattraper. Sylvie semble vraiment intéressée par le métier de Georges. La conversation se déroule sans problème mais Georges me semble un peu réservé avec elle. Je me demande si je l'imagine. Il vient de faire un voyage et cela peut être stressant, même si Lyon-Annecy par l'autoroute ne prend pas longtemps, moins de deux heures. Ou peut-être que je m'attends à ce que tout le monde soit aussi captivé par Sylvie que moi.

Au restaurant, les choses semblent s'être détendues. Tout va bien. Nous choisissons le Fera, poisson du lac avec une bouteille de Roussette Altesse, un vin de Savoie qui accompagne très bien le poisson frais. Ensuite c'est Rhum Baba. Georges passe la nuit dans notre chambre d'amis. Je dis 'la nôtre' parce que Sylvie passe la plupart de son temps libre ici maintenant, mais ce soir, je suppose que parce qu'elle sait que Georges reste, elle rentre chez elle dans l'appartement rue de la Croix Rouge.

Avant de nous retirer, Georges a l'air un peu sérieux et me demande tous les conseils que je pourrais avoir. Il a vu une fille qui lui plaisait et a réussi à lui proposer de sortir avec elle. Ils sont allés au cinéma. Le rendez-vous semblait bien se passer. Quelques semaines plus tard, il lui a demandé de sortir à nouveau et elle a dit non. Cela, dit-il, s'est passé deux fois maintenant avec des filles différentes. Je dis que ça ne servait à rien de me demander. Je suis inutile. Le même genre de chose m'arrivait jusqu'à ce que cette fille merveilleuse s'intéresse à moi, fasse tout son possible et j'aurais dû être stupide-aveugle pour ne pas lui demander de rendez-vous. Tout ce que j'avais fait, c'était m'asseoir à une table, l'air tout solitaire et pathétique. Ça, je peux le recommander.

"Sinon" ai-je dit, "organise le deuxième rendez-vous alors que tu es encore au premier avant qu'elle réalise que tu n'es bon pour rien."

"Oh! Très drôle" dit Georges. "Dieu seul sait ce qu'une fille comme Sylvie voit en toi!" Après le petit-déjeuner, il rentre à Lyon.

Lundi, je me rends au bureau et réussis à emporter la plupart, mais pas la totalité, du matériel apporté par Georges, à l'arrière de ma Vespa. Je le montre à Dominique. Je lui dis comme c'est un très bon rapport qualité-prix. Je m'attends à ce qu'il soit enthousiaste à cause de la qualité, soit soulagé à cause du prix. Cependant, il est agacé.

"C'est toujours au-dessus du budget, Jacques. J'annule votre droit d'acheter du matériel. Je ne pensais pas que mon père aurait dû le permettre de toute façon. Il faut donc que ça cesse."

"Il y a une certaine qualité de matériel dont je suis content. Si la qualité est inférieure, je ne vais pas l'utiliser."

"Nous savons, tous les deux, ce qui se passera après ça" dit-il sombrement.

En effet, je le sais. J'ai failli donner ma démission sur-le-champ, mais je décide qu'il y a une chose que je dois faire en premier. Je dois parler à Claude. Je pense que je lui dois de lui faire savoir ce qui se passe. Je ferai attention à ce que je dis. Je n'essaie pas de monter père contre fils. Je veux contribuer à sauver l'entreprise que Claude a bâtie au cours de sa vie active.

J'y vais. J'aurais dû appeler Claude et prendre rendez-vous mais je ne l'ai pas fait. J'arrive et j'appuie sur la sonnette. Madame Desplaces ouvre la porte.

"Bonjour Jacques." Avant que je puisse répondre, elle appelle bruyamment Claude.

"C'est Jacques, Claude."

"Eh bien, laisse-le entrer, ma chère," vient la réponse légère.

Je passe et je constate avec stupéfaction qu'Olivier est confortablement installé dans un fauteuil. Il y a une canne à côté de la chaise mais il a changé le modèle de l'hôpital pour un très beau modèle plutôt orné avec une tête de tigre au sommet. Il a l'air bien mieux que lorsque je l'ai vu au bureau il y a tout ce temps. Nous nous saluons comme d'habitude mais je suis un peu perplexe. J'aurais dû y penser. Je ne suis pas du tout sûr de devoir en discuter avec Claude alors qu'Olivier est présent mais maintenant il me faut commencer.

"Je voudrais te parler du cabinet, Claude." Il voit immédiatement mon problème.

"Écoute, Jacques" répond-il. "Olivier et moi, on remonte loin; au début d'adolescence. C'était peut-être mon entreprise mais en réalité nous la gérions ensemble, n'est-ce pas Olivier? Si tu veux me parler de quoi que ce soit qui concerne l'entreprise, tu peux le dire devant Olivier." Je respire à fond.

"Claude, quel que soit le déroulement de cette conversation, je remets demain ma démission à Dominique. Je vais travailler à mon propre compte. Je veux t'en donner les raisons. Je crains que ton fils n'ait pas vraiment la moindre idée de la gestion de l'entreprise. J'ai jeté un bref coup d'œil aux chiffres l'autre jour et ils semblaient désastreux. Dominique souhaite acheter du matériel électrique bon marché qui ne sera pas sécure dans l'état ultra-humide autour du lac et du Thiou. Il m'a retiré la capacité d'acheter ce dont j'avais besoin. Je ne veux pas provoquer de frictions entre toi et lui, mais je me demande si tu pourrais revenir dans une certaine mesure pour l'aider. Il a besoin de toi à nouveau à la tête du cabinet que tu, et Olivier" (j'ajoute au vu de son commentaire précédent) "as bâti va couler. Cela n'affecte en rien ma décision. J'ai déjà pris ma décision mais je suis prêt à réaliser le prochain projet car mon ami Georges a réussi à me procurer presque tout le matériel pour ce chantier à un prix cassé." Claude soupire.

"Je comprends." Il y a une pause pendant qu'il réfléchit. "Oui" dit-il enfin. "Je peux dire à Dominique que je trouve que la retraite m'ennuie et que le bureau me manque. Peut-être qu'il me laisserait venir quelques matins par semaine, sans rémunération bien sûr, et voir si je peux être d'une aide quelconque. Cela me permettrait peut-être de lui donner quelques conseils sans qu'il perde la face."

C'est tellement Claude. Il a cette capacité à résoudre les problèmes avec le minimum de frictions, prêt à assumer une certaine part de responsabilité dans une situation alors qu'en réalité, ce n'est pas de sa faute. Je vais directement au bureau. J'ai l'intention d'être aussi agréable que possible en remettant ma démission. Dominique a l'air un peu perplexe.

"Ah! Jacques, vous êtes de retour? Je pensais que vous alliez commencer ce nouveau travail maintenant que vous avez l'équipement."

"Je ferai ce boulot, Monsieur Desplaces, et ensuite je partirai. Je remets ma démission maintenant. Comme je l'ai dit, je vais terminer le boulot actuel. Je vous ai dit que je ne travaillerai pas avec du matériel de qualité inférieure et vous continuez à m'ignorer. J'ai obtenu une affaire presque incroyable grâce à un ami et malgré cela, vous m'avez retiré le droit d'acheter mon propre matériel que votre père m'avait donné lorsqu'il était patron. C'est trop."

"Mais Jacques, vous allez me laisser sans électricien."

"Vous aurez du temps pour en trouver un. Si vous ne pouvez pas, je serai peut-être prêt à faire du travail pour vous en tant que consultant, mais ce serait selon mes conditions."

Il devient un peu pâle mais que peut-il dire? Je répète que je ferai le travail en cours, puis je quitte le bureau. Le soir, j'annonce à Sylvie que j'ai remis ma démission et que je vais travailler en freelance. Je n'ai pas souvent vu Sylvie se fâcher contre moi. Il ne fait aucun doute qu'elle l'est maintenant. Elle garde une voix très calme et mesurée mais son visage montre que quelque chose se passe.

"Est-ce bien raisonnable, Jacques?" dit-elle. "Tu dis que la concurrence ici dans la région d'Annecy est intense. J'espère que tu as pris la bonne décision."

J'explique l'attitude de Dominique face au matériel que Georges a réussi à me procurer et son intention d'acheter du matériel bon marché. Sylvie ne dit rien, mais l'irritation sur son visage demeure... Depuis notre rencontre, Sylvie a très rarement semblé s'énerver contre moi, et seulement brièvement pour des choses mineures. Je me sens mal. La voir ainsi m'anéantit totalement. J'ai beaucoup de mal à supporter qu'elle soit agacée. En ce moment, je ne vois pas pourquoi elle l'est. Je mets un disque de sa musique préférée et garde l'éclairage tamisé. Au fil de la soirée, son visage s'adoucit. Au moment où nous nous couchons, je suis heureux de le dire, elle semble l'avoir oublié. Nous nous blottissons très près et tout semble bien.

À ma grande surprise, mes journées de freelance commencent en beauté. Les cartes que j'ai distribuées avaient un succès immédiat. Il y avait deux demandes d'information sur mon numéro et une sur le numéro de téléphone de l'entreprise. Non seulement je suis en affaires, mais j'aide Desplaces & Cie aussi. L'un des emplois se situe dans la vieille ville, dans un appartement au rez-de-chaussée. La maçonnerie extérieure est en mauvais état et a certainement besoin d'être rejointoyée. J'en parle au propriétaire, comme un commentaire désinvolte, sans insister. Il est interloqué.

"Oui, il est en très mauvais état, n'est-ce pas?" il dit. "Je n'avais pas remarqué. Vous ne faites pas de rejointoiement, n'est-ce pas Jacques?"

"Non, j'ai peur que non" dis-je, "mais je connais quelqu'un qui fera du très bon travail. Je peux recommander Guy Oudart."

Je lui donne la carte de Guy. Cela se passe bien. Au cours de l'année suivante, le travail continue d'arriver. Guy et moi avons ce partenariat lâche. Cela se passe bien pour nous deux. Nous gardons notre indépendance mais nous trouvons du travail l'un pour l'autre lorsque nous le pouvons. Je dois souvent travailler le soir et je ne rentre que tard. Un jour qu'on travaille au même endroit, Guy me dit:

"Ah Jacques, j'ai rencontré ta copine Sylvie, hier. Je voulais acheter des bijoux pour ma mère. C'est bientôt son cinquantième anniversaire et je cherchais quelque chose de convenable."

"Alors, qu'est-ce que tu en penses?"

"Elle est incontestablement d'une beauté époustouflante" dit-il. "Tu es, sans doute, un gars chanceux. Elle avait une assistante là-bas, mais elle est venue d'elle-même et elle n'aurait pas pu être plus utile. Tu connais la tendance dans n'importe quel magasin, si l'on mentionne un prix indicatif, ils le dépassent immédiatement. Non! Elle est restée en dessous et je suis reparti avec exactement ce que j'avais en tête, bien en dessous du prix que je m'attendais à payer. Nous avons discuté un peu et je lui ai dit que notre accord semblait très bien fonctionner. Comment diable un div comme toi peut-il cliquer avec une telle fille?"

"Ah! Ce n'est que mon charme naturel" je réponds. Mais il a un bon point. Je n'arrive tout simplement pas à croire à ma chance.

Le millénaire approche. Plus tôt cette année, j'ai eu l'idée de réserver à l'avance une table pour deux personnes à l'Hôtel Impérial pour le millénaire. Cela va coûter les yeux de la tête mais les millénaires ne reviennent pas tous les jours et j'espère que cela montrera à Sylvie combien je l'aime. Lorsqu'on parle du millénaire, on parle beaucoup d'avions tombant du ciel à cause d'ordinateurs en panne. L'idée est que de nombreux programmes informatiques qui impliquent la date n'ont été configurés que pour reconnaître les années 1900 à 1999. Lorsque l'an 2000 arrivera, ils ne le comprendront pas, selon la pensée. Les ordinateurs vont imaginer que nous sommes en 1900 et agir en conséquence. Le paiement des intérêts sur les investissements cessera car aucun intérêt n'est dû pour l'année 1900. Toutes sortes de choses comme ça. Sylvie dit qu'elle peut y croire parce que lorsque sa grand-mère a dû être hospitalisée il y a deux ans, elle avait 75 ans mais comme quelqu'un n'avait pas mis son âge sur le formulaire, l'ordinateur a rempli automatiquement 97 ans car 1997 était l'année à l'époque. Si cela se passait, elle voyait qu'il était fort possible que des problèmes pourraient survenir.

On parle beaucoup de 'résolutions de nouveau millénaire'. Nous sommes habitués à cela au début de chaque année avec les 'résolutions de nouvelle année', mais l'idée des résolutions du millénaire s'est imposée. Je pense que c'est un peu étrange. Je vois que les autorités ont décidé que le nouveau millénaire commence le 1er janvier 2000. Quiconque ayant un soupçon de mathématiques penserait que le 1er janvier 2001 était la date correcte pour le nouveau millénaire, car c'est à ce moment-là que 2000 ans se seraient écoulés. Le monde d'aujourd'hui est impatient de vivre des sensations fortes, c'est pourquoi il faut que les célébrations aient lieu un an plus tôt. J'ai entendu dire que certains pays pourraient en fait changer de fuseau horaire afin que le millénaire commence sur leur sol. À quel point le monde peut-il devenir fou? Je suis content d'avoir pensé à réserver une table longtemps à l'avance. Le moment venu, partout sera réservé.

C'est un grand événement à l'Impérial. Il y a un casino dans le même bâtiment. Je ne sais pas s'ils sont liés financièrement ou non. Je n'ai jamais fait de pari de ma vie. Sylvie et moi décidons que ce serait amusant pour une seule fois. Nous achetons 200 francs de chips chacun et décidons de faire un concours. Il faut utiliser exactement les 200 francs en pariant sur autant de jeux différents que l'on souhaite mais on ne doit jamais utiliser aucun gain. À la fin, nous pouvons voir qui a le plus d'argent. C'est très amusant. Nous mettons de petites mises pour que l'argent dure. Nous essayons la roulette et le blackjack. Nous évitons les machines à sous car il n'y a pas beaucoup de plaisir à s'y divertir. Il y a un jeu de courses de chevaux qui est bien. En raison du temps que prend la 'course', on perd de l'argent plus lentement! À la fin quand on a dépensé les 200 francs chacun, j'ai cent francs de gains donc j'ai perdu cent francs. Sylvie a 250 francs. Elle a définitivement gagné. Elle a cinquante francs de plus. À nous deux, nous n'avons perdu que cinquante francs et ça a était très amusant. Nous rentrons chez nous pour le premier délicieux rapport amoureux des mille prochaines années. Pour moi, c'est aussi incroyable que la première fois il y a presque deux ans. Sylvie est tout pour moi. Alors que notre deuxième anniversaire approche, je me demande à quelle surprise spéciale je peux penser.

Puis, fin février, la bombe a explosé et a menacé de mettre fin à mes jours. C'était un lundi. Je suis rentré tard à la maison à cause du travail qui m'occupait. C'était compliqué. Je travaillais dans des conditions très exiguës et il semblait y avoir une tension électrique différentielle entre la terre de la cuisine et la terre de la chambre. C'était un problème qui devait être résolu avant que je puisse continuer en toute sécurité. J'ai franchi la porte et je me suis immédiatement affalé sur une chaise. J'étais crevé et j'avais mal partout à cause de l'exiguïté dans laquelle je travaillais. Sylvie est entrée par la porte de la chambre. Elle portait son manteau.

"Je te quitte, Jacques" dit-elle.

Il m'est arrivé plusieurs choses en même temps. Je n'aurais pas pu bien l'entendre, c'était une blague, j'étais tellement fatigué que j'imaginais. Mais non, j'avais bien entendu. Ma bouche s'ouvre et se ferme mais rien ne sort.

"Je ne veux aucune récrimination. C'est une rupture nette. C'est mieux ainsi. Je te dois de dire pourquoi et je serai brève. Tu ne me demandes jamais mon avis sur quoi que ce soit et ça me tellement fait mal. Le moment le plus important était quand tu as remis ta démission. Tu n'as jamais discuté du tout avec moi. Tu ne m'as jamais laissé savoir que tu pensais faire ça. Je n'avais pas la moindre idée. Cela ne m'a peut-être pas affectée autant que toi, mais cela m'a beaucoup affectée. Tu serais forcément beaucoup plus souvent en retard le soir. Notre revenu commun pour vivre était voué à baisser, ne serait-ce que pour une courte période, et pourtant tu ne m'en as même pas parlé. Le fait est que tu ne discutes jamais de rien avec moi. Tu y vas; tu le fais et puis tu m'en parles. Il y a beaucoup de circonstances qui ne représentent pas grand-chose en elles-mêmes mais qui constituent ce que l'on peut appeler une insulte à mon égard. C'est un problème avec la façon dont tu me considères. J'ai rencontré quelqu'un qui s'appelle Guy dans le magasin. Il m'a reconnu comme ta 'copine' parce que tu lui as beaucoup parlé de moi, y compris de l'endroit où je travaille. Il a dit que toi et lui collaboriez dans le cadre d'un partenariat informel qui se déroulait plutôt bien. Tu ne m'as jamais dit la moindre chose à ce sujet. Tu as à peine mentionné Guy; seulement assez pour que je sache qu'il était, lorsqu'il s'est présenté. Tu lui as parlé de moi mais tu ne m'as jamais parlé de lui. L'autre jour, tu as changé les lampes de chevet dans la chambre. C'est ton appartement. Bien sûr, tu peux changer tes lumières de ta chambre, mais l'accent est mis sur 'tes' lumières. Je n'avais rien à voir avec cela. Tu le fais sans consulter. En fait, j'aime ton choix mais j'en suis arrivée à la conclusion que nous sommes ensemble, de ton côté, uniquement pour le sexe. J'avoue que pour moi, tu es vraiment doué au lit. Tu le fais pour moi à chaque fois. C'est pourquoi je suis restée avec toi aussi longtemps. Mais en fin de compte, cela ne suffit pas. J'ai besoin d'être quelqu'une dont l'opinion est appréciée. J'ai déjà fait mes valises. Je pars. Si tu as la chance d'avoir autre relation, rappelles-toi ce que j'ai dit. Je te souhaite bonne chance mais j'en ai assez."

Ma bouche est sèche. Elle continue de travailler de haut en bas pour essayer de dire quelque chose mais comme je ne sais pas quoi dire, le résultat est que rien ne sort. Sylvie parvient à me faire un léger sourire en partant. La porte se ferme doucement. Je me retrouve tout seul dans le calme de la soirée, incapable de digérer l'énormité de ce qui m'est arrivé. Il y a une bouteille à moitié pleine de cognac bon marché que nous utilisons (oh non, non, que nous *utilisions*) pour cuisiner. À la fin de la soirée, j'ai consommé tout cela ainsi que la meilleure partie d'une bouteille de vin. Le lendemain, j'ai une gueule de bois pour vaincre. Je ne peux pas aller travailler. Je reste au lit toute la journée. Je ne mange rien. Je suis complètement malheureux. Effectivement, je sens que ma vie est terminée. Mais je me rends compte que je dois m'en remettre. Je ne suis pas le premier homme à être renversé et délaissé par une femme. J'appelle le propriétaire de l'appartement dans lequel je travaille en ce moment. Je m'excuse sincèrement de ne pas avoir travaillé hier et je prétends qu'un dérangement intestinal en est responsable. En fait c'est la vérité. Le départ de Sylvie et ma gueule de bois m'ont vidé à plus d'un titre. Je retourne à mon travail. À ce stade, ma détermination que j'ai prise plus tôt à être de première classe dans tout ce que je fais en tant qu'électricien porte ses fruits. Même si je suis presque incapable de penser à quoi que ce soit, je continue à faire exactement ce que j'ai toujours fait. Automatiquement, j'effectue tous les contrôles de sécurité, j'utilise les meilleurs matériaux, etc. La seule bémol d'un point de vue travail est que je suis désormais très lent. J'ai perdu toute motivation. Je bouge comme un zombie et sans doute j'ai un visage qui donne l'impression que l'apocalypse arrive tout de suite. Néanmoins, je fais le travail. Sans l'immense envie de retrouver Sylvie au plus vite, je travaille encore plus tard, ce qui compense en partie la lenteur avec laquelle je travaille maintenant.

Le week-end, j'emmène ma Vespa au Balcon au Lac. C'est l'endroit où je dois être pour analyser mes sentiments. Je pense à ce que Sylvie a dit. J'en conclus qu'elle a largement raison. De plus, je compare la situation à l'époque où ma mère est décédée. A ce temps-là, Jules était tellement furieux contre moi qu'il m'a frappé très fort sous l'œil. Pourquoi? Parce qu'il pensait que je ne me souciais pas de maman. Je fais un parallèle avec Sylvie. Elle dit qu'en fin de compte, je ne me souciais pas d'elle. Elle m'a frappé bien plus fort que Jules, même si la blessure n'est pas si évidente. La douleur que je ressens maintenant est cent fois pire. Je ne suis pas sûr d'y survivre. Je me souviens que la mère de Catherine disait que des gens étaient tués en plongeant d'ici. Je me demande même si je dois moi-même plonger. Ici, au Balcon au lac, ce n'est pas 'l'appel du vide' qui m'incite à sauter. C'est mon pur désespoir mais je me rends compte qu'en réalité il n'est en aucun cas certain que ce serait fatal. Je me casserais probablement un bras ou une jambe et je finirais à l'hôpital. Si je veux suivre le chemin de mon père et me suicider, cela doit être une certitude. Même au plus profond de mon désespoir, je ne pense pas vraiment y arriver. Alors que je m'assois sur le rocher, les jambes pendantes, je réalise que l'accusation de Sylvie selon laquelle je n'étais avec elle que pour le sexe n'est pas vraie. J'adorais écouter la musique qu'elle jouait, souvent du classique léger ou du 'country & western'. J'ai adoré la façon dont elle fredonnait pendant qu'elle nous préparait du café après le dîner. J'ai adoré la façon dont elle revenait du travail avec de petites histoires intéressantes sur la façon dont s'était déroulée sa journée. Pourquoi ne lui ai-je pas raconté davantage ma journée, les histoires associées à certains des vieux bâtiments pittoresques dans lesquels je travaille souvent?

Il y en avait des histoires intéressantes. Il y a quelque temps, il y avait un appartement au dernier étage dans lequel je travaillais. On disait qu'il y avait un fantôme. Je suis presque sûr d'avoir vu ce fantôme, même si dans les histoires qui se transmettent, on ne reçoit pas d'informations précises sur ce que d'autres ont vu. J'y étais tard un soir quand il y avait la pleine lune. Il y avait une armoire encastrée du sol au plafond sur un mur. Une silhouette fantomatique a semblé en sortir, puis s'estomper et disparaître. C'était très effrayant. Je ne crois pas aux fantômes, même si je sais qu'il existe un certain nombre d'observations qui semblent inexplicables. Je pense que ce sont des hallucinations qui se produisent dans le cerveau de personnes normales. J'entends par là des personnes sans diagnostic médical pour expliquer les hallucinations. Je pense qu'ils se passent lorsque les conditions sont plutôt effrayantes au départ et même si une personne ne se sent pas consciemment effrayée, son subconscient le fait. Il en résulte une hallucination. J'ai donc examiné attentivement les possibilités. Le vieux verre a tendance à couler et peut produire l'équivalent d'une lentille, voire une lentille déformante un peu comme les miroirs déformants de certaines foires où l'on se voit avec une très grosse tête ou avec des tentacules en guise de bras. Le verre de la fenêtre de cette pièce de l'appartement présentait deux déformations qui, je pensais, pourraient projeter la lumière de la lune sur la porte brillante du placard. Je suis revenu le lendemain soir pour voir. Effectivement, à un certain moment, la lumière de la lune projetait un petit ovale de lumière sur la porte et juste en dessous se trouvait un ovale de lumière plus grand produisant l'effet d'une tête et d'un corps comme un petit enfant pourrait dessiner sur un morceau de papier. Lorsque la lune bougeait, l'effet s'estompa soudainement et disparut. Je me souviens de ma joie d'avoir résolu ce mystère. Mais je ne pense pas l'avoir jamais dit à Sylvie. Je me ramène au présent. C'est l'hiver et j'ai froid. Mourir de froid est une façon relativement indolore de mourir, on dit. Dois-je l'essayer? Je me fais un sourire ironique. Je retourne à ma petite Vespa. Elle ne me laisse pas tomber. Notre amour est réciproque. Je rentre chez moi.

En juin, je reçois par la poste une invitation pour Sylvie et moi pour assister au mariage de Catherine et Jean à Toulouse en août. J'accepte pour moi et le transmets à Sylvie dans l'appartement qu'elle partage toujours avec ses amies. Je n'imagine pas qu'elle viendra mais si elle est invitée, je dois le lui faire savoir. Puis seulement un mois plus tard, arrive une annulation. Le mariage a été reporté car Anne, la mère de Catherine, est gravement grippée. Il semble qu'elle ne puisse pas s'en remettre. Je vois que la mère de la mariée est une personne importante lors d'un mariage et dans ce cas particulier, la raison principale pour célébrer le mariage à Toulouse. De nos jours, où tant de fiancés vivent déjà ensemble, le moment du mariage ne devient important que si la mariée est enceinte. J'envoie un email à Catherine pour lui demander comment va sa mère. Je lui donne mon numéro de téléphone. Je pense que toute cette communication par courrier électronique est un peu idiote maintenant que j'ai un téléphone portable. Malgré que j'envoie mon numéro de téléphone, Catherine répond par email. C'est court. Sa mère est atteinte de la souche grippale A(H3N2). On l'appelle parfois grippe porcine. C'est une souche virale qui a une incidence relativement élevée de personnes qui mettent beaucoup de temps à s'améliorer complètement. Elle est actuellement répandue en Espagne et semble s'être propagée jusqu'au sud-ouest de la France. Elle semble s'étendre même si l'hiver est passé depuis longtemps.

Le partenariat informel que Guy et moi avons formé fonctionne mieux que nous aurions pu l'espérer. Cela fonctionne parce que nous sommes méticuleux dans tout ce que nous faisons. Nous rangeons du mieux que nous pouvons avant de partir chaque jour, même lorsque nous travaillons dans un appartement inoccupé. Cela prend un peu plus de temps mais on ne sait jamais quand le propriétaire va venir voir comment les travaux avancent. La propreté impressionne les clients et ils parlent de nous à leurs amis. Le bouche à oreille peut être un moyen très efficace de créer une entreprise et ne coûte rien du tout en publicité. Plusieurs mois se sont écoulés depuis que Sylvie m'a quitté. Guy doit maintenant me mettre au pas.

"Jacques," dit-il, "je sais que tu es encore très déchiré à propos de Sylvie, mais tu te déplaces avec un air complètement misérable. Ce n'est pas grave quand il n'y a personne d'autre, mais traiter avec les personnes dont nous espérons qu'elles nous vont recommander, en donnant l'impression que la mort approche à grands pas, ne va pas aider notre cause du tout."

"Bien sûr que tu as raison, Guy" j'avoue. "Je vais vraiment essayer d'être plus joyeux. Comme tu le dis, surtout avec les clients."

J'arrive à faire ça la journée en travaillant mais à la maison le soir je reste là comme une statue en ne pensant qu'à Sylvie. Guy travaille toujours pour Desplaces & Cie. Il dit que Claude, le 'Vieux Monsieur Desplaces', comme il l'appelle, vient au bureau un ou deux matins par semaine et discute avec Dominique et tous ceux qui pourraient être là.

"C'est remarquable" dit Guy, "comment le vieux bonhomme, en utilisant le souvenir d'un travail antérieur, peut intégrer dans la conversation, quelque chose de pertinent pour un travail en cours, comme s'il ne se souvenait que d'un événement passé. Puis il part sans faire de suggestions permettant au patron actuel de réfléchir lui-même à la solution. Il est incroyablement subtil." Nous rions. Nous apprécions, nous deux, la valeur du 'Vieux Monsieur Desplaces'!

Septembre apporte un temps étonnamment chaud. Ce réchauffement global dont tout le monde parle devient un véritable problème. Cela semble s'accélérer et, bien sûr, d'une manière ou d'une autre, cela affecte le monde entier. Le monde a besoin d'un plan unifié. Il est évident pour quiconque y réfléchit sérieusement que les pays riches doivent payer. Ils ont les ressources et sont responsables de la pollution. En fin de compte, ils devront débourser, sinon le monde entier en paiera le prix. Mais revenons au présent. Je trouve très inconfortable de travailler à l'intérieur dans des espaces exigus. Je commence à me demander pourquoi, après avoir lamentablement échoué au baccalauréat, j'ai décidé de devenir électricien plutôt que de repasser l'examen. C'est la première fois que j'ai cette réflexion et je me rends compte comme il est difficile de se rappeler les raisons précises d'une décision prise il y a des années. Je rumine inutilement au sujet lorsqu'un appel arrive d'une maison de retraite de Seynod, au nord-ouest d'Annecy. Il y a quelques problèmes avec leur équipement électrique et on veut que je le vérifie. Les chambres sont équipées de lits à commandes électriques afin que les résidents âgés, peu forts ou peu mobiles, puissent contrôler la position et l'inclinaison de leur lit à l'aide d'un panneau de commande. Ils peuvent s'asseoir pour lire ou mettre une pente pour que le pied du lit soit un peu plus haut que la tête pour réduire l'enflure de la cheville. La maison de retraite a eu un problème: l'un de ses résidents a reçu un choc électrique en touchant le panneau de commande. Le résident a pris une tasse de café. Je pense que ça a dû déborder un peu. Cela me rappelle un problème survenu il y a quelque temps dans un hôpital aux États-Unis. Le patient a fait pipi dans une bouteille. Il essayait de remettre la bouteille sur la table d'appoint mais en renversa un peu sur le panneau de commande. Cela a brisé la résistance de la boîte. Le choc électrique qu'il a reçu a arrêté son cœur. Il avait de la chance que ce soit un hôpital très avancé pour l'époque. Il y avait un moniteur enregistrant le cœur de chaque malade au pupitre de contrôle central. Lorsque son cœur s'est arrêté, une alarme s'est déclenchée. Un membre du personnel est immédiatement intervenu pour réanimer le patient. Dès qu'il le touchait, il était incorporé dans le circuit électrique, recevant également un choc méchant. Tous deux avaient de la chance de survivre.

Je sais que beaucoup d'améliorations ont été apportées à ces lits au cours des dix dernières années. Je suis donc surpris de ce qui s'est passé dans cette maison de retraite. Quand j'arrive, je vois que les lits dont ils disposent sont de vieux modèles probablement âgés de plus de dix ans. Je pense que c'est la seule raison pour laquelle cela pourrait se passer de nos jours. Lorsque je me mets au travail, je constate que le panneau que le résident utilise pour contrôler le lit est câblé à la tension secteur. De nos jours, il s'agirait d'une basse tension ou plus probablement d'une télécommande à l'aide d'un appareil alimenté par batterie. Je vérifie le lit incriminé et il fonctionne parfaitement bien maintenant. L'incident n'a causé aucun dommage au lit ni au moteur. L'interrupteur a séché et le problème a disparu. Les raisons du problème sont en premier lieu que l'interrupteur utilisé pour faire fonctionner le moteur de ce lit n'est pas étanche et que le courant qui le traverse est à la tension secteur de 230 volts. Tant qu'il reste sec, il ne devrait y avoir aucun problème. S'il est mouillé, l'isolation se brise, ce qui risque de provoquer un choc de 230 volts. J'enlève le couvercle du compartiment où se trouve le moteur qui fait fonctionner le lit. Il y a de la place dans ce compartiment pour placer un transformateur. C'est un soulagement car un transformateur est ce qu'il faut pour résoudre ce problème. Le couvercle de ce compartiment est évidemment conçu pour s'adapter à différents modèles car il possède des logements inutilisés pour les vis. C'est un bonus inattendu et cela rend la vie beaucoup plus facile. Si je peux trouver la bonne taille de transformateur et la bonne taille de vis (les deux devraient être faciles), je peux insérer un transformateur. Cela donne deux possibilités. Je peux installer un câble basse tension sur le même type d'interrupteur que celui dont disposait le lit avant que le problème ne survienne, pas exactement le même car il n'est pas étanche, ou installer une télécommande. Je vais au bureau du directeur. La porte dit 'Madame Thierry'. Je lui explique la situation et lui demande ce qu'elle voudrait. Je mentionne que la télécommande à piles est légèrement plus sûre car elle est complètement séparée de tout système électrique provenant du secteur, mais elle est un peu plus chère.

"Faites-en l'interrupteur filaire basse tension" dit Madame Thierry. "Non pas parce que c'est moins cher, je ne suppose pas qu'il y ait une grande différence. Non, la raison est que dans un endroit comme celui-ci, la télécommande va se perdre. Quelqu'un s'en éloignera avec et oubliera où il l'a mise. L'interrupteur basse tension est en fait connecté au lit, ce qui signifie que personne ne peut s'en sortir avec. Je pense que ce sera le meilleur pari pour nous."

"D'accord" dis-je. "Une autre chose est que si vous voulez convertir tous ces vieux lits, les télécommandes s'embrouilleraient sans doute et si deux lits étaient raisonnablement proches, on trouverait que quelqu'un contrôlerait le lit voisin."

C'est donc un joli petit contrat. Mais il n'y a rien là-dedans pour Guy. Sur le chemin du retour, sur ma Vespa, je pense à la façon dont l'humanité rend si souvent la vie plus difficile qu'elle ne devrait l'être. Regardez le calendrier. Septembre à décembre sont évidemment censés être les septième à dixième mois, mais ils sont néanmoins classés du neuvième au douzième. Il va de soi qu'il devrait y avoir sept mois de 30 jours et cinq de 31 jours, l'un des mois de 30 jours prenant un jour supplémentaire lors d'une année bissextile. Mais non, il faut rendre la vie plus difficile. Et pourquoi l'appelle-t-on encore 'année bissextile' puis qu'elle ne comprend pas depuis très longtemps, les deux 'sixièmes' jours ordonnés par César?

C'est l'électricité du secteur qui m'a fait réfléchir ainsi. Partout dans le monde, l'électricité du secteur est de 50 ou 60 Hertz (Hz ou cycles par seconde). Il s'agit de la gamme de fréquences la plus dangereuse qui soit. Il faut moins de courant pour arrêter le cœur entre 50 et 60 Hz. que toute autre fréquence. Avec le courant continu (0 Hz), il faut cinq fois plus de courant pour arrêter le cœur et à des fréquences très élevées le courant devient si sûr que les chirurgiens peuvent l'utiliser comme diathermie pour arrêter le saignement en coagulant le sang grâce à sa chaleur sans aucun risque pour le cœur. La tension secteur est de 50 à 60 cycles par seconde car cela équivaut à 3.000 à 3.600 tours par minute; une vitesse pratique et bon marché pour faire fonctionner les générateurs. Peu importe la sécurité; c'est encore une question d'argent.

En octobre, Guy et moi avons quelques emplois à Sévrier. Le soir, nous commençons à prendre une bière au Café de la Boule. Le temps est doux pour cette période de l'année mais pas assez chaud pour s'asseoir dehors. Plusieurs soirs de suite, nous avons vu deux jeunes femmes attablées avec ce qui ressemblait à des Diabolo Grenadines. Le troisième soir, sans me demander ce que j'en pensais, Guy s'approche d'elles et leur dit:

"Pouvons-nous vous rejoindre?" La fille la plus proche de Guy regarde son amie d'un air interrogateur. J'ai pensé peut-être un peu positivement plutôt que non. La fille en face de moi me regarde de haut en bas. Sur un ton que je ne peux que qualifier de résigné, dit-elle "Pourquoi pas?" Guy se présente et moi. La jeune femme 'résignée' se présente comme Diane et son amie plus 'positive' comme Eugénie. Nous nous asseyons et discutons pendant environ une heure. Nous nous entendons plutôt bien de manière banale. Puis je me lève pour repartir vers mon appartement à Annecy. Guy habite à Sévrier. Il a l'air de s'amuser et reste avec Diane et Eugénie. Le lendemain soir, nous nous dirigeons à nouveau vers le café. Diane et Eugénie sont là, assises à une table près de la fenêtre, alors naturellement nous les rejoignons. Il me paraît évident qu'en mon absence hier soir, Guy a dragué Eugénie. Il y a définitivement une répartie coquette entre eux. Il est juste de dire que Diane a perdu son attitude dédaigneuse et résignée et semble apprécier la drague qui se déroule. Je suis d'accord, c'est amusant à regarder. Le fait que Guy et Eugénie flirtent fait que Diane et moi sommes accessoires du fait et nous nous joignons à eux, seulement pour le plaisir. Vers neuf heures, Diane et Eugénie se lèvent de table et se dirigent vers la porte. À l'extérieur du café, nous commençons à gravir la colline jusqu'à l'église.

Si vous ne connaissez pas Sévrier, l'église se trouve au sommet d'une petite colline qui descend ensuite abruptement jusqu'au bord du lac. Du côté de l'église, on a une vue magnifique sur le lac depuis un espace gazonné avec quelques arbres et un ou deux bancs. En raison de la montagne à l'ouest, le soleil se couche tôt de ce côté du lac. Ce soir, c'est presque la pleine lune. Nous montons tranquillement vers le sommet de la colline et tout est très détendu. Guy prend la main d'Eugénie et ils remontent ensemble main dans la main. Diane et moi suivons quelques pas derrière. En regardant Diane, je vois qu'elle a un profil superbe. Je n'avais pas remarqué cela au café. Quand je regarde devant moi, Guy et

Eugénie ont disparu. Peut-être ont-ils contourné l'église, mais on ne les voit nulle part. C'est certainement une belle vue dans la pénombre du soir avec les contours des Alpes à l'ouest et la lune projetant sa lumière argentée sur le lac. Diane se tourne vers moi et son sein droit pousse contre mon côté gauche. Puis elle m'embrasse sur la bouche. Je pense tout de suite à Sylvie. C'est déconcertant. Diane attrape ma lèvre inférieure entre ses dents; doucement mais suffisamment fort pour que je ne puisse pas m'enfuir. Elle passe sa langue très lentement sur ma lèvre inférieure, doucement, d'un côté à l'autre. Elle sait certainement comment faire ça. C'est une sensation délicieuse. Je ressens le besoin de la serrer fort et en même temps une réticence à le faire. Elle détend ma lèvre mais continue le baiser mais au moment où je sens que je dois répondre, elle éloigne la moindre trace. Elle m'embrasse l'oreille et y murmure quelques mots imaginaires d'absurdité, pendant qu'elle se tient doucement contre moi. Mes sentiments mitigés me laissent perplexe. Il ne fait aucun doute que j'ai énormément joui de cela. Toutes sortes de parties de mon corps me le disent. Mais d'une manière ou d'une autre, je n'en ai pas encore fini avec Sylvie.

"Tu peux certainement refaire ça" dis-je.

"Oui, mais pas ce soir."

Je souris à ça. Je décide que je m'entends très bien avec Diane.

"Où habites-tu?" Je demande. "Je peux te ramener chez toi sur ma Vespa."

"OK" répond-elle. Nous retournons main dans la main à ma Vespa. "C'est par ici," dit-elle en désignant Annecy. Elle monte sur le siège passager et passe ses bras autour de moi. Puis elle m'embrasse sur la nuque au-dessous de mon casque. J'espère que je peux me concentrer sur la route. On passe moins de 200 mètres.

"C'est ici" dit-elle avec un petit rire.

"Comment, déjà?"

"Bien sûr" dit-elle. "Je ne l'ai utilisé que comme excuse pour t'entourer à nouveau de mes bras. Merci pour le retour."

Elle disparaît dans une petite ruelle et est perdue de vue. Je ne comprends pas mes sentiments. Elle m'a fait une énorme impression mais la moitié de moi dit toujours 'Elle n'est pas Sylvie.....'

Guy et moi avons encore quelques jours de travail à Sévrier et chaque soir suit le même schéma. On prend un verre. On mont la colline jusqu'à l'église. Guy et Eugénie disparaissent miraculeusement et Diane et moi faisons une séance de câlins et de baisers. Je reste un peu ambigu là-dessus. Sylvie gêne encore un peu. Je remarque que ma façon de penser change un peu. Je me considère comme stupide mais il est difficile de modifier ses sentiments à volonté. Diane semble satisfaite de cet arrangement. Elle est très patiente ou ses besoins sont satisfaits.

Nous avons terminé les travaux à Sévrier aujourd'hui et je réalise que cela implique une décision. Nous, c'est-à-dire nous quatre, n'avons pas vraiment pris de rendez-vous. Nous venons de débarquer chaque soir au Café de la Boule et de nous rencontrer comme par hasard. Maintenant, si je veux revoir Diane, je devrai arranger un rendez-vous. Pour Guy, qui vit à Sévrier, le problème n'est pas si évident. Je décide que j'apprécie la compagnie de Diane. C'est très relaxant de passer du temps avec elle. Elle ne pousse jamais la situation. Il ne fait aucun doute que j'apprécie tellement ses baisers et le contact physique.

C'est une évidence. La réponse est claire. Mon prochain travail est de retour à Annecy. Je prends une décision. J'espère que c'est une sage décision. Je propose à Diane une rencontre au bistro du Thiou où Sylvie et moi sont rencontrés pour la première fois. J'ai l'impression qu'un rendez-vous avec Diane là-bas exorcisera le fantôme de Sylvie. Diane est incroyablement détendue à ce sujet.

"Oui, j'aimerais ça" dit-elle, comme si elle n'avait jamais pensé à un véritable 'rendez-vous'. Nous nous retrouvons à 18h30 le lendemain qui est un mercredi. Nous arrivons exactement au même moment. Diane a fait un petit effort. Elle n'est pas tirée à quatre épingles, mais elle porte un chemisier élégant et un nouveau jean très moulant, un maquillage subtil et un soupçon de parfum. Je rentre du travail et je dois avoir mon air débraillé habituel. J'ai un peu honte. Nous entrons dans le restaurant. Sylvie n'est pas là mais deux de ses colocs me font signe puis poursuivent leur conversation. Le bistro du Thiou sert un bon repas. Nous avons mangé des filets de perche du lac avec une bouteille d'Apremont, le vin standard de Savoie. Certains ont reçu des médailles et sont excellents mais la plupart sont agréables sans être spectaculaires. Ensuite, nous avons terminé avec leur signature; sorbet à la mangue. Sylvie me vient à l'esprit. J'ai mangé un sorbet mangue avec Sylvie, Catherine et son fiancé je me souviens, mais je peux désormais écarter Sylvie d'un haussement d'épaules. Dieu merci, l'agonie est terminée. Je suggère que nous allions à mon appartement.

"Oui, j'aimerais voir ça" dit Diane. Elle est arrivée sur un scooter semblable à ma petite Vespa alors nous repartons, tous deux sur nos deux roues, jusqu'à mon appartement de l'avenue de Genève. Je prépare un café et nous nous asseyons sur le canapé, bien proches. Je n'arrive pas à me remettre de certains aspects de Diane. Elle est si naturelle dans tout ce qu'elle veut dire. Maintenant, elle est directe:

"Je n'ai pas besoin de rentrer à la maison ce soir, Jacques" elle dit. "Ce serait beaucoup plus amusant de passer la nuit ici avec toi, n'est-ce pas?"

Mon cerveau est complètement déconcerté par la simplicité de dire ce que nous pensons tous les deux. J'arrive à rester cool.

"Dans ce cas" je dis, "je vais te faire visiter l'appartement." Il y en a deux chambres, une cuisine et une salle de bains avec toilettes séparées. Naturellement, nous finissons dans ma chambre.

"Ici semble définitivement être le meilleur endroit de l'appartement" dit-elle.

Elle s'approche et avant que je m'en rende compte, elle a ma lèvre inférieure entre ses dents comme la première fois. Cela me rend complètement inutile. Elle est très proche, ce qui veut dire que je ne peux pas l'atteindre; comme quand les boxeurs ne peuvent pas frapper au corps à corps. Je ne peux pas reculer sans me déchirer la lèvre. Elle me stimule avec ce mouvement de va-et-vient délicieusement lent de sa langue sur ma lèvre et son parfum discret promet le paradis. J'essaie de forcer mes mains sous son jean jusqu'à ses fesses mais le jean est trop serré. La seule façon de faire quelque chose d'efficace serait d'utiliser la force réelle. Je comprends soudain comment un homme peut faire ça mais je reste complètement sous son contrôle. Oui, Diane a le contrôle total. C'est le paradis et l'enfer combinés. Soudain, elle me libère et enlève son jean en une seconde. Maintenant, je suis capable de bouger. Je l'ai là où j'ai besoin d'elle en un clin d'œil et nous jouissons ensemble. Je suis absolument épuisé physiquement et émotionnellement.

"Jacques" dit-elle, "tu sais certainement faire attendre une fille."

Six semaines passent. Nous nous voyons presque tous les soirs. Je sais que je ne suis pas amoureux de Diane. J'adorais Sylvie et là c'est complètement différent. Diane comble un besoin pour moi. J'imagine que je fais la même chose pour elle. Elle répond superbement à ce besoin; c'est très sympa d'être avec elle, mais je ne ressens pas la même chose que pour Sylvie. Je pense à ce que disait Sylvie sur le fait de savoir ce que fait son partenaire et de participer aux décisions. Je vois que je ne sais rien du tout de Diane. Je l'ai déposée une fois près de chez elle. C'est ce qu'elle a dit, mais ce n'était qu'une ruelle et elle a disparu. Elle aurait pu laisser son scooter au coin de la rue et aller n'importe où. Elle a un contrôle absolu. Ce n'est vraiment pas une surprise quand elle le dit:

"Je pense que ce serait peut-être une bonne idée de organiser quelque chose de spécial pour demain soir, Jacques. C'est la dernière fois que je te verrai. Mon mari revient après-demain."

C'est la deuxième femme à me laisser bouche bée, sans voix; la bouche s'ouvre et se ferme sans qu'aucun son n'en sorte. Cette fois, je ne suis pas aussi confus. Je comprends la situation. Je me suis remis de cette bombe avec une rapidité remarquable.

"Je vais réserver un repas à L'Impérial" je dis. "On pourra ensuite faire un petit pari au Casino et voir qui s'en sortira le mieux." Diane rit comme si elle était prête à éclater.

"D'accord!" dit-elle. "Je vais te prendre au mot! Je n'ai jamais vu quelqu'un le prendre comme ça. Jacques, tu es autre chose. Laisse-moi te parler un peu de moi, je te le dois après ça. J'ai rencontré un homme quand j'avais 18 ans et je pensais être tombée amoureuse de lui. Peut-être que je l'ai fait. L'amour a tellement de facettes différentes. Il avait 26 ans, donc huit ans de plus que moi. Son travail et même son passe-temps est celui de photographe animalier. Il est très bon dans ce domaine. Certaines de ses photos sont étonnantes. J'ai été élevée comme chrétienne dans une communauté catholique, même si je n'ai jamais vraiment compris de quoi il s'agissait. Mon futur mari et moi nous sommes beaucoup embrassés et câlinés, mais l'idée d'avoir des relations sexuelles avant le mariage était taboue. J'étais encore vierge quand nous nous sommes mariés. Mon mari, Henri était très aimant à bien des égards mais semblait avoir du mal à consommer notre mariage. De nos jours, cela est considéré comme l'une des raisons de vivre ensemble avant de se marier. J'étais excitée par les préliminaires et rien ne suivait. J'ai trouvé ça frustrant. Alors je lis des livres et des articles. Il y avait beaucoup de suggestions. La plupart d'entre eux sont ridicules, pensais-je, car je n'aurais jamais pu les réaliser. J'ai découvert le baiser qui saisit la lèvre inférieure et rend son partenaire complètement impuissant et entièrement à sa miséricorde.

On peut stimuler ses lèvres et sa bouche pendant que les phéromones naturelles font passer les choses à un autre niveau. Cela a fonctionné à merveille et j'ai franchi le premier obstacle. Henri, mon mari a des exigences bien moindres que moi dans ce domaine. Même si la vie était bien meilleure, j'étais quand même un peu déçue.

Puis il a trouvé un travail qui le fascinait: aller dans tous les endroits insolites de la planète pour photographier la faune. Généralement, un voyage dure trois mois, puis il restera avec moi chez nous pendant trois à six mois avant de trouver un autre endroit intéressant où aller. C'est un peu comme être marié à un marin. Je ne sais pas si je suis une femme méchante ou si ma solution relève du simple bon sens. J'ai pris une décision. Quand il est à la maison, je lui suis entièrement fidèle. Je ne vois personne d'autre. Je réponds à tous ses besoins. Lorsqu'il est absent et que l'occasion se présente, j'ai une relation avec quelqu'un d'autre; dans ce cas, toi. J'y vais d'un ange doux à une femme écarlate. Tu as bénéficié de deux mois de la femme écarlate en moi. Je vois que tu l'as apprécié. J'ai maintenant trente-deux ans, je fais ça depuis douze ans et ça me garde sain d'esprit. En raison des faibles exigences de mon mari, j'ai appris à être très patiente. Je dois admettre que tu m'as mise à rude épreuve avec ton obsession pour une relation antérieure. Je pouvais la voir dans chacun de tes démarches ou même dans leur absence. Mon mari revient ce week-end. Il restera pendant – je pense que c'est quatre mois cette fois. Si tu es toujours disponible après ça, je serais prête à relancer avec toi, mais d'habitude je trouve que la vie a évolué."

Je dis que je vois son point de vue et c'est vrai, je le comprends. Nous allons au Casino. Je perds 200 francs. Diane gagne 300 francs. Tels sont les aléas des lois du hasard. Je ne la reverrai probablement jamais. Ainsi se termine ma deuxième relation profonde avec une femme. Cette fois, je le prends dans ma foulée. J'ai la chance d'être renversé par deux femmes sans aucune acrimonie, sans périodes de désagréments ni de rancune.

Rares sont ceux qui sont aussi bénis. Plus j'y pense, plus j'apprécie Diane. Avec Sylvie, j'étais tellement amoureux que ça m'a fait mal, surtout quand ça s'est terminé. Avec Diane, c'était un plaisir doux et plein d'humour jusqu'au bout; un doux amour. Je me remets à mon travail. Puis, en janvier 2001, j'ai reçu un appel inattendu de Catherine. C'était la première fois qu'elle appelait mon portable et elle était désemparée.

CHAPITRE 4
Catherine 1999 – 2001

C'était tellement surprenant de croiser Jacques ainsi au Balcon au Lac hier. Le repas avec Jacques et sa petite amie, Sylvie, a parfaitement clôturé ces vacances. J'ai montré à Jean tous mes repaires d'enfance. Cela m'a fait comprendre que le bref séjour de Jacques chez nous compte parmi mes plus beaux souvenirs. Tôt le matin, Jean et moi avons attrapé le TGV pour rentrer à Paris, juste au moment où il partait. Quand je me suis réveillée, j'étais serrée dans les bras de Jean et, train ou pas, j'avais envie de rester là; pour toujours, ce serait un temps trop court pour moi. Jean était plus pratique.

"Viens Catherine, nous avons le reste de notre vie pour nous serrer comme ça. La priorité principale ce matin est de ramener la voiture de location à Avis à temps pour prendre le train."

"Rabat-joie!" dis-je. Bien sûr, il avait raison et nous avons attrapé le train d'un cheveu. Nous prenons maintenant un café à la Gare de Lyon et malgré un trajet de plus de cinq cent kilomètres, il reste toujours de bonne heure.

Cela a été une période exaltante. Pendant toutes ces vacances, on ne s'est jamais disputé; pas même un seul soupir d'irritation. Cela a été idyllique. Maintenant, nous devons chacun nous présenter à nos parents et prendre les dispositions nécessaires pour notre mariage. Au départ, nous pensions que Paris serait le meilleur endroit. Mes amies actuelles Jeanne et Marie sont ici. Cela conviendrait également à quelques amis de Jean qui habitent Lille. Mais en y réfléchissant, les parents de Jean, aussi que les miens, vivent dans le sud-ouest de la France, à Pau et Toulouse. Il est de tradition de se marier là où vivent les parents de la mariée. Je suppose que c'est parce que, dans le passé, c'était généralement là que demeurait aussi la mariée elle-même. Par la suite, les mariés avaient tendance à aller vivre au même endroit que la famille du mari. Pour la mariée et ses parents, cela pourrait être un adieu triste. Tout bien considéré, on se range du côté de Toulouse. Lorsqu'on est confortablement assis ici à Paris, il est facile de penser que Toulouse et Pau sont presque côte à côte car elles sont toutes deux éloignées au sud-ouest. En fait, ils sont distantes de deux cent kilomètres et le trajet par la route était autrefois très fatigant. Une autoroute, l'A64, s'est ouverte l'année dernière, mais je comprends que, même si cela facilite beaucoup le trajet, le temps dépasse encore deux heures.

Je dois essayer de garder les pieds sur terre. Je ne suis qu'à mi-chemin pour devenir notaire. Il est très important pour moi de terminer cela. Je réalise que je suis en danger de suivre les traces de ma mère. Elle a obtenu un diplôme en droit, s'est mariée et a eu un bébé en moins d'un an; cela a ensuite été suivi par le fait de ne pas utiliser son diplôme en droit jusqu'à ce qu'elle soit d'âge moyen. Cela donne à réfléchir que même mon bonheur immense, mon amour total pour Jean, pourraient à certains égards être considérés comme gâchant le but de ma vie.

"Laisse tomber la philosophie Catherine" me dis-je. "Accroche-toi simplement à ce bonheur." Je ris aux éclats. En réfléchissant ainsi, j'ai oublié où je suis. Je reviens sur terre et me retrouve assise devant une tasse de café à la Gare de Lyon. Mon fiancé a l'air inquiet mais pas trop inquiet. Il s'habitue à ce que de temps en temps je parte dans la lune avec des fées.

"Qu'est-ce qu'il y a, Catherine?" demande-t-il. Je lui dis la vérité.

"Je suis tellement heureuse et je philosophe à ce sujet de manière plutôt grandiose jusqu'à ce que je me sente complètement stupide." Il ne dit rien. Il prend doucement ma main par-dessus la table et la serre. Nous sommes assis en silence, tranquillement en paix.

Nous ferons une rencontre avec les parents de l'autre en décembre pendant les vacances d'hiver des universités. Après cela, Jean voudrait des vacances au ski. Nous allons être dans ses repaires habituels et il serait logique d'aller dans une station pyrénéenne. Jean est cependant déterminé à se rendre à Chamonix. Il veut l'expérience du Mont Blanc.

"J'ai fait les Pyrénées" dit-il. "Les Alpes sont une autre sorte de montagne. J'ai trouvé que Denver était une expérience différente des Pyrénées et je m'attends à ce que les Alpes soient à nouveau différentes, surtout si on va à Chamonix. Après tout, le Mont Blanc est emblématique, n'est-ce pas? Je pense que l'appréciation de l'endroit où l'on se trouve au moment où quelque chose se passe modifie la perception réelle de l'événement. Vraiment c'est simple. Tout le monde ressent différemment une coupe de champagne dans un bar surplombant une magnifique baie au coucher du soleil qu'une coupe de champagne lors d'une fête de bureau. Il sera un goût différent." Je pense que la plupart des experts en vin pourraient ne pas être d'accord, mais je le laisse tomber. Mais bien sûr, je sais ce que Jean veut dire.

De retour au cursus de droit, je revois beaucoup Jeanne et Marie, qui ont, elles aussi décidé de suivre au moins les deux prochaines années. Marie doutait beaucoup qu'elle soit acceptée. Au début, je les trouvais un peu ennuyeuses par rapport à Louise et Janine. Bien qu'aucune d'elles ne puisse se comparer à Louise en tant qu'amie, ni à Janine (je trouve que je suis complètement incapable de décrire ce que je ressens pour Janine; une amie; une emmerdeuse; quelqu'une qui avait besoin d'aide; quelqu'une qui a pu ruiner ma vie et mes aspirations? Je vais me contenter de:) en tant qu'une personne intéressante. J'en viens néanmoins à les apprécier davantage. Surtout Jeanne, elle était remarquable par la façon dont elle pouvait raconter ce qui s'était passé entre Jean et moi sans que personne ne lui ait rien dit. Elle continue de faire preuve d'une immense intuition.

Je me demande s'il s'agit d'un niveau d'observation saisissant ou s'il s'agit en grande partie d'une conjecture. L'un ou l'autre de ces éléments lui donnerait un réel avantage devant le tribunal si elle devenait avocate. Elle maîtrise évidemment bien le cours alors que Marie, je pense, est un peu en difficulté. Je ne devrais pas devenir complaisante. Jusqu'à présent, j'ai trouvé que tout défi exigeant de l'intelligence, soit tout à fait dans mes capacités, mais c'est quelque chose sur lequel il n'est plus judicieux de s'appuyer. Je suis diplômée avec mention très bien de la Sorbonne. N'importe qui, mais surtout une Française, devrait en être très fière. Cependant, il existe une de ces lois 'c'est une blague, mais pourtant c'est vrai', je crois qu'elle s'appelle 'Le principe de Peter: La théorie du seuil d'incompétence'. On obtient un travail et on le fait bien, donc on est promu. On fait bien le nouveau travail, donc on est promu à nouveau. Maintenant, le travail est plus dur, on ne peut pas s'en sortir donc il n'y a plus de promotion. On reste dans cet emploi jusqu'à la retraite. Et voilà! Presque tout le monde finit par faire un travail qu'il est incapable de faire correctement.

Je dois veiller à ne jamais prendre de retard. Quand je suis dans mon joli petit appartement du 13e arrondissement, je réalise comme j'ai de la chance. Je vois les ornements ordinaires de la pièce prendre les formes les plus étranges et acquérir des couleurs incroyables qui se fondent lentement dans la pure paix du bonheur. Je pourrais rester là comme ça pendant des heures. Ce serait si facile de rester assise là, d'aimer ça et de ne rien faire. Puis je me dis 'c'est probablement exactement ce que fait l'héroïne. Elle laisse un faux rêve du bonheur ultime'.

Décembre arrive. Nous pensons que nous pourrions passer trois jours avec chacune de nos familles et prendre un jour entre les deux pour faire ce que nous voudrions. Jean aimerait me faire visiter Bagnères de Bigorre qui était un des endroits qu'il aimait étant enfant. Il n'est qu'une petite déviation de la route directe de Toulouse à Pau.

"On pourrait plutôt s'arrêter à Lourdes, Catherine. C'est presque la même déviation de la nouvelle A64, mais Lourdes est entièrement commercialisée. C'est célèbre mais ce n'est pas amusant. Tout est consacré à tirer profit des touristes. Bagnères de Bigorre est relativement préservée. Son histoire remonte à l'époque romaine avec des thermes, de nombreux bâtiments anciens et plusieurs ruisseaux qui la traversent. Pas autant qu'Annecy que tu m'as montré mais un endroit charmant quand même."

Nous décidons de voir mes parents d'abord. Jean me suggère qu'il va demander formellement ma main à mon père. J'ai du mal à arrêter de rire. C'est tellement anachronique. En dehors de cela, c'est sexiste à l'extrême. Un homme demande à un autre homme s'il peut épouser une femme, alors qu'il ignore même l'autre femme, ma mère, qui pourrait être intéressée par la situation. Je ris parce que je sais que c'est parce que Jean aime l'idée de la longue tradition, non pas parce qu'il est personnellement sexiste. Cependant, je le vois prendre en compte ce point sans que je dise quoi que ce soit. "Non, peut-être pas" dit-il.

Maman est ravie de me voir. Elle est tellement fière de mon diplôme en droit. Je suis très touchée qu'elle le trouve encore meilleur que le sien. Elle apprécie toujours son travail en apportant une assistance juridique aux pauvres. Même dans les pays dotés d'un système juridique fondamentalement juste, et il n'y en a pas beaucoup dans le monde, les pauvres reçoivent toujours les cartes pourries. Papa semble être dans un monde différent. Bien sûr, je n'ai qu'un seul aperçu, mais mes parents semblent s'être éloignés ces dernières années.

C'est peut-être parce que maman regarde constamment comment les pauvres sont traités tandis que papa, il faut le dire (et il me donne toujours une généreuse allocation, donc je ne peux pas me plaindre) gagne un revenu de gros-nabab. J'espère qu'ils ne se sépareront pas. Ils étaient si proches quand j'étais petite. Ils s'entendent tout de suite avec Jean. Donc ça se passe bien. Ils nous ont donné des chambres séparées. J'aurais dû m'y attendre ou du moins m'y préparer, mais cela a été une surprise. Nous ne voulons pas embarrasser mes parents; alors nous acceptons cela.

Pendant que nous sommes à Toulouse, je donne rendez-vous à Louise. Nous nous retrouvons dans l'un de nos vieux repaires d'école, La Gazelle, avenue des Minimes. Louise a contacté Janine. Elle a un travail dans un magasin et un petit ami qui s'appelle Davide qui l'aime beaucoup. Elle a déménagé à Carcassonne mais va faire un effort particulier pour venir me voir. Je suis très touchée. Nous étions très proches au début de l'adolescence. Je suis si proche de Louise maintenant que je devrai faire attention à ne pas paraître exclure Janine. Louise est seule pour le moment et dit qu'elle se réserve pour des temps meilleurs! Il y a beaucoup de gars qu'y manquent d'une véritable pépite. Elle est toujours à l'Université de Toulouse. Elle a obtenu un diplôme en biologie avec mention et étudie actuellement pour un diplôme supérieur. Elle se concentre sur la biologie végétale, dans l'espoir de rechercher la manière dont les plantes pourraient être modifiées pour fixer plus rapidement le dioxyde de carbone. Cela pourrait entraîner deux effets majeurs sur le monde. Les aliments pourraient être cultivés plus rapidement et les niveaux de dioxyde de carbone dans l'atmosphère pourraient diminuer, réduisant ainsi les pires effets du changement climatique. Elle dit que ce n'est pas si difficile en principe. Il semble qu'il y ait une partie de la voie biochimique de la photosynthèse où parfois une molécule d'oxygène est absorbée au lieu d'une molécule de dioxyde de carbone. C'est probable que je n'y ai pas tout à fait raison, mais Louise est très excitée par cette perspective. Elle pense que la modification génétique de cette voie chimique pourrait améliorer de nombreux problèmes mondiaux. Je suis sceptique. Je pense que les gens sont le principal problème du monde. Malheureusement personne ne peut améliorer les gens.

Jean et moi réservons une nuit à l'Hôtel de Béarn, avenue Charles de Gaulle à Bagnères de Bigorre. Nous louons une voiture à Toulouse pour deux jours avec un arrangement pour la déposer à Pau. Puis nous nous dirigeons vers l'Hôtel de Béarn. Nous visitons les thermes et le marché traditionnel des Halles. C'est une journée calme et relaxante. Ensuite nous prenons l'autoroute vers Pau pour rendre visite aux parents de Jean. La mère de Jean, Émilie, est très gentille. Elle s'affaire autour de nous et nous propose du café, des biscuits, des gâteaux, etc. Nous nous contentons d'un café et disons que tout ira bien sans gâteau ni biscuits. Je suis surprise de l'âge de Louis, le père de Jean. Il semble avoir environ quatre-vingts ans. Jean me fait savoir qu'il a en réalité soixante-dix ans. Je n'avais pas réalisé que Jean avait des parents aussi âgés. Je savais qu'il était enfant unique comme moi, mais sa mère avait trente-cinq ans quand il est né et son père en avait quarante-quatre. Louis n'a pas bien vieilli. J'ai peur qu'il souffre d'une sorte de démence. Il perd toujours le fil de ce qu'il dit. Beaucoup de personnes âgées font un peu ça mais il continue aussi à m'appeler Caroline malgré les corrections perpétuelles de Jean; sa voix devenant à chaque fois plus fâchée. Je murmure à Jean de laisser tomber. Cela n'a vraiment pas d'importance et Caroline est un joli prénom de toute façon. Ils aussi nous ont donné des chambres séparées. Tant pis!

S'entendre avec Emilie est facile, même si elle s'occupe trop de nous, mais Louis est difficile car il oublie toujours qui je suis. Je veux dire qu'il ne se souvient pas non plus que je sois la fiancée de Jean et aussi qu'il m'appelle Caroline. Nous parvenons à sortir pour que Jean puisse me montrer quelques curiosités. La vue sur les montagnes depuis l'avenue des Pyrénées est imprenable tout comme le château. Il est bien plus impressionnant que le château d'Annecy et plus joli mais pas aussi impressionnant que celui que nous avons vu à Saumur. En pensant à Saumur, je me surprends à rougir un peu des souvenirs. La tournée de nos parents désormais terminée, nous prenons le voyage en TGV de quatre heures et demie vers Paris.

Le millénaire approche. Je pense que nous devrions faire quelque chose pour le célébrer. Tous les restaurants seront bondés, sur-réservés, trop chers et en sous-effectif. Cela ne donne pas une image attrayante. Je suggère que nous fassions une petite fête. Nous essayons de compter. Il pourrait y avoir nous, Jeanne, Marie et .....

Je sais que Jeanne est seule en ce moment mais Marie a un petit ami qui s'appelle Luc qui traîne dans le coin depuis un moment. Il y a aussi une fille qui s'appelle Colette sur notre cours que je connais suffisamment bien pour l'inviter et je crois qu'elle est seule. Si Jean invite quelques-uns de ses amis lillois, seuls ou même en couple, nous pouvons organiser une petite fête de dix à douze personnes. Jean dit qu'il va inviter Davide et Françoise qui sont ensemble et qu'il a deux amis sans partenaires, Marcel et Robert. Je crois que mon appartement est assez grand pour ça et ce serait probablement aussi bon marché que sortir. Nous faisons une liste:

Mecs:	Jean	Luc	Davide	Marcel	Robert
Meufs:	Catherine	Marie	Françoise	Jeanne	Colette

Je reçois une lettre d'Aurélie. Elle est à mi-chemin de son poste médical à Marseille. La raison pour laquelle elle a écrit, c'est que son petit ami actuel vient de Bauduen, un village au bord du Lac de Sainte-Croix où nous allions parfois l'été quand nous étions très jeunes. Elle ne dit pas grand-chose d'autre. Elle dit simplement que cela lui a rappelé combien nous aimions être ensemble quand nous étions enfants et que nous devrons nous réunir un jour. Du coup, je décide de l'inviter aussi mais elle me dit qu'elle ne peut pas venir, ce qui est dommage. Je ne l'ai pas vue depuis des années. Ça marche bien. Tout le monde sur la liste peut venir. On achète de quoi boire et je cuisine plein de trucs qui peuvent être conservés au congélateur puis décongelés et consommés froids. Je compte faire une simple soupe de carottes et de coriandre le jour même, mais rien d'autre. Je ne m'attends pas à ce que ce soit une fête qui dure toute la nuit, même si elle se déroulera évidemment après minuit parce que c'est tout l'intérêt. Mais nous prévoyons que cela se terminera vers deux ou trois heures du matin. Nous estimons que l'appartement peut accueillir six personnes à la rigueur, alors nous réservons une chambre dans un hôtel pas cher (pour Paris) à proximité pour les quatre autres. Peut-être que cela ne sera pas nécessaire si la fête va péter. Et ça se fait. Tout le monde dure jusqu'à l'heure du petit-déjeuner. Je sers des litres de café chaud et Jean va à la boulangerie chercher des croissants frais. Jeanne et Robert semblent s'entendre particulièrement bien. Je garderai un œil sur les événements.

La deuxième semaine de janvier, nous sommes à Chamonix dans un petit appartement T2 un peu excentré. Je n'avais jamais réalisé comme le ski coûtait cher. Location du matériel, forfaits de remontées mécaniques et, pour moi, cours de ski débutants. Jean se lance aussitôt sur les pistes noires pendant que j'apprends à faire du chasse-neige. Je continue de tomber et je n'apprécie pas du tout le ski. Lorsque nous nous retrouvons pour le déjeuner, Jean est tout excité. Ses yeux brillent et il est bien fort animé. Il ne peut s'empêcher de parler de la beauté des hautes pentes. C'est agréable de le voir si excité pendant que je soigne secrètement mes bleus. À la fin de la journée, nous sommes tous les deux épuisés et nous nous endormons immédiatement après le dîner. Le lendemain, je suppose que je suis un peu plus compétente mais je tombe encore beaucoup et je suis définitivement l'une des pires du groupe des débutants. Au déjeuner, Jean est complètement excité comme hier. Après le dîner, Jean me serre fort et commence à me déshabiller, puis il voit mes hanches et mes cuisses.

"Catherine" dit-il, "je suis vraiment désolé, je n'en avais aucune idée. Toutes ces ecchymoses sont-elles le résultat des chutes?"

Je hoche la tête. "Ouais" dis-je, plutôt inconsolable.

Il est gêné. Il était tellement excité qu'il n'a pas réalisé que j'avais fait des progrès très pathétiques. Il a engagé un guide pour le lendemain et va faire du ski hors-piste. Je suis soulagée qu'il ait engagé un guide. Il y a tellement d'histoires de personnes qui se blessent en skiant hors-piste seuls ou avec un ami qui ne connaît pas non plus bien la région. À la fin de la semaine, je peux skier sur une piste bleue facile et m'arrêter en chasse-neige. Je suis contente de cette petite réussite mais c'est la première fois de ma vie que j'ai l'impression d'avoir lamentablement échoué. J'ai peur de ne pas être fan de ski et je me rends compte que Jean va vouloir faire ça chaque année. Je peux supporter une semaine de ski par an pour lui, j'en suis sûre.

Le prochain trimestre à l'université suit le schéma habituel. Mais Marie se demande si elle doit le quitter. Elle est diplômée. Elle se demande si elle a besoin d'un diplôme supérieur. Jeanne l'encourage à s'y tenir. Elle souligne qu'il ne reste plus que quelques mois avant de passer notre Master 2.

"Si tu t'étais retirée l'année dernière, cela aurait peut-être du sens mais..."

Cependant, je n'en suis pas si sûre. Elle pourrait obtenir un emploi intéressant et bien rémunéré avec le diplôme qu'elle possède. Si elle estime que le cours ne lui convient pas, j'ai le sentiment qu'elle devrait peut-être tout lâcher même s'il ne lui reste que quelques mois. Ce n'est pas une décision à prendre à la légère. Je ne suis pas sûre donc je ne dis rien. Bien sûr, cela ne marche pas. Elles voient que je n'ai rien dit. Jeanne me demande directement.

"Eh bien, qu'en penses-tu, Catherine?"

"Je ne suis vraiment pas sûre." Je me tourne vers Marie "Je pense que la façon d'aborder la question est de te demander quelle carrière tu aurais si tu quittes maintenant: quelle carrière aurais-tu si tu terminais le cours: lequel des deux préfères-toi: quelle est la probabilité que, pour une raison quelconque, tu ne puisses de toute façon pas mettre en œuvre ton option préférée."

"C'est bien pensé, Catherine" dit Marie. "Je vais m'en aller et réfléchir à la question dans ce cadre. Je crois que cela était très utile."

Je demande à Jeanne si elle voit Robert.

"Pas maintenant" elle répond. "Nous avons eu quelques rendez-vous mais à la fin nous n'avons pas cliqué." C'est dommage. Ça semblait aller si bien.

Jean et moi avons définitivement décidé de nous marier en août à Toulouse. Nous envoyons les invitations. Il y a presque immédiatement un problème. Ma mère attrape la grippe. Ce n'est pas une grippe ordinaire. Il s'agit d'une variété virulente A(H3N2), parfois appelée grippe porcine. Cette variété s'est répandue en Espagne l'hiver dernier et aujourd'hui, même si l'hiver est passé, elle a atteint le sud-ouest de la France et s'y propage avec une rapidité surprenante. C'est l'un de ces types de grippe qui peut entraîner une longue période de récupération pouvant aller jusqu'à six mois. La victime se sent bien en dessous de la moyenne. Cela semble stupide d'organiser le mariage à Toulouse en grande partie pour le bien de ma mère et de la laisser incapable d'en profiter. Jean et moi vivons déjà ensemble autant que nous le pourrions si nous étions mariés. Nous voulons tous les deux nous marier, mais le moment précis semble sans importance. Sauf si je tombe enceinte, mais de toute façon, cela poserait tout un tas de problèmes. Nous décidons de reporter le mariage. Nous voulons nous marier en été, quand il fait chaud. C'est tellement mieux pour la réception si les invités peuvent rester dehors au moins pendant une partie du temps. Nous le reportons au mois d'août de l'année prochaine. Nous envoyons des avis de report mais sans dire réellement la nouvelle date; seulement quelque temps l'année prochaine.

Marie a soigneusement pesé le pour et le contre. Elle en est arrivée à la conclusion qu'elle en avait assez d'être étudiante, même de troisième cycle. De bons emplois avec des salaires raisonnables sont proposés. Elle a fait des recherches et a trouvé quelques cabinets intéressés à avoir un avocat dans leur équipe des ressources humaines. Il existe une entreprise à Rouen qui offre un salaire remarquablement bon. Marie pense que cela pourrait être ce qu'elle veut mais elle se méfie un peu du salaire. Elle veut savoir pourquoi il est nettement plus élevé que d'autres postes qui, à première vue, semblent similaires. Elle appelle l'entreprise et parvient à parler à un directeur. Elle en est agréablement surprise. Dans de nombreuses entreprises, il est presque impossible de parler à une personne ayant une quelconque ancienneté. Marie dit qu'elle aimerait postuler mais se méfie du salaire. Pourquoi est-il si élevé? Le directeur trouve ça drôle.

"Mon Dieu!" dit-il. "Je n'aurais jamais cru qu'un salaire élevé dissuaderait les gens de postuler. Nous pourrions toujours" plaisante-t-il, "payer un peu moins si ça peut aider. Mais sérieusement, la raison de ce salaire élevé est que nous avons des normes très élevées ici. Nous voulons que les meilleures personnes postulent et le conseil d'administration a convenu à l'avance qu'il n'y aura pas de nomination à moins que le candidat ne soit d'un très haut calibre."

"C'est très rassurant" dit Marie. "Je postulerai parce que je suis d'un calibre exceptionnellement élevé."

Le directeur rit. "Et quel est votre nom?" demande-t-il.

"Marie Monet" répond-elle. "Comme l'artiste."

"D'où vient votre diplôme?"

"La Sorbonne."

"Je me souviendrai de vous, Marie" dit-il et il raccroche.

Marie dépose sa candidature à ce poste. Deux semaines plus tard, elle découvre qu'elle a été présélectionnée. Elle a effectué de nombreuses recherches sur l'entreprise. C'est une grande organisation et il semble que leur siège social soit à Rouen car ils font beaucoup d'affaires avec le Royaume-Uni. Rouen est plutôt bien située si des cadres supérieurs doivent se rendre au Royaume-Uni. Marie dit qu'elle était informée qu'il y aurait deux entretiens, les deux le même jour. L'un est un entretien social pour déterminer quel type de personne elle est. Dans quelle mesure elle est susceptible d'interagir avec le reste de l'équipe, etc. Le deuxième entretien ressemble plus à un examen où ils ont l'intention de tester ses connaissances juridiques dans les domaines qui, selon eux, les affectent le plus. Ça me donne une idée. Jean est sur le point de devenir un expert mondial en droit international. Il est très apprécié. En tant que conférencier, il est également brillant pour faire passer son message dans l'heure qui lui est impartie. Les entretiens auront lieu dans trois semaines. Je me demande si Jean donnerait à Marie quelques tutoriels sur des points susceptibles de se poser s'ils traitent du droit français et britannique. Marie est enthousiasmée par cette perspective. Jean accepte volontiers et les deux samedis suivants, ils passent deux heures ensemble à discuter des points susceptibles de revenir. À l'aube de la journée nous sommes tous sur les charbons ardents; non seulement Jeanne et moi mais aussi Jean car il a désormais un intérêt au résultat. Les tutoriels qu'il a réalisés avec Marie en valent-ils la peine? Marie est vraiment élégante dans un tailleur beige bien ajusté, avec une jupe un peu en dessous du genou et des collants 20 deniers avec un motif à peine perceptible. Elle s'est fait coiffer chez un coiffeur, rue du marché, 1er arrondissement. Ils ont fait un travail de première classe. Je parie que cette coupe de cheveux a coûté une fortune à Marie, mais elle a l'air parfait pour un entretien avec une grande entreprise. Je suis ébahie. Marie a généralement l'air un peu mal fagotée. La transformation est impressionnante. Jeanne et moi lui souhaitons bonne chance et elle part dans le train pour Rouen. J'ai invité Jeanne chez moi pour la soirée et nous avons dit à Marie qu'à son retour de Rouen, elle passerait chez moi et nous raconterait tout. J'ai apporté quelques bouteilles de champagne rosé et nous pourrons noyer ses chagrins ou célébrer son succès selon l'occasion. J'ai aussi cuisiné quelques-uns de ces biscuits marseillais qui ressemblent à des petits bateaux. Je pense qu'ils se marient plutôt bien avec le champagne.

Il est dix heures du soir quand Marie arrive enfin. Elle est plutôt débraillée car il pleut beaucoup et elle n'a pas de parapluie. La coiffure a également l'air un peu pire pour l'usure. Mais plus important encore, elle a un immense sourire sur le visage.

"Oui! J'ai réussi!" elle crie. "En général, ils ne le disent pas tout de suite, mais ils ont dit qu'il n'y avait aucun doute, alors pourquoi attendre." Je lui donne une serviette pour qu'elle se sèche et je l'assois.

"Alors raconte-nous tout ça" dit Jeanne pendant que j'ouvre le champagne avec un 'pop' fort. Bien sûr, il faut l'ouvrir tranquillement, mais c'est tellement plus amusant de faire un bruit très fort si l'on fait la fête. Je verse les verres et m'assois sur le canapé à côté de Jeanne.

"Le premier entretien était une sorte de procès par cocktail" commence Marie. "Les candidats avaient le choix entre un verre de vin ou un jus de fruit, puis ils circulaient autour du jury. Ils étaient huit, tous des hommes debout par deux. Les quatre candidats ont circulé autour des paires de membres du comité. J'étais la seule femme candidate. Je pense que cela aurait pu être un peu utile car cela m'a permis de me démarquer. Ils n'auraient aucune difficulté à se rappeler quel candidat j'étais. Quand je suis arrivée à la troisième paire, l'un des hommes m'a fait un grand sourire et m'a dit 'Je suis content que vous pouviez venir, Marie.' Je pouvais voir qu'il était impressionné par la façon dont j'étais habillée. 'Pourriez-vous nous expliquer pourquoi vous souhaitez rejoindre notre équipe d'un *calibre exceptionnellement élevé*?' Je savais qu'il devait être le directeur avec qui j'avais parlé au téléphone. Il me citait mes propres mots. Il était évident que je l'avais déjà impressionné et cela m'a donné beaucoup de confiance. Lors du deuxième entretien, j'ai eu toute la chance du monde. Trois des choses qu'ils m'ont demandées, je n'en aurais rien su lorsque nous avons terminé nos études l'été dernier, mais l'une était le sujet que nous abordions dans ce cours la semaine dernière et les deux autres sujets étaient discutés par Jean dans ses tutoriels avec moi. C'était ton idée Catherine. Je ne peux vraiment pas te remercier assez pour cela. Il est très probable que ce soient ces tutoriels qui m'ont permis d'obtenir ce poste. Je dois commencer dans un mois, au début avril. Ouais, ouais, ouais!" dit-elle. Je pouvais dire qu'elle en était contente.

Elle est venue à l'appartement le samedi suivant avec une bouteille de champagne pour Jean pour le remercier pour les tutos. C'était gentil, mais Jean était tellement ravi d'apprendre que deux des points sur lesquels il avait insisté étaient ressortis que je suis sûre que ce fait était une récompense en soi. Nous avons passé un agréable après-midi avec la bouteille de champagne. Le cours de droit de Marie est payé jusqu'à la fin de l'année universitaire, elle est donc une personne libre qui peut assister à tous les cours qu'elle juge vraiment intéressants ou utiles pour elle et peut sauter tout ce qu'elle veut. Elle devient très détendue. Elle avait un joli sourire la plupart du temps pendant notre cours de licence en droit et notre première année de master, mais elle l'a perdu au début de cette année. Maintenant, il est revenu. C'est une joie d'être avec elle. Elle vient souvent chez moi le soir, mais après ce premier samedi avec le champagne, elle évite généralement les week-ends car elle sait que je serai avec Jean.

L'examen Master 2 arrive. Jeanne et moi ne trouvons pas cela difficile. Il y a toujours une certaine tension à passer un examen. Il y a tellement d'histoires de personnes qui ont échoué parce qu'elles n'ont pas lu correctement la question ou parce que leur esprit est devenu vide. Toutes les deux nous avons réussi haut la main. Nous nous trouvons LL M – maîtrise en droit. La prochaine étape pour devenir notaire est un apprentissage de deux ans dans un cabinet d'avocats. Non seulement nous devons faire l'apprentissage mais nous continuons à passer des examens fréquents pendant ces deux années.

Maman prend beaucoup de temps à se remettre de la grippe. Elle parvient à aller travailler mais a du mal à se concentrer. Elle craint de ne pas faire du bon travail et de laisser tomber ses clients sans s'en rendre compte. Elle en est très déprimée. Je ne pense pas que ce soit le genre de dépression qui fait presque partie de la maladie; une conséquence directe du virus. Je pense que c'est le genre de dépression que toute personne consciencieuse peut ressentir lorsqu'elle est incapable de bien faire son travail. Aux vacances d'été, je dis à Jean que je veux aller rendre visite à ma mère pendant quelques semaines. Il comprend.

"Je suppose que tu n'aimerais pas que je vienne. J'imagine que tu veux emmener ta mère voir quelques spectacles pour la sortir d'elle-même. Je viendrai si tu veux."

"Tu as raison, Jean, je pense que je préfère y aller seule. Il est plus facile de faire exactement ce que je pense que maman apprécierait sans avoir à penser à la façon dont cela t'affecterait."

Alors début août je retourne chez papa et maman à Toulouse pour une quinzaine de jours. Si je dois quitter Jean et tout le réconfort qu'il m'apporte pendant une quinzaine entière, je prévois conduire cette visite comme une campagne militaire. J'ai des tactiques et j'ai une stratégie. J'arrive un mercredi alors que mes deux parents sont encore au travail. J'achète des herbes fraîches et tous les ingrédients pour certains des plats préférés de maman. J'ai l'intention de faire la majeure partie, sinon la totalité, de la cuisine pendant cette quinzaine. Je commencerai par quelques plats simples que maman aime et je progresserai jusqu'au cordon bleu qu'elle préparait à l'occasion, elle-même. Ça c'est pour les jours de semaine où maman et papa seront tous deux au travail et rentreront le soir. Le week-end, je l'emmène voir un spectacle quelconque; cinéma, théâtre; une foire; n'importe. Je n'emmènerai pas papa. Au fond de moi, je soupçonne qu'il pourrait faire partie du problème. Voyons comment cela évolue, je pense. Le résultat est entre les mains du destin.

Quand maman rentre le soir, son visage s'illumine lorsqu'elle me voit et on s'enlace longuement. Cela m'encourage. J'ai lu quelque part que les personnes souffrant de dépression ne réagissent pas de cette façon. Le soleil brille mais ils ont toujours l'air maussade. Les oiseaux chantent et loin de les aider à se sentir mieux, cela aggrave leur dépression car cela leur souligne qu'ils n'ont pas de réponse normale. Je considère même ce plaisir d'une mère de voir sa fille comme un signe positif.

"Pendant que je suis là maman" je dis. "Je ferai la cuisine et la vaisselle après. Trouve-toi un peu de ta musique préférée. J'ai une bouteille de sauternes ici. Je te sers un verre mais tu n'as pas besoin d'en boire si tu n'en veux."

"Je ne pense pas que cela va m'aider" dit-elle, "mais merci quand même. Tu es une bonne fille Catherine."

Je souris innocemment. Je pense en fait qu'au vu de l'échec lamentable de ma tentative de séduire Jean dans mon appartement et de la scène qui a suivi dans la chambre à Saumur, beaucoup de gens me considéreraient effectivement comme une fille très coquine. Je ne vais cependant pas raconter mes exploits à ma mère. Je lui sers un verre du vin de dessert sauternes. Elle met du Johnny Hallyday. Cela me ramène au statut de toute petite fille. Elle jouait beaucoup de Johnny Hallyday. Je suis sur le point d'entrer et de dire comme cela me rappelle des souvenirs mais alors que je commence à le faire, je peux voir à travers la porte qu'elle a les larmes aux yeux, plus que ça, elle pleure doucement. Je recule et commence à préparer le repas. Un peu plus tard, je vérifie prudemment comment elle va, puis j'entre.

"C'est parfait, Catherine" dit-elle. "Je ne sais pas pourquoi, mais je n'ai pas écouté Johnny depuis des années." Je remarque qu'elle n'a pas touché aux sauternes. J'ai des sentiments mitigés sur ce sujet. C'était une bouteille chère mais cela montre qu'elle n'a pas besoin de ce genre de béquille. Un peu plus tard, papa arrive. Il est très content de me voir.

"C'est gentil de ta part de préparer le dîner pour maman, Catherine" dit-il en me serrant dans ses bras. Puis il entre dans son bureau avec une pile de papiers. Je garde cet événement dans ma tête. Les choses commencent à prendre forme.

Le premier samedi, j'emmène maman voir 'Beau Travail' au cinéma. Il met en vedette Denis Lavant et fait fureur en ce moment. À peine ça a commencé que je me dis 'qu'est-ce que j'ai fait?' Il s'agit de la Légion Étrangère Française mais là n'est pas vraiment le sujet. Il s'agit de la façon dont une personne peut en haïr une autre de manière tout à fait irrationnelle, au point où elle est prête à la tuer: et, je suppose, des conséquences de cette haine. J'ai trouvé ça complètement déprimant. Maman est sortie, comme un petit enfant avec de la barbe à papa.

"N'était-ce pas génial?" elle dit. "Que Denis Lavant peut certainement jouer, n'est-ce pas?" Je dois changer très rapidement mon expression maussade et déprimée avant qu'elle ne le remarque. Le dimanche, je l'emmène voir un autre film très populaire et annoncé partout. Il s'appelle 'Rosetta' et met en vedette Emilie Dequenne. Je devrais rechercher l'intrigue avant de décider où aller. Celui-ci est tellement déprimant que je peux à peine le regarder. C'est une histoire de privation, de drogue et d'angoisse chez les adolescents. Je ferme les yeux avec horreur pour éviter de voir la mère et la fille se livrer à des combats physiques. J'en suis ressortie pire qu'hier, complètement déprimée. En fait, je me sens malade. Cela ne me sert à rien du tout. Maman me baragouine comme une folle.

"J'ai exactement ce cas en ce moment" déclare-t-elle. "Une mère droguée, vivant dans un squat et sa fille adolescente. La fille est partagée entre sauver sa mère ou suivre ses traces. Bien sûr, les deux enfreignent souvent la loi, généralement de manière plutôt mineure. Elles ont besoin de mon aide. Elles ont besoin de toute l'aide qu'elles peuvent trouver. Cela le met clairement en lumière avec éclat. Oh Catherine, je suis tellement contente que tu m'aies emmené voir ça."

Alors voilà! Plus je trouve le film dépressif, plus maman exulte. Elle est si heureuse de les avoir vus tous les deux. Franchement, j'en ai assez. Je vais rechercher très attentivement ce que nous ferons le week-end prochain. Je ne supporterais pas un autre film déprimant comme les deux que je viens de voir. Quoi qu'il en soit, la thérapie fonctionne certainement avec maman. Johnny Hallyday et deux films, et elle est déjà tellement meilleure.

Je ne peux m'empêcher de rire de moi-même. 'Je ne vais pas voir un autre spectacle dépressif.' Est-ce que j'ai dit ça? Non? 'La Bohême' est à l'affiche au Théâtre du Capitole, l'opéra de Toulouse. Je me souviens de mon premier véritable rendez-vous avec Jean; 'La Bohême' à Paris. C'est, bien sûr, une autre histoire dépressive dans laquelle une jeune fille meurt essentiellement dans des circonstances défavorisées. Mais je ne peux pas y résister. Je dois le revoir. J'emmène maman. Elle attend maintenant avec impatience les spectacles du week-end. Quand il s'agit de 'Quelle petite main glacée', mes souvenirs de Jean prenant ma main sont si vifs que je reçois une de mes attaques. Les artistes sont tous habillés de couleurs surréalistes. La scène a la forme d'un vaisseau spatial à quatre dimensions et je suis hors de combat pendant au moins deux minutes. Je n'ai parlé qu'une seule fois de ces épisodes à ma mère, quand j'étais toute petite fille. Elle a dit 'Ne sois pas si ridicule Catherine' et depuis je suis restée silencieuse. Je me demande si elle le remarque. Non, elle a adoré le spectacle. Elle n'a pas vu d'opéra depuis qu'elle ne se souvient plus depuis combien de temps mais certainement pas depuis son installation à Toulouse. Mon plan fait des merveilles sur maman mais je me demande si je commence à m'effondrer. Dieu merci, il y a quelque chose de vraiment léger à l'affiche au cinéma dimanche. Astérix! Oui c'est 'Astérix et Obélix contre

César'. Je ne peux pas me tromper avec ça. Et voici comment ça se passe. Enfin quelque chose que nous apprécions tous les deux sans chichi ni drame. Et voilà, ma quinzaine touche à sa fin. Je sens que j'ai eu beaucoup de succès avec maman. Elle est certes meilleure qu'à mon arrivée mais va-t-elle régresser dès mon départ? Il y a un dernier coup que je peux tenter mais je suis nerveuse. Le mardi soir, ma 'dernière Cène', je cuisine exactement le même repas que celui que j'ai fait pour Jean le soir de mon effort de séduction raté; Entrée de soupe aux pois suivie de poulet au citron et à l'ail. Maman adore ça. Elle se souvient des deux recettes.

"Cette soupe, c'est une recette Marc Veyrat, n'est-ce pas?" dit-elle. "Je me souviens que je préparais souvent le poulet au citron et à l'ail quand nous avions des amis pour dîner mais tu en as ajouté de la coriandre fraîche et une touche de menthe ainsi que le thym qui était dans la recette, n'est-ce pas, Catherine? J'avais oublié que tu pouvais cuisiner comme ça. Je me souviens de t'avoir enseigné dès ton plus jeune âge, avant même que tu allais à l'école."

Elle est vraiment ravie. Jusqu'ici tout va bien, mais maintenant vient le plus dur. Je suis très nerveuse. Peut-être même un peu effrayée. Ce que je m'apprête à faire, je ne l'ai jamais fait auparavant. Je coince papa dans son bureau. On dirait qu'il vérifie quelques papiers. Cela semble être ce qu'il fait la plupart des soirs.

"Papa" je dis. "Je veux un mot." Il lève les yeux, son expression m'encourageant à parler. "Il s'agit de maman. Tu vois qu'elle est beaucoup plus heureuse depuis mon arrivée." Il hoche la tête. "Cela" dis-je en me mettant à le dire, "c'est parce que quelqu'un, moi dans ce cas, prend soin d'elle. Ce n'est pas forcément moi. Cela pourrait être n'importe qui. Je suggère que ça devrait être toi." Il a l'air d'abord surpris, puis agacé, très agacé. C'est ce qui m'inquiète. Cependant, il ne dit rien alors je continue. "J'ai investi quinze jours de mon temps auprès de maman" dis-je, "mais j'ai d'autres engagements. Je suis encore en formation de notaire et j'ai un fiancé. Je te suggère d'investir le même temps que moi; une quinzaine. Je sais que tu ne peux pas faire cela d'un seul coup. Nous en ferons un jour de week-end; soit le samedi, soit le dimanche, pendant trois mois. Tu t'arranges l'emmener quelque part; un film, un théâtre, un vide-grenier. N'importe où, l'emmène quelque part. Ce sont mes conditions, d'accord?"

Je tremble intérieurement comme si j'allais tomber. Je n'ai jamais parlé ainsi à mon père. Je suis étonnée de pouvoir même le faire. Je suis surprise de voir qu'il a cessé d'avoir l'air agacé. Il a l'air à mi-chemin entre embarrassé et pénitent.

"Catherine" dit-il, "tu as tout à fait raison. Je t'admire pour ce que tu as accompli au cours des quinze jours que tu es ici. Anne va certainement beaucoup mieux grâce à ce que tu as fait et, oui, je suppose que je l'ai négligée. Le travail est très chargé mais rien n'excuse d'ignorer sa femme. J'accepte tes 'conditions', comme tu le dis. J'emmènerai Anne quelque part un jour par semaine pendant trois mois et si ça marche, j'ai bien l'intention de continuer."

Je pousse un soupir de soulagement. J'ai besoin d'être seule. Je vais dans ma chambre, celle que j'avais dans cette maison quand j'étais adolescente, et je sanglote dans l'oreiller. Cela semble durer des heures. Je suis absolument épuisée. Le lendemain je retourne à Paris. La quinzaine a paru très longue. Jean et moi nous sommes tellement manqués. Le lendemain matin, j'ai le sourire aux lèvres mais je suis toujours épuisée.

Maintenant que j'ai mon diplôme supérieur, je fais mon apprentissage dans une étude de Notaires de la rue Racine. Il y a deux principes: Maître Jean Favre et Maître Antoinette Dubois. Je suis heureuse d'être dans une entreprise dirigée par une femme. Les femmes ont été admises pour la première fois comme notaires il y a environ cinquante ans et ce n'est que récemment que leur nombre a commencé à augmenter de manière significative. Je pense que les prochaines années vont être plus difficiles que celles que j'ai connues jusqu'à présent. C'est parce que j'apprends vite. Quand il s'agit d'apprendre quelque chose à mon rythme, je ne mets pas beaucoup de temps. Maintenant, cependant, je vais devoir être présente, que j'apprenne quelque chose ou non.

Jean prépare nos prochaines vacances au ski. Je dois admettre que cela me fait peur. Pour moi la dernière fois était un désastre. Je me souviens encore des contusions causées par les chutes et des courbatures causées par le surmenage de muscles peu habitués à en faire beaucoup. Les muscles du côté de la jambe qui doivent produire une force inattendue lorsque je chasse-neige. La douleur aux genoux due, je pense, à la tension de l'attente d'une chute. Cela va être une pénitence pour l'amour. Jean a décidé que cette année nous irons à La Clusaz et au Grand Bornand pour une semaine de ski. C'est gentil de sa part car Le Grand Bornand est la station que je lui ai proposée l'année dernière. Jean dit que ce sont deux stations de petite taille, mais qu'il est possible d'obtenir un forfait de ski qui couvre les deux et qu'il y a des bus dédiés qui circulent entre les deux, ce qui en fait effectivement une seule grande station. Il suggère que nous restions dans un hôtel cette année. Il en a trouvé un à St Jean de Sixt qui se situe entre les deux stations et qui est desservi par le ski bus. Il s'appelle Hôtel Chez Pugein et a l'air très bien aménagé. Jean souhaite que je sois en classe intermédiaire cette année mais je lui assure que je serai plus contente de refaire le cours pour débutants. Cette fois, je serai bien meilleure et quand il s'agira de faire les pistes bleues, je vais probablement vraiment en profiter. Il nous réserve le samedi 15 janvier à l'Hôtel Chez Pugein pour une semaine. Je décide que mon cours se fera à La Clusaz plutôt qu'au Grand Bornand. C'est parce que je sais qu'il y a une patinoire à La Clusaz. J'y ai fait du patin à glace plusieurs fois quand j'étais enfant. Si je ne me sens toujours pas à l'aise avec le cours de ski, j'irai peut-être à la patinoire. Les deux premiers jours Jean m'accompagne dans le bus pour La Clusaz, nous nous séparons en bas où se déroulent mes cours. Il monte sur les hautes pentes qu'il préfère. Les deux jours suivants, il se rend au Grand Bornand. Je m'ennuie un peu car nous ne nous retrouvons pas pour déjeuner mais je déjeune avec quelques autres filles du groupe débutant. Le mercredi Jean réserve un guide pour l'emmener hors-piste à La Clusaz. Nous nous séparons comme d'habitude au pied des remontées mécaniques. Le cours vient de se terminer lorsqu'il y a du tumulte là où se trouvent les remontées mécaniques. Quelqu'un dit qu'il y a eu une avalanche inattendue. Toute une foule se presse. Tous ceux qui ont un membre de leur groupe en haut de la montagne sont là et de très nombreuses personnes ne sont là que pour rester bouche bée. Les heures passent. Puis la douleur ultime; Jean est ramené mort.

Je m'effondre au sol, inerte au monde. Ce n'est pas pour longtemps. Je récupère vite mais il y en a trop, beaucoup trop de gens qui essaient de m'aider. Ils s'affairent jusqu'à ce que j'aie la tête qui tourne. Je sais qu'ils font tous de leur mieux. Je fais un énorme effort pour reprendre un peu de contrôle sur moi-même. Il y aura, bien sûr, de longues formalités à accomplir. Je ne peux pas prendre ça tout seule. J'ai besoin de quelqu'un avec moi. Je retourne à l'hôtel. Toute ma famille et mes amis sont à des centaines de kilomètres, à Paris ou dans le Sud-Ouest et j'ai besoin de quelqu'un maintenant. Puis je pense à Jacques. Il est à Annecy. Il peut être ici aujourd'hui, peut-être dans une heure. Tremblante de tous mes membres, je sors mon téléphone et j'appelle son numéro. Je ne l'ai jamais appelé auparavant; toujours utilisé le courriel électronique. Il répond mais je ne peux pas parler de bon sens. D'une manière ou d'une autre, il sait que c'est moi. Il dit 'calme-toi Catherine'. Je me ressaisis et parviens tant bien que mal à lui donner mon adresse. Je ne peux pas lui dire ce qui s'est passé.

"Je serai là le plus vite possible" dit-il.

Je m'effondre sur le lit. Je ne peux pas sangloter. Je ne peux pas penser. J'aurais aimé ne pas exister. Il semble qu'une éternité plus tard, Jacques arrive. La réception lui a donné mon numéro de chambre et a dû lui parler de la calamité. Je suis assise sur le lit. Il entre et voit immédiatement que je suis complètement désemparée. Il s'assoit à côté de moi et passe son bras autour de moi.

Nous restons ainsi quelque temps. Cela me calme un peu.

Je dis: "Merci Jacques." Même dans ma douleur et ma misère, cela me ramène à l'époque où nous avions treize ans. J'ai fait la même chose pour lui quand sa mère est décédée.

CHAPITRE 5
Jacques 2001 – 2003

Lorsque Catherine m'a appelé, elle était éperdue. Elle ne pouvait même pas me dire qui elle était. Je ne sais pas comment je l'ai su. Depuis notre première rencontre, j'ai toujours eu une sorte d'empathie avec Catherine. Elle a réussi à me donner l'adresse où elle se trouvait; Hôtel Chez Pugein à St Jean de Sixt.

Je dis "je serai là le plus vite possible."

C'est ce qu'elle doit vouloir entendre, mais je risque de prendre beaucoup de temps. Je dois d'abord m'envelopper bien au chaud. La Vespa c'est bien mais elle est grande ouverte au vent. Nous sommes en plein hiver et il fait littéralement gelé dehors. De plus, la Vespa n'est pas le véhicule le plus stable dans des conditions glaciales. Catherine est dans un domaine skiable. Il y aura probablement de la neige. Ça fait environ trente kilomètres de voyage jusqu'à Saint-Jean de Sixt. Le dernier quart ou tiers du parcours, lorsque je dépasse Thônes, est probablement en effet très glacial. Depuis Thônes la route monte régulièrement pour gagner les stations de ski. S'il a neigé là-bas aujourd'hui, les routes pourraient bien être couvertes de neige. Elles sont fréquemment déneigées, mais cela ne peut pas se faire instantanément. Ma Vespa, aussi belle soit-elle, n'est pas le véhicule à conduire lorsque les routes sont enneigées et verglacées.

J'enfile mes vêtements les plus chauds, m'assure d'avoir suffisamment de carburant. Heureusement, le réservoir est presque plein. J'ai noté sur un bout de papier, l'adresse que Catherine a réussi à me donner, Chez Pugein. Je prends ça avec moi au cas où j'oublierais. Ce n'est pas un hôtel dont j'ai entendu parler. Je n'ai aucune idée de l'endroit où se trouve l'Hôtel Chez Pugein et je devrai demander lorsque j'arriverai à Saint-Jean de Sixt. Je vérifie mentalement qu'il n'y a rien d'autre dont j'ai besoin. J'ai mon portable mais je ne vois pas pourquoi j'en aurais besoin. Ah! Une torche serait une bonne idée. La Vespa a bien sûr des phares, mais il est difficile de les orienter dans la direction souhaitée. J'ai une torche très brillante. C'est doté d'une puissante batterie rechargeable, idéale lorsque je travaille dans des coins sombres. Je vais la chercher. Ensuite, je suis en route. Comme je le pensais, le voyage se déroule sans problème jusqu'à Thônes. Puis il commence à neiger. Les routes ont été récemment déneigées mais la nouvelle neige s'installe rapidement et ça commence à devenir dur. Mon pare-brise commence à se boucher. Les essuie-glaces font de leur mieux mais je ne vois que quelques mètres devant moi. Je viens de dépasser Les Villards-sur-Thônes avec moins de cinq kilomètres à parcourir lorsque je dérape et tombe de la Vespa. Je me maudis pour un idiot. Je ne dois pas me presser. Je sais que Catherine voudra que j'arrive le plus tôt possible, sa voix était désespérée mais je ne pourrai aider personne si je n'arrive pas du tout. Ma cheville gauche était sous le scooter lorsque nous sommes tombés. En ce moment, j'ai l'impression de m'être foulé la cheville ou de me casser un os. J'inspecte les dégâts sur ma Vespa. Il y a une vilaine bosse dans le garde-boue mais il ne semble pas toucher la roue donc la machine devrait toujours être fonctionnelle. Oui elle est. Ouf! Coincé ici dans le froid et la neige avec une cheville cassée, je ne survivrais peut-être même pas. Je pense que c'est pour cela que j'aurais pu avoir besoin de mon téléphone portable. Je remonte sur la Vespa mais je ralentis jusqu'à ramper. Je peux à peine voir à trois mètres devant moi avec cette neige. Ma cheville est un véritable enfer.

Ces cinq derniers kilomètres semblent prendre des heures mais j'arrive finalement à St Jean de Sixt. Naturellement, il n'y a personne aux alentours. Je vais devoir décider à quelle porte je vais frapper et demander. Je vais un peu plus loin et immédiatement après le carrefour principal il y a un bar. Je pousse un soupir de soulagement. Je traverse la route en boitillant. Heureusement, aussi douloureux soit-il, je peux dire que ma cheville n'est ni cassée ni foulée. Elle n'est que gravement meurtrie. Cela n'empêche pas que ce soit effectivement très douloureux. À l'intérieur, oui, ils savent où se trouve l'Hôtel Chez Pugein. C'est un peu plus loin que deux kilomètres. De plus, il ne se trouve pas sur la route principale, la route n'aura donc pas été déneigée. On me dit qu'il n'y a pas d'éclairage public et qu'il y a plusieurs virages serrés. Il y a une bifurcation sur la route à mi-chemin. Leurs conseils sont simples. 'Par ce temps, ne le fais pas.' Je sais que je dois le faire. Catherine compte sur moi. Ils me dessinent une carte sommaire et je repars. J'ai parcouru environ un kilomètre, lorsque la division dont on m'avait prévenu apparaît. La fourche de droite est celle que je dois prendre. C'est étroit. Je pense que ce n'est peut-être rien d'autre qu'un chemin de terre, mais avec des mètres de neige comprimée suivis des chutes de neige actuelles qui ressemblent maintenant à un blizzard, c'est impossible à dire. Toute la surface est inégale et très glissante. Ma petite Vespa (la pauvre, bénis-la) n'y arrivera pas. Elle est partout. Il n'y a rien pour cela. Je ne veux pas me retrouver avec une batterie à plat alors j'éteins les lumières de la Vespa. Guidé uniquement par le flambeau que j'étais prémonitoire pour emporter avec moi, il me faut marcher le dernier kilomètre dans le noir en poussant la Vespa, avec une cheville qui donne l'impression d'être transpercée par un tisonnier brûlant. J'arrive Chez Pugein, trempé de neige, gelé jusqu'aux os et tout à fait épuisé. Je suis peut-être arrivé à l'hôtel, mais puis-je éventuellement aider Catherine dans mon état actuel. Je laisse la Vespa à l'abri devant l'hôtel et j'entre. Je demande Catherine Diacre. La femme à la réception secoue la tête.

"Non" dit-elle. "Il n'y a personne ici de ce nom."

Pendant quelques moments, je suis complètement déconcerté. Je n'y voie pas. Ensuite, je comprends. Ils se seront inscrits au nom de Jean. Qu'est-ce que c'est? Mon.... quelque chose - Montaz? Non, Montauban? Non, pas tout à fait.

"Elle est peut-être inscrite sous Jean Mon... quelque chose" je dis. Il y a une forte inspiration de la réceptionniste suivie d'un silence à couper le souffle.

"Qu'est-ce qui se passe?" je demande.

"Jean Montaut a été tué ce matin dans une avalanche exceptionnelle" vient la terrible réponse. "Il était avec un guide qui a échappé à la chute et a immédiatement appelé les secours mais Monsieur Montaut était mort à leur arrivée."

Pauvre Catherine. Comment doit-elle se sentir? Pauvre Jean aussi bien sûr, mais ses souffrances sont terminées. Je sais que Catherine veut que je sois là le plus tôt possible mais je ne peux pas la voir comme ça. Mes vêtements de dessus sont trempés et je suis gelé. La réceptionniste est très gentille. Elle me dit où je peux mettre mes vêtements mouillés. Elle me commande une tasse de café et me montre où je peux me réchauffer les mains dans une bassine d'eau chaude.

"Assurez-vous qu'il ne soit que tiède, sinon vous aurez des engelures" elle prévient.

Je commence à me sentir un peu mieux. Je monte dans la chambre de Catherine, la chambre 11. Elle se trouve au premier étage dans l'avant de l'hôtel. Je frappe mais n'attends pas de réponse: j'entre. Catherine est assise sur le lit. Elle n'est pas là, si vous voyez ce que je veux dire. Il n'y a absolument rien derrière les yeux.

"Jacques" dit-elle.

Ce n'est pas de salutation. Elle enregistre le fait que je suis là comme le ferait un automate. Je m'assois sur le lit à côté d'elle et passe mon bras autour d'elle. Nous sommes assis en silence pendant minutes. Finalement, elle dit:

"Merci, Jacques."

Il y a maintenant un tout petit peu de conscience dans sa voix. Cela me ramène à l'époque où j'avais treize ans et à la mort de ma mère. Il semble que la boucle a été bouclée. Je reviens au présent. Je pense qu'il est préférable de traiter cette question de manière professionnelle.

"Tu n'as contacté personne?" je demande. Elle fait 'non' de la tête.

"Si tu as un livre avec les noms de membres de ta famille et d'amis, je les contacterai tous et je leur ferai savoir ce qui s'est passé. Est-ce que Jean avait un livre comme ça? Je contacterai également sa famille et ses amis."

"Les affaires de Jean sont toutes dans cette valise grise là-bas ou dans le tiroir du bas de la commode. Je vais te chercher mon livre."

Un peu plus d'émotion s'est glissée dans la voix de Catherine. C'est un soulagement. Je n'ai pas du tout aimé le mode zombie. Je travaille d'abord méthodiquement sur le livre de Jean. Ses parents habitent à Pau. Je ne vois ni frères ni sœurs. Il y a plusieurs personnes à Lille et une femme à Dieppe; seulement une dizaine en tout. Deux ne répondent pas; un homme à Lille et la femme à Dieppe. J'écris une liste des personnes sur un morceau de papier de l'hôtel en indiquant si elles ont répondu ou non. Je commence à contacter la liste de Catherine. Elle en a plus que Jean. Je déteste du tout embêter Catherine. J'aimerais tout faire sans la déranger mais je me rends compte que je dois savoir une chose.

"Catherine, veux-tu parler à quelqu'un sur la liste s'il veut te parler? Tes parents?"

Elle secoue la tête "Non, Jacques, personne. Imagine que je suis ailleurs." Je commence par ses parents. Je suis resté avec eux pendant un mois quand j'avais treize ans mais ce ne sera pas le moment de me remémorer des souvenirs. Sa mère, Anne, répond à l'appel. Elle est bouleversée.

"Il est venu avec Catherine passer quelques jours lorsqu'ils se sont fiancés" elle dit. "C'était un homme tellement gentil. Comment Catherine le prend-elle?"

Ce genre de situation montre comme c'est difficile d'être naturel: combien il est difficile de dissimuler le moindre mensonge. Si Catherine était vraiment ailleurs, je dirais à sa mère exactement comment elle le prenait. Comment elle était complètement vide et n'enregistrait presque rien lorsque je suis arrivé; comme elle s'est très légèrement améliorée maintenant que je suis là. Après tout, je parle à sa mère. Mais Catherine est là. Elle ne voudra pas que je dise à sa mère qu'elle a du mal à gérer la situation et qu'elle ne veut même pas lui parler. Catherine est ma première priorité.

"Oh! Comme on s'y attendrait" je réponds. "Désolé Madame Diacre, j'ai beaucoup de gens à qui téléphoner."

Je continue la liste. Je copie sur un bout de papier ceux que je contacte. Louise, Janine, Jeanne, Marie, Colette. Puis je me surprends à faire une bêtise. Normalement, j'aurais ri et je l'aurais dit à Catherine mais je ne pense pas qu'elle soit d'humeur à entendre ce genre de choses. Je suis à mi-chemin d'appeler un numéro, quand je réalise qu'il était mon propre numéro. J'ai commencé à appeler Jacques Parisel pour lui annoncer la mauvaise nouvelle sans même me rendre compte que c'était moi. Je suis évidemment en pilote automatique. Si, lorsque j'appelais quelqu'un, on ne répondait pas, je ne laissais pas de message. Je ne pense pas que ce soit la façon dont un ami devrait entendre ce genre de nouvelles.

J'ai complété les listes. Il est maintenant tard. Je ne rentre pas à Annecy ce soir par ce temps. Je retourne à la réception. Je demande si l'on a une chambre que je pourrais réserver pour ce soir. Je suis très touché. Cette charmante réceptionniste a parlé avec le directeur et m'a déjà réservé une chambre. De plus, elle dit que le directeur a accepté que la chambre et le petit-déjeuner soient gratuits. Elle m'a installé dans la chambre 12, en face de Catherine. Je suis au plus bas en ce moment et cela me fait monter les larmes aux yeux. Le drame, le voyage, l'état de Catherine, cette gentillesse de la réceptionniste: c'en est trop. Je me ressaisis. Il y a encore des choses à faire. Je reviens à Catherine. Elle est assise sur le lit dans la même attitude qu'à mon arrivée. Elle a cependant un tout petit peu plus d'animation sur son visage.

"Catherine" dis-je, "tu ne dormiras pas cette nuit, à moins que tu ne prennes une sorte de sédatif. Je ne suppose pas un instant que tu en aies un avec toi. Je suggère que nous descendions au bar et que tu prenais une ou deux boissons fortes, pas plus. Au moins, cela prendra du temps et je pourrais certainement en utiliser quelques-uns."

Elle n'a pas l'air enthousiaste mais je pense qu'elle voit que cela ne peut pas faire de mal et pourrait simplement la laisser dormir. Le bar a une jolie ambiance grâce aux conversations des autres clients. Nous prenons une table. Je ne demande pas à Catherine ce qu'elle voudrait. Je vais au bar et demande deux Pernods aux canneberges. Je demande qu'ils soient cinquante-cinquante et non comme un long verre de un à quatre ou cinq, ce qui est plus habituel. Je veux que la boisson ait un goût suffisamment fort pour se faire remarquer. Cela devrait aider Catherine à se remonter un peu le moral.

"Nous n'avons pas de canneberge" dit le barman. "Est-ce que la myrtille va bien?"

"Bien sûr" dis-je. "C'est probablement mieux."

"Ouais, c'est ce que je pense" il répond, "et je suis d'accord, cinquante-cinquante c'est bien"

Je me rends compte que j'ai eu beaucoup de mal à me rendre à cet hôtel. Je demande à Catherine comment les gens arrivent habituellement. Cela la fera parler. Apparemment, l'hôtel propose un bus gratuit une fois par heure pendant la journée vers le centre de Saint-Jean de Sixt et retour, donc toute personne arrivant en bus depuis les pistes ou ailleurs bénéficie d'un voyage gratuit. J'aurais certainement pu l'utiliser aujourd'hui! Il ne fait aucun doute que le Pernod fait quelque chose à Catherine. Ses joues sont beaucoup plus colorées. Puis, enfin, elle commence à en parler; tranquillement avec très peu d'émotion.

"J'ai toujours eu peur que quelque chose comme ça arriverait à Jean. Il était tellement excité quand il revenait d'une piste noire difficile. Il avait tellement envie de faire du hors-piste. Il n'a jamais semblé prendre de risques déraisonnables. Aujourd'hui" dit-elle et les yeux se voilent, "il a engagé un guide. Il n'était pas stupide mais il s'est fait prendre dans une aval......." Elle s'arrête et se stabilise, "une avalanche anormale. J'avais le sentiment qu'il avait besoin de ce niveau d'adrénaline élevé de temps en temps. Maintenant, je me demande 'pourquoi ça n'aurait pas pu être moi' mais je sais que c'est une pensée ridicule." Elle me fait un faible sourire. "Il va me prendre tellement, très longtemps pour m'en remettre, Jacques. Merci beaucoup d'être venu. J'avais besoin de quelqu'un et tous mes autres amis sont si loin."

"Je suis heureux de pouvoir t'aider ne serait-ce qu'un peu" dis-je.

Je vais au bar et nous récupère une répétition du Pernod à la myrtille. Catherine et moi restons assis en silence pendant un moment. Elle a l'air un peu mieux maintenant. Bien sûr, il faut des mois, voire des années, pour se remettre de ce genre de tragédie, mais je peux voir que le côté le plus fort de sa nature apparaît. Elle s'en sortira. Nous sirotons lentement nos boissons. Lorsqu'ils sont partis, Catherine dit:

"Tu as raison Jacques, je vais peut-être pouvoir dormir maintenant et même si ce n'est pas le cas, je ne suis pas aussi énervée qu'avant. Je suis contente que tu aies une chambre et nous nous reverrons demain matin." Nous remontons donc nous coucher dans nos chambres 11 et 12 au premier étage.

Parce que Jean et Catherine avaient reporté leur mariage, les plus proches parents de Jean sont toujours son père et sa mère. C'est donc vers eux que les autorités vont se tourner pour répondre à toutes les questions que suscite une mort inattendue. L'endroit où le corps doit être enterré ou incinéré, etc. Catherine est libre et même probablement bien avisée, de partir. Le lendemain matin, nous prenons le petit-déjeuner. C'est à dire que Catherine ne prend qu'un café. Je prends un café et quelques croissants. Catherine pourrait rester quelques jours. C'est déjà payé. Bien sûr, elle a décidé de rentrer à Paris. Cela implique un bus pour Annecy et un train assez lent pour Paris. Pour le moment, le seul TGV pour Paris en journée se fait tôt le matin. C'est celui qu'elle et Jean ont attrapé alors qu'elle lui faisait visiter les sites d'Annecy après leurs fiançailles. On parle d'un service plus fréquent mais c'est pour l'avenir. Pour le moment, le train est lent et il faut parfois changer à Lyon. Je propose d'accompagner Catherine aussi loin qu'elle voudrait que j'aille, même à Paris. Il s'agit d'une situation ponctuelle et en ce qui me concerne, je ferai tout ce qu'elle veut ou ce dont elle a besoin.

"Non" dit Catherine, "tu as fait ta part Jacques. Même si tu ne m'accompagnes que jusqu'à Annecy, tu devras revenir chercher ton scooter." C'est vrai.

L'hôtel dit que je peux emmener ma Vespa jusqu'à Saint-Jean de Sixt avec le bus gratuit. Alors Catherine et moi allons jusque-là ensemble. Puis nous nous séparons. Je la vois dans le bus pour Annecy. Ensuite je conduis ma Vespa très, très prudemment sur les routes verglacées jusqu'à Annecy. J'arrive à mon appartement et tombe sur le lit. Cela a été 24 heures que je n'oublierai jamais. Puis je me sens tellement égocentrique. Moi? Ce sont certainement 24 heures que Catherine n'oubliera jamais.

Mon arrangement lâche avec Guy fonctionnait toujours très bien. Je me demandais depuis plusieurs semaines s'il n'y aurait pas moyen de l'améliorer encore. Je faisais un travail à Alby-sur-Chéran quand il m'est arrivé d'entendre une conversation entre un plombier et son client sur la qualité de certains équipements et leur coût. Je connais peu la plomberie, sauf que l'électricité domestique et l'eau ne font pas bon ménage. C'est l'insistance du plombier à installer des équipements de haute qualité qui a retenu mon attention.

Plombier: "Bien sûr, je pourrais vous les installer, mais je ne vous le conseillerais pas. Ils causeront des problèmes avant que vous ne vous en rendiez compte et vous finirez par me blâmer.   Les autres ne sont qu'un peu plus chers et ils vous dureront toute une vie." Le client est plus éloigné de moi et je n'entends pas vraiment ce qu'il dit mais cela ressemble à une réfutation.

Plombier: "Écoutez-moi. Je vais vous dire ce que je vais faire. Je vais installer le meilleur équipement pour vous au même prix qu'on peut acheter ces trucs bon marché. Je vais prendre le coût supplémentaire moi-même. Je ne souhaite pas installer de tuyaux que je considère de mauvaise qualité." Je n'ai pas entendu le résultat mais j'en parle au plombier avant qu'il parte.

"Hé! Je m'appelle Jacques. Je fais quelques travaux d'électricité à côté. J'aimerais t'offrir un verre. J'ai quelque chose à discuter qui pourrait t'intéresser."

Il hausse les épaules. "Je ne refuse jamais une boisson gratuite" répond-il. "Je m'appelle Pierre. Faisons-le."

Alby-sur-Chéran est un joli petit village à mi-chemin entre Chambéry et Annecy. Il possède une place centrale très pittoresque, la Place de Trophée. On se trouve des boutiques sous les arcades un peu comme la vieille ville d'Annecy même si en été le Chéran est presque sec. Nous nous sommes installés dans un bar, 'Aux Petits Galets' où aucun de nous n'était allé auparavant. Cela s'est avéré être un bon choix. J'ai pris une bière blanche et Pierre un verre de Mondeuse. Nous nous sommes assis dehors sous l'une des arches. La place était pleine d'effervescence. En vieillissant, je trouve que je suis un peu plus confiant pour aborder les gens. Qu'y a-t-il à perdre?

"Pierre" je commence. "J'ai entendu la conversation avec ton client à propos de l'équipement que tu vas installer."

"Oui" répond Pierre. "Cet imbécile insiste pour installer des trucs bon marché simplement parce que c'est quelques francs de moins que des équipements haut de gamme qui dureront toute une vie. Je ne veux tout simplement pas faire ça. J'ai dit que j'étais prêt à accepter une réduction de mes bénéfices simplement pour ne pas être obligé d'installer des équipements de qualité inférieure."

"Pierre" je dis, "tu es un homme selon mon cœur. C'est également mon point de vue. J'ai récemment quitté une entreprise et me suis lancé en solo parce que le patron insistait pour que j'installe du matériel électrique de qualité inférieure. Je lui ai dit 'Ce n'est tout simplement pas sûr'. Plus récemment, j'ai fait cet arrangement avec un maçon et plâtrier qui s'appelle Guy qui ressent la même chose. Nous avons un accord lâche selon lequel nous ne sommes pas la même entreprise, mais à toute occasion raisonnable, l'un laisse la carte de l'autre ou suggère l'autre pour un emploi. J'ai l'impression que tu es sur la même longueur d'onde et que nous pourrions tous nous rendre service."

"C'est une idée très intéressante" dit Pierre. "Je vois comment cela pourrait tous nous aider."

"Je voudrais que tu rencontres Guy et si nous nous entendions tous autour de quelques verres, nous pourrions peut-être former un trio. Selon moi, un maçon, un plombier et un électricien forment presque une entreprise complète, mais nous gardons toujours notre identité individuelle et notre indépendance. Plus tard, si nous le souhaitons, nous pourrons discuter du renforcement des liens ou peut-être même de la création d'une seule société."

"Hmmm. Je suis certainement d'accord pour la première partie. J'aimerais rencontrer Guy. J'habite à Chambéry. Où penses-tu qu'il serait préférable de se rencontrer?"

"Ici, ce serait probablement aussi bien que n'importe où, Pierre. J'habite à Annecy et Guy habite à Sévrier. Ici, à Alby, nous sommes plus ou moins au milieu. C'est une jolie petite place pittoresque, n'est-ce pas? Rencontrons-nous ici. Tu choisis un jour."

"Faisons-le après-demain, jeudi. Si nous échangeons nos cartes, tu peux me téléphoner si Guy ne peut pas venir. Disons midi et demi pour le déjeuner jeudi?"

Guy est très enthousiaste. "Ce sera super" dit-il avec un sourire. "Cet arrangement avec toi nous permet à tous les deux de rester à flot. L'ajout de Pierre comme plombier devrait rendre le tout encore meilleur. Ça nous donne une présence à Chambéry et ça va donner à Pierre une présence à Annecy et autour du lac. Cela pourrait entraîner une augmentation significative des commandes."

Jeudi, nous nous retrouvons pour le déjeuner à Alby. C'est une belle journée de printemps. Le soleil brille mais il y a un petit froid dans l'air. La place d'Alby est en effervescence. Guy et Pierre s'entendaient du feu de Dieu. Ils se racontent des petites anecdotes sur les endroits où ils ont été et les emplois qu'ils ont exercés. Nous nous entendons tous bien, mais je suis plutôt l'intrus. Nous veillons à ce que nous ayons tous suffisamment de cartes à distribuer aux clients. Il s'agit là d'une évolution encourageante pour l'avenir. Si le travail augmente encore davantage, je devrai embaucher un assistant. Cela comporte bien sûr autant d'obligations que d'avantages, mais pour le moment, la situation de l'emploi semble offrir des très bonnes perspectives.

En quelques jours, je peux mettre Pierre en poste. J'étais appelé dans une vieille maison à Sillingy. L'électricité s'est coupée et elle fusionne à nouveau à chaque fois qu'elle est allumée. Je n'arrive pas à trouver la faute. Mon kit de test m'indique que le problème vient du circuit électrique de la cuisine et du salon. Je ne trouve pas le problème. J'éteins tour à tour tous les appareils de chaque circuit. Pas de joie! Je fouille soigneusement les murs de la cuisine. L'alimentation en eau de la cuisine est entourée de panneaux de particules carrelés, mais sur le mur à côté se trouve une petite zone d'humidité. Il se trouve à environ cinquante centimètres au-dessus d'une prise électrique. L'humidité ne semble pas atteindre la prise mais je pense que l'eau présente dans le mur a dû descendre jusqu'à la prise et provoquer un court-circuit. J'inspecte la prise. Le câblage est intact et en bon état mais la prise est incontestablement très humide. J'enlève la prise. J'isole les fils individuellement, puis je rallume le circuit. Eurêka! Le problème doit être une fuite d'eau des tuyaux vers la machine à laver. Je montre au client ce que j'ai trouvé; la cellule humide et la tache humide.

"Il doit réparer la fuite d'eau avant cette prise" je lui dis. Je lui donne la carte de Pierre. "C'est le plombier avec qui je travaille. Il est obsédé par le fait de faire du bon travail."

"Il est si difficile de trouver un plombier fiable" dit-elle. "Je vais certainement l'essayer."

"OK. Dites-moi quand la fuite sera réparée et je viendrai remonter cette prise."

J'appelle Pierre mais sa femme répond. "La résidence de Pierre Rouget" dit-elle.

"C'est Jacques, j'ai un travail potentiel pour Pierre"

"Pierre a oublié son portable aujourd'hui, j'en ai peur. Je suis sa femme, Nadine. Pierre parlait de toi hier.

Il était très enthousiasmé par ton idée d'une collaboration souple. Je ne m'attendais pas à ce que cela fasse ses preuves aussi rapidement."

"Je l'ai suggéré, Nadine, parce que j'étais très impressionné par la détermination de Pierre à utiliser des raccords de haute qualité."

En août, je trouve que Diane me manque plus que je ne le pensais. Son attitude facile et détendue, son sens de l'humour, sa capacité à garder tout dans la vie léger et oui, la sensation de son corps proche du mien me manquent. Je ne peux m'empêcher de me demander si Henri a trouvé une autre expédition à poursuivre; de préférence un an ou deux en Antarctique. J'essaie de me dissuader d'essayer de retrouver Diane pour voir si Henri est absent. Une partie de moi dit que c'est comme traquer quelqu'un. C'est une atteinte à la vie privée. L'autre moitié de moi dit 'pas du tout', Diane a indiqué qu'elle serait heureuse de reprendre la relation si les conditions étaient favorables. J'essaie seulement de savoir si les conditions sont favorables. Mes deux moitiés ont une dispute de plus en plus vive à mesure que le temps passe. Puis soudain, je décide que je ne peux pas le faire. Diane sait où je habite. Si elle me souhaite, elle peut très facilement me contacter. Je me sens ridiculement fier de moi d'avoir pris cette décision de bon sens, mais je me languis d'elle. Un soir de septembre, on sonne à la porte. Voilà Diane, comme je l'ai rêvé. Je suis ravi de la voir.

"As-tu quelqu'un avec toi?" demande-t-elle. Il s'agit évidemment d'une question sur le présent immédiat, mais j'espère qu'il est également d'une question à plus long terme. Par exemple, ai-je une partenaire actuelle?

"Diane!" je souris jusqu'aux oreilles. "Non, il n'y en a pas. Viens."

Nous commençons donc une autre relation de deux mois. Diane est toujours aussi détendue, amusante, sexy. Cependant, pour moi, ce n'est pas la même sensation que la dernière fois. C'est parce que je sais que cette affaire va se terminer. Je sais même le jour où ça va se terminer. Cela enlève la spontanéité. Il ne provoque aucune friction entre nous. Je suis content de revoir Diane mais quand ces deux mois seront passés, il n'y aura pas de troisième fois. Quand je sais que le temps est presque écoulé, je m'inspire du livre de Diane. Je dis exactement ce que je pense. C'est une forme de 'Merci pour le souvenir'.

"J'ai énormément apprécié ça Diane, mais je ne veux pas recommencer."

"Je le sais, Jacques" répond-elle. "Je suis d'accord, mais c'est triste non?" Elle est incroyable. Absolument jamais un mot dur.

En février, il y a une vague de froid inhabituelle. De nombreuses personnes, notamment les personnes âgées, ont leur chauffage allumé toute la journée et même toute la nuit. Je reçois un appel d'un homme à Pringy un peu au nord d'Annecy sur la route de Genève. C'est un M. Chevallier.

"Vous êtes Jacques? Un ami vous a recommandé" dit-il. "Je viens de recevoir un méchant choc provenant d'un de mes convecteurs électriques. Je suppose qu'il a développé une faute. Pouvez-vous y jeter un œil?"

"Oui, bien sûr" lui dis-je. "En attendant, éteignez-le si vous pouvez le faire sans y toucher. Je serai là ce soir. Est-ce que dix-neuf ou vingt heures seraient mieux?"

"Je préférerais dix-neuf heures" dit-il. Je prends son adresse et je m'y promène sur ma Vespa. Ce n'est pas loin de mon appartement de l'avenue de Genève. Il habite dans un immeuble de douze appartements. C'est un appartement sympa au premier étage donnant sur un jardin joliment entretenu appartenant à une maison voisine. Je commente le jardin.

"Oui, c'est charmant, n'est-ce pas? J'ai tellement de chance avec ça" dit-il. "Je reçois tout le plaisir des fleurs sans aucun travail. Le jardin est un vrai régal grâce à Madame Blanchet. C'est agréable à regarder même en hiver."

Il me montre son radiateur. En l'examinant, la première chose que je remarque, c'est qu'il possède un boîtier en métal. Il reconnaît que c'est ce qui lui a donné un choc lorsqu'il l'a touché. Il est branché directement sur le secteur et non au moyen d'une fiche et d'une prise. J'éteins le circuit au niveau de la boîte à fusibles, puis je débranche le radiateur de sa fixation murale et je retire l'arrière du boîtier. Le radiateur lui-même est doté d'un raccord à trois points pour les câbles de ligne, de neutre et de terre, mais la terre n'a pas été installée. Le fil provenant du secteur n'a qu'une ligne et un neutre. Les deux fils en place sont correctement installés. Je peux voir que plus loin dans l'appareil, le fil de ligne a surchauffé et brûlé. Il s'est détaché de sa position correcte et touche le boîtier métallique extérieur. C'est ce qui a provoqué le choc chez M. Chevallier. En soi, c'est un travail simple à réparer. Il a besoin d'un nouveau morceau de fil pour être correctement attaché à la connexion qui est déjà là et qui lui est destinée. Les implications de ce que j'ai découvert vont cependant bien plus loin que cela.

"Combien de ces radiateurs avez-vous ici?"

"Il y en a un dans chaque chambre, ça fait deux" dit-il, "puis un dans le séjour, un dans la cuisine et celui-là que vous regardez dans le couloir. Donc cinq."

"Écoutez, M. Chevallier" je dis. "Ce travail est très facile et peu coûteux en soi, mais les implications sont bien plus importantes." Je lui montre le fil brûlé. "C'est la partie la plus simple. Je peux réparer ça en vingt minutes, disons. Mais voici le vrai problème." Je lui montre l'attache à trois points du radiateur qui n'a que deux fils là où il devrait en avoir trois. "Ce radiateur a un boîtier métallique et doit être muni d'un fil de terre. Le radiateur lui-même est parfaitement bien fait mais lorsque le radiateur a été branché au secteur, l'électricien n'a pas mis de fil de terre. L'implication est que tous vos autres appareils de chauffage sont également mal installés et cela peut même s'appliquer à tous les autres appartements de ce bloc."

"Oui, je peux voir ce que vous voulez dire" il répond. "Je ne comprends pas l'électricité mais j'en sais assez pour voir qu'il manque un fil là où vous pointez, à l'intérieur du radiateur."

"Le problème ici" je continue, "c'est que ces radiateurs ont été installés directement sur le secteur, sans prise intermédiaire. C'est une pratique normale, mais cela signifie que pour remettre l'ensemble du système en ordre, il faut entrer dans le mur pour accéder au secteur. Ça c'est d'un travail plus important que je ne pourrais certainement pas réaliser aujourd'hui, même sur un seul appareil de chauffage."

"C'est vous l'expert" dit-il. "Que conseillez-vous?" Je réfléchis un instant. La question est claire d'un point de vue électrique mais beaucoup plus difficile d'un point de vue social.

"Eh bien, en fin de compte, je dois signaler que ce radiateur en particulier a été mal installé et que l'ensemble du reste du bâtiment doit être examiné pour voir dans quelle mesure cela s'applique. Dans l'immédiat, je peux réparer ce radiateur et le faire fonctionner en toute sécurité sur votre prise secteur la plus proche et si vous le souhaitez, j'aurais le temps de câbler correctement un autre radiateur et de faire de même pour celui-là. Vous disposeriez alors de deux radiateurs sécuritaires pendant cette vague de froid. L'examen d'un autre de vos appareils de chauffage indiquerait si ce câblage défectueux est unique ou s'il est susceptible de s'appliquer à l'ensemble du bâtiment. Ensuite" dis-je, "c'est à vous de décider, mais je réunirais votre comité et déciderais quoi faire pour le bâtiment. Aujourd'hui, que voudriez-vous que je fasse?"

"Je vais suivre votre suggestion de brancher temporairement ce radiateur sur une prise et de faire de même pour un autre radiateur, si lorsque vous le regardez, il y a la même installation défectueuse."

"Bien. Cela me prendra environ une heure et je ne facturerai pas le deuxième radiateur." Cela me prend trois quarts d'heure. Le deuxième radiateur du salon est câblé exactement de la même manière, sans fil de terre.

"Pendant que ces radiateurs sont allumés" lui dis-je, "vous pouvez utiliser une rallonge bidirectionnelle pour votre aspirateur ou des lumières, mais pas pour tout appareil nécessitant de la chaleur, comme par exemple un sèche-linge ou un fer à repasser."

Monsieur Chevallier est exagéré avec ses éloges à mon égard. "Monsieur Barbier en dessous de moi au rez-de-chaussée et moi sommes ceux qui surveillons cet endroit et veillons à ce qu'il ne se dégrade pas" dit-il. "Je vais lui parler maintenant, ce soir, et je suis sûr que les autres accepteront tout ce que nous suggérons. Merci Jacques, donnez-moi votre carte pour que je puisse vous recommander à tous mes amis. Vous êtes un joyau. C'est sur la recommandation d'un ami d'Annecy que j'ai entendu parler de vous."

Je lui donne une carte. Pour le moment, c'est un travail sans profit. J'espère que cela deviendra un 'produit d'appel' comme dans le secteur des supermarchés, car il y a probablement suffisamment de travail ici pour me permettre de continuer pendant un bon moment. De plus, comme les radiateurs sont fixés avec des fils qui sortent directement du mur sans prises intermédiaires, il y aura du travail de plâtre qui occupera également Guy. Quand je rentre à la maison, j'appelle Guy et je lui dis de 'rester aux aguets' car il pourrait bien y avoir une quantité considérable de travail simple à faire dans un avenir proche. Aujourd'hui pourrait bien être la grande percée. En revanche, il se peut que le syndicat contrôlant cet immeuble ait déjà un contrat avec une entreprise de construction comprenant des électriciens et ils confieront simplement le travail à quelqu'un d'autre. Ce serait très ironique qu'ils le confient à Desplaces & Cie. Quand je me couche, une pensée me vient. Le propriétaire de l'appartement avec qui M. Chevallier allait s'entretenir est un M. Barbier. C'est un patronyme courant mais c'est aussi le nom de mon meilleur ami, Georges. En m'endormant, je pense comme ce serait intéressant s'ils étaient liés. Le lendemain soir, mon téléphone sonne et c'est Mr Chevallier à Pringy.

"Jacques" dit-il. "J'ai parlé avec Daniel Barbier en bas et nous avons discuté avec la plupart des autres résidents ici. Nous avons tous convenu que nous aimerions que vous fassiez ce travail. Il y a cependant un petit problème. Nous avons appelé la secrétaire de la société qui gère les appartements. Il dit qu'ils ont un contrat avec une entreprise de Saint-Julien; la même qui a installé les radiateurs en premier lieu. Nous avons souligné que c'est l'entreprise qui avait réalisé l'installation défectueuse. Il en a vu la justice et a accepté d'étudier la possibilité de ne pas les utiliser malgré le contrat. En attendant, Daniel et moi aimerions que vous vérifiiez les chauffages électriques dans tous les appartements afin qu'on puisse voir l'ampleur du problème. Nous avons la permission de tous les propriétaires pour vous permettre de faire cela."

"Eh bien, Monsieur Chevallier" je réponds. "Il y en a douze appartements, n'est-ce pas, avec cinq radiateurs chacun? Si je ne fais que les regarder et ne rien faire sinon, je peux le faire en quelques heures et ne facturer que des frais d'intervention. Si jeudi vous va bien, je peux le faire du matin."

L'inspection ne prend pas longtemps. Je dois couper l'alimentation du circuit concerné au niveau de la boîte à fusibles, déconnecter chaque radiateur du mur et retirer l'arrière. Il est facile de voir s'il y en a deux ou trois fils connectés. Ensuite, je dois suivre le processus inverse pour terminer le travail. Chaque radiateur est équipé d'un fil à deux brins sans terre; tous soixante. Cela me prend un peu plus de temps que je ne le pensais, car chaque fois que je déménage dans un appartement différent, l'occupant, s'il est présent, souhaite une courte conversation, mais j'ai terminé à temps pour un déjeuner tardif. Après l'appartement de M. Chevallier, je commence en haut et je descends pour arriver en dernier lieu au rez-de-chaussée de Daniel Barbier. C'est un type sympathique. Il m'offre une tasse de café quand j'ai fini, me dit de m'asseoir et entre bientôt avec deux tasses. Il s'assoit en face de moi. Je pense que je peux voir certaines manières de Georges mais je les imagine peut-être.

"Monsieur Barbier" je dis, "mon meilleur ami est un Georges Barbier. Nous avons grandi à Eymoutiers près de Limoges. Barbier est un nom courant, mais y a-t-il une chance que vous ayez un lien de parenté?"

"Je ne sais pas si c'est le cas" a-t-il déclaré, "mais c'est probable à un certain niveau. J'ai grandi à Limoges. En fait, j'y suis resté jusqu'à il y a vingt-cinq ans, lorsqu'on me proposait une promotion si j'acceptais un poste à Saint-Julien-en-Genevois. Je n'ai déménagé ici à Pringy qu'après ma retraite et ces appartements ont été construits. C'était il y a trois ans."

"Aviez-vous des parents autour de Limoges?"

"J'ai un frère, Gilbert" répond-il. "Il n'était pas marié au moment où j'ai quitté Limoges et nous ne sommes pas restés en contact. C'était probablement ma faute. J'étais très occupé au moment où j'ai déménagé dans cette région."

Je réalise avec un certain étonnement que je ne connais pas le prénom du père de Georges. Serait-ce Gilbert? Le nom ne me dit rien. Je sais que sa mère s'appelle Elisabeth car je l'ai souvent entendue parler avec ma mère et elles utilisaient naturellement des prénoms mais malgré tous mes efforts, le nom du père de Georges m'échappe. Peut-être que je ne l'ai jamais su.

"Je vais demander à mon ami s'il connaît un lien. Ce serait intéressant si vous étiez apparentés."

"Oui, d'accord" dit-il. "Faites-moi savoir si quelque chose arrive." Il me donne son numéro de téléphone et je pars.

Une semaine plus tard je reçois un appel de M. Chevallier. Il m'informe que l'entreprise de Saint-Julien a accepté que, puisque c'était leur travail qui était défectueux, quelqu'un d'autre qui avait découvert l'erreur aurait le droit de la corriger. Donc on est prêts à y aller. La façon dont ils aimeraient procéder est un peu irritante. Apparemment, la société qui gère le bloc vient régulièrement un mardi de chaque semaine pour effectuer le nettoyage et les réparations. Ils aimeraient que les travaux soient effectués un appartement à la fois et qu'ils inspectent le travail fini avant de commencer les travaux sur l'appartement suivant. Cela signifie que le travail s'étale, inutilement de mon point de vue, sur douze semaines. J'accepte, à condition que je sois payé l'appartement terminé immédiatement après l'inspection. Cela garantira au moins un revenu hebdomadaire pendant près de trois mois.

Le syndic des appartements est également d'accord que Guy, 'comme mon représentant' comme il le dit, est la bonne personne pour toute maçonnerie ou plâtre requis. Guy est toujours officiellement chez Desplaces & Cie, bien qu'il ait décidé qu'il devait mettre son préavis car il commence à avoir du mal à faire face au travail qui nous est proposé. Nous pensons que si je fais un appartement le samedi, il pourra faire tout ce qu'il faudra le dimanche. Leur inspection a lieu mardi, date à laquelle nous sommes également payés. On espère. Apparemment, ce type de travaux sur ces appartements est couvert pendant les cinq premières années par l'assurance souscrite par les constructeurs de

Saint-Julien. Les résidents n'auront pas à payer. La question de notre point de vue est de savoir si nous serons payés soit par le syndic, soit par la compagnie de Saint-Julien qui sera ensuite remboursés par la compagnie d'assurance, ou si nous devrons attendre d'être payés par l'assurance de la compagnie. Les compagnies d'assurance ont tendance à être absurdement lentes à payer leurs factures, alors que la plupart des clients individuels paient rapidement.

J'appelle Georges. Il s'étonne que je ne connaisse pas le nom de son père. Il pense que je dois perdre la mémoire. Il dit, oui, le nom de son père est Gilbert. Je lui dis que je travaille actuellement pour son oncle Daniel. Cela l'intéresse beaucoup.

"Je savais que j'avais un oncle, Daniel" dit-il. "Mon père m'a dit qu'il avait quitté la région pour aller quelque part près de Genève et qu'on n'en avait plus jamais entendu parler. J'étais très jeune à l'époque où papa me l'a dit. Je me souviens avoir pensé que Genève devait être un lieu sous le charme de la méchante sorcière." Georges donne ensuite un petit rire et oui, il ressemble remarquablement au rire de Daniel Barbier. Il est étrange de voir comme un trait de famille est si similaire chez deux personnes qui ne se sont jamais rencontrées. Mais Georges parle toujours:

"On dirait qu'ils n'ont jamais été très proches donc papa n'a tout simplement pas suivi la piste. J'aimerais le rencontrer, si tu peux arranger ça, Jacques."

"Bien sûr, Georges" dis-je.

Cet immeuble n'a que trois ans. La plupart des propriétaires vieillissent un peu mais lorsque j'arrive à l'appartement numéro 4, celui du bout au rez-de-chaussée, je suis accueilli par une femme d'une vingtaine d'années. Elle n'était pas là lorsque j'ai fait la première inspection. Je suppose qu'elle était au travail. Elle me montre où sont les radiateurs. Bien sûr, à ce stade je sais parfaitement où ils se trouvent. J'imagine qu'elle veut dire quelques mots avant que je me mette au travail. Tous les résidents ont été comme ça. C'est très sympa. Quand j'ai fait trois des cinq chauffages, elle m'offre une tasse de café et je suis heureux de dire 'oui.' Je travaille sur le quatrième et elle m'apporte le café.

"Pourquoi ne faites-vous pas une pause" suggère-t-elle. "Asseyez-vous dans le séjour." Je fais ça et elle s'assoit sur une autre chaise.

"Je m'appelle Marianne" dit-elle. "J'enseigne à l'école primaire ici à Pringy. J'ai acheté cet appartement quand ils étaient neufs. Ils étaient terminés exactement au bon moment pour que je puisse emménager, un peu avant le début de mon emploi. Monsieur Chevallier en haut dit avoir eu plusieurs rapports sur vos travaux. Tout le monde semble dire que vous gardez tout propre et bien rangé et que vous ne créez jamais de désordre."

"Je fais de mon mieux" dis-je. "Ce travail consiste à pénétrer dans le mur pour remplacer le câble qui a deux fils par un qui en a trois. Cela fait inévitablement un peu de désordre dans le mur et le plâtre. Je travaille avec un maçon et plâtrier qui s'appelle Guy qui va réparer les éventuels dégâts sur le mur. Ces radiateurs sont tout à fait sûrs avec le câblage dont ils disposent jusqu'à ce qu'ils développent un défaut. Puis ils pourraient provoquer un choc."

Je trouve Marianne très attirante. Elle a les cheveux châtain foncé et les yeux qui brillent lorsqu'elle parle. Si les circonstances étaient différentes, je lui demanderais de sortir avec moi, mais entrer dans son appartement et lui faire une avance quelconque serait un abus total de confiance. Je termine les travaux sur les quatrième et cinquième radiateurs.

"Mon collègue Guy devrait être là demain" dis-je en partant.

Le lendemain j'étais au Supermarché Carrefour à Annecy Nord. C'est sur l'avenue de Brogny; À aucune distance de mon appartement et à seulement quatre kilomètres de Pringy. Je vois Marianne regarder les légumes frais. J'y vais.

"Bonjour Marianne."

"Ah! Bonjour Jacques. C'est une surprise. Vous habitez près d'ici?"

"Oui, à l'avenue de Genève à quelques minutes."

"Je viens souvent ici" dit Marianne. "Il y a bien plus ici que dans le supermarché à Pringy." Je prends le courage de m'impliquer pleinement.

"Ceci" dis-je, "est une réunion totalement imprévue mais après vous avoir rencontré dans votre appartement, je pensais que c'était dommage de ne plus vous revoir. Pourrions-nous nous retrouver pour un repas un jour?" Je ne peux pas dire qu'elle a l'air ravi. Il y a une légère hésitation mais après une pause, elle dit:

"Oui, Jacques, ce serait bien."

Je suggère une heure le samedi, dans une semaine. Je dis que je réserverai une table aux Jardins de l'Auberge. Marianne sait où il se trouve. J'arrive plus tôt que prévu. J'entre pour vérifier qu'elle n'est pas encore là. C'est très peu probable, mais ce serait un désastre d'attendre dehors si elle était déjà arrivée. Pendant que j'y suis, je vérifie qu'on nous a donné une table près de la fenêtre. Elles sont tellement plus jolies avec vue sur le

Thiou. Je sors alors de nouveau et j'attends Marianne. Elle arrive avec quelques minutes de retard. Elle a l'air étonnant. J'ai dit que Marianne était attirante quand je l'ai vue dans son appartement. Maintenant, elle attire vraiment l'œil. Elle porte un chemisier saisissant à décolleté haut et une jupe mi-mollet. Elles parviennent à montrer une belle silhouette sans montrer beaucoup de Marianne. Je suis heureux d'avoir également fait un petit effort. Je porte un pantalon beige pâle et une nouvelle veste tendance. Elle a l'air content de me voir, ce qui est un soulagement car elle hésitait visiblement à venir. Nous prenons de la salade, suivie de la féra, le poisson du lac (le nom du pêcheur est mentionné sur le menu). Je demande une carafe de blanc maison qui est d'Apremont. Marianne ne veut pas de dessert mais nous prenons un café. La conversation se passe bien. Je lui parle de certaines des maisons les plus intéressantes dans lesquelles j'ai travaillé, y compris l'histoire du fantôme potentiel, qu'elle trouve intéressante. Elle me raconte quelques-uns des moments les plus amusants avec les plus jeunes à l'école. Elle m'a aussi raconté que lorsqu'elle cherchait un poste d'enseignante dans ce domaine, elle a envisagé de postuler à l'école Gabriel Fauré qui se trouve au centre d'Annecy. Le Requiem de Fauré était à l'affiche au Bonlieu à l'époque, alors sur un coup de tête, elle avait obtenu un billet pour y assister. Elle l'avait vraiment apprécié. Malheureusement, le poste annoncé ne correspondait pas à ce qu'elle recherchait. Celui de Pringy lui convenait bien mieux.

Nous sommes en octobre mais c'est une journée ensoleillée avec peu de vent et nous nous promenons jusqu'au lac et le suivons jusqu'au Parc des Marquisats. Je me souviens de la même promenade avec Sylvie. Je ne peux pas voir une répétition de ce baiser. Cette dame est une proposition différente. Je pense que je peux risquer de lui prendre la main dans la mienne. Je fais cela en la distrayant et en le faisant au milieu d'une phrase:

"Les petits voiliers avec" - prends-lui la main - "les enfants ne sont-ils pas mignons au milieu du lac?" Elle ne retire pas réellement sa main, mais elle ne donne certainement pas l'impression qu'elle pensait que cela pourrait être elle-même une bonne idée. Lorsque nous arrivons au bout du parc où Sylvie et moi avons eu notre premier baiser, je lâche sa main alors que nous commençons à retourner en ville. C'est une promenade agréable, une journée agréable mais en termes de romance, je n'ai pas l'impression d'avoir fait de progrès du tout.

"Merci Jacques, c'était un bon repas et j'ai apprécié la promenade."

"C'est bien, Marianne. Puis-je te revoir? Disons samedi prochain?" Une légère hésitation mais encore une fois un accord.

"Oui, devons-nous le faire le soir? Nous pourrions assister à un spectacle."

"Super" dis-je. "Je vais réserver quelque chose et je te donne un coup de fil. J'ai déjà ton numéro au cas où j'en aurais besoin pour le travail. Les radiateurs fonctionnent-ils?"

"Oui, Guy est venu et a réparé le mur mais vraiment tu l'as laissé en très bon état. Oui, Jacques. Tu réserves quelque chose pour samedi soir et nous pouvons organiser quand et où nous rencontrer lorsque tu m'appelles." Peut-être une toute petite trace d'enthousiasme, je pense. D'un autre côté, peut-être pas. Au moins elle me tutoie. Nous nous séparons très amicalement mais il n'y a aucun signe de l'étincelle que j'ai vécue avec Sylvie ou Diane lors du premier rendez-vous.

J'ai donc le problème de trouver quoi réserver pour samedi soir prochain. Je passe en revue le genre de choses habituelles que l'on pourrait faire. Puis je me souviens qu'elle avait dit qu'elle avait réservé un billet pour le requiem de Fauré et qu'elle l'avait apprécié. La façon dont elle l'avait dit suggérait qu'elle n'était pas réellement fan de musique classique mais qu'elle avait trouvé, peut-être avec surprise, qu'elle a apprécié ça. La date du requiem m'a suggéré qu'il avait lieu à cette époque car c'était le centenaire de la première représentation publique et Fauré est associé à Annecy en raison des vacances d'été qu'il passait dans la région. J'ai regardé ce qui se jouait à Bonlieu Scène Nationale samedi. C'était encore de la musique. C'était une chance car on fait toutes sortes de choses différentes là-bas. 'Les Quatre Saisons' de Vivaldi était annoncé. Je me souris. Je pense que tous ceux qui ont apprécié le requiem de Fauré vont adorer Les Quatre Saisons. Si Marianne n'est pas fan de musique classique, elle préférera forcément, je pense, l'œuvre légère et joyeuse de Vivaldi à un requiem. Si elle aime la musique classique, elle l'aimera certainement.

La façon dont Marianne s'habillait pour le déjeuner me suggère qu'elle n'apprécierait pas les places bon marché. Les sièges sur ce site sont un peu inhabituels. Les sièges ouvrent légèrement en éventail, il y a plus de sièges par rangée à l'arrière. La particularité est qu'en plus des deux allées principales allant de l'arrière vers l'avant et une au milieu allant d'un côté à l'autre, il y a deux petites allées ne pénétrant pas plus de dix sièges de chaque côté. Cela signifie que les sièges cote couloir de la rangée F qui ne se trouvent pas dans le bloc central, ont de l'espace pour les jambes et une vision totalement dégagée. Ils sont également un peu plus éloignés de la scène du théâtre pour que la vue soit bien plus confortable qu'au premier rang. Idéal. Les meilleurs sièges de la maison sont donc les F24 et F25, suivis de près par les F8 et F9. Les F24 et 25 sont déjà réservés mais j'ai beaucoup de chance. F8 et 9 sont libres. Je les réserve. J'appelle Marianne et lui dis que j'ai des billets pour 'Les Quatre Saisons' de Vivaldi. Encore une fois, il y a cette hésitation. Cela me met mal à l'aise, comme si elle faisait un réel effort pour ne pas dire 'non'. Nous nous donnons rendez-vous au café du coin de la rue du Pâquier, près du centre Bonlieu. Il dispose d'un étage avec vue sur le canal, le lac et les montagnes. Le bar du théâtre risque d'être bondé. Elle arrive pile à l'heure convenue. Est-ce que cette dame sait comment s'habiller? bien sûr. Marianne est magnifique. Elle porte un tailleur pantalon violet et bleu en alpaga et cachemire bouclé. Encore une fois, cela la montre à la perfection tout en la gardant complètement couverte. N'importe quel homme serait fier d'être vu avec une femme comme celle-ci. Je me sens très humble. Pas étonnant qu'elle hésite à s'encanailler en prenant des rencards avec moi, son électricien. Je me sens presque gêné. Marianne prend un verre de Beaumes-de-Venise. Je prends une bière blanche. Je lui dis comme j'aime le costume qu'elle porte. Ce serait une insulte de ne pas le faire. Elle a l'air content de ça. Je discute nerveusement de la beauté de la vue et comme c'est triste qu'il ne fasse pas un peu plus chaud car le balcon serait ouvert. Après quelques minutes, ma nervosité disparaît et je commence à apprécier être avec elle.

Nous entrons au théâtre. Il ne fait aucun doute que de nombreux yeux nous suivent et ce n'est pas moi qu'ils regardent. Lorsque nous atteignons nos places, il y a un changement radical chez Marianne. Elle retrouve cette belle étincelle dans ses yeux lorsqu'elle parle qui m'a tant attiré vers elle dans son appartement. Elle me sourit. Pour la première fois depuis que je lui ai demandé de sortir avec moi, mon cœur réagit comme je m'y attendais.

"Ce sont des sièges de première classe, Jacques" dit-elle. "Personne devant et un peu en retrait. Je déteste devoir tendre le cou pendant un spectacle. Ceux-ci doivent être parmi les meilleurs du théâtre."

"Ils ont dû avoir une annulation, je pense. J'avais de la chance de les trouver une semaine seulement avant le spectacle."

J'adore les Quatre Saisons de Vivaldi. Je trouve que c'est une pièce de musique joyeuse. Assis à côté de Marianne et la voyant aimer ça aussi, j'étais étonné de voir combien mes sentiments avaient changé en quelques minutes seulement après avoir été un peu honteux et hors de mes compétences par le simple plaisir de la musique et du fait d'être assis à côté de Marianne. J'ai remarqué qu'il y avait deux femmes assises à côté des musiciens dans tout le Vivaldi. La performance était envoûtante. Ni Marianne ni moi n'avons bougé d'un pouce. Il existe une coutume en matière de performances musicales, qui, je suppose, a quelque chose à voir avec le rapport qualité-prix, selon laquelle, pour faire durer une performance assez de temps, une autre pièce est ajoutée. Pour moi, cela brise souvent le charme. Je l'ai trouvé après cette pièce de Vivaldi: j'aime bien Offenbach mais ce n'est pas pareil. Cette fois, c'était une sélection des 'Contes d'Hoffmann'. C'est à cela que servent les femmes assises qui ne participent pas aux Quatre Saisons. Une soprano et une contralto attendent la célèbre Barcarolle 'Belle nuit, ô nuit d'amour'. Pas ce soir, je pense. Marianne a peut-être une expression douce et rêveuse après la belle musique mais...

Marianne est ravie. "Jacques" elle dit, "quel beau choix. Cette musique est divine et le violoniste soliste était superbe."

Lorsque nous avons quitté le théâtre et que nous sommes au centre de Bonlieu, je lui propose un taxi pour la ramener chez elle et j'y resterai pour regagner mon appartement. Marianne est d'accord. Nous sommes assis tous près à l'arrière. En arrivant chez Marianne, elle se tourne vers moi et m'embrasse sur les lèvres. C'est court. Ce n'est pas passionné. Je ressens une douce bouffée de son parfum. Il est léger, aux tons aigus et parfumé. Je me souviens de celui de Diane. C'était très sexy, chaleureux avec des tons profonds. Son baiser n'a peut-être pas été long, passionné ou sexy mais il reste délicieusement sur mes lèvres jusqu'au retour à la maison. Marianne me déroute beaucoup mais je pense que je suis accro.

Les mois suivants, Marianne et moi allons au cinéma, au théâtre: nous allons dans les musées. Le musée 'd'animation' d'Annecy est célèbre. Je l'invite à revenir chez moi mais elle dit non. Je continue de recevoir des messages confus. Une minute, elle semble être partout sur moi et la suivante, elle me repousse avec une certaine force. Je n'arrive pas à la comprendre. Aussi charmante que soit Marianne, je ne la considère pas tout à fait de la même manière que Sylvie ou Diane. Je pense que c'est probablement à cause de ces messages contradictoires perpétuels. Elle me laissera la serrer dans mes bras un instant et puis c'est:

"Non, non, ça suffit, laisse-moi tranquille."

Je suis perplexe. Elle refuse simplement de venir chez moi et elle ne m'invite pas chez elle. Bref, elle a peur d'être seule avec moi. J'adore être avec elle. J'adore ses baisers mais ils sont toujours très courts.

Je me débrouille très bien en affaires. Bien mieux que ce que je ne le pensais et j'ai maintenant un peu économisé. Je veux organiser une fête mais mon appartement est trop petit pour ce que j'ai en tête. Je dois louer une salle. Je ne pense pas pouvoir me permettre une grande place comme L'Impérial. Je suis heureux d'avoir un endroit agréable où nous pouvons apporter notre nourriture et nos boissons et nettoyer ensuite. Ce serait bien d'avoir une fonctionnalité pour le rendre un peu spécial, une vue sur le lac, par exemple, ou une vue sur la rivière ou la montagne. Je recherche cela depuis un certain temps. Je ne trouve pas de site pratique, abordable et doté de fonctionnalités spéciales. Finalement je me contente d'un ensemble de chambres au Boulevard du Fier. Il est très proche de mon appartement et facilement accessible depuis Pringy. Il peut être loué à partir de six heures du soir mais doit être en parfait état à six heures du matin. Il y a 45 m² répartis en deux pièces avec une kitchenette et des toilettes. Il y a un nombre limité de places de parking. La location coûte plus cher que prévu, mais elle est abordable. Il devrait y avoir un peu moins d'une vingtaine de personnes que je voulais inviter. Marianne a deux couples et deux femmes célibataires qu'elle aimerait faire venir. Nous en comptons vingt à vingt-cinq, nous compris. Marianne suggère la Saint-Valentin pour la fête. C'est un vendredi cette année donc personne n'aura à retourner travailler le lendemain matin. Je pense que c'est une bonne idée.

"C'est une excellente idée" je lui dis. "Faisons ça."

Quelques-uns de ceux que nous invitons vivent loin et ne pourront peut-être pas venir. Jules est en Provence et a une petite amie, Georges est à Lyon et n'en a pas. Je voudrais inviter Catherine. Elle est à Paris. Je ne sais pas comment elle s'en est sortie après le désastre de la mort de Jean. Elle avait envoyé quelques emails mais ils ne font que décrire son progrès à la Sorbonne qui, comme d'habitude, semble vraiment très bien. Je lui envoie une invitation disant 'si tu veux amène un ami de l'un sexe ou l'autre'. Elle renvoie presque aussitôt un mail disant qu'elle amènerait son amie Jeanne qui suivait le même cours qu'elle. Tout le reste se trouve dans la région d'Annecy. Guy voit toujours Eugénie. Il y a Pierre et sa femme Nadine. Il était indispensable que Georges et Daniel Barbier viennent car c'était le but principal de la fête. J'invite M. Chevallier car c'est grâce à lui que j'ai rencontré Marianne et aussi Daniel Barbier. J'invite Claude et Marie. C'est à contrecœur que j'invite Dominique et sa femme. Je suis ravi lorsque tout le monde accepte l'invitation. Cependant, cela signifie qu'il y aura cinq personnes venant de loin. Marianne a très gentiment dit que Catherine et Jeanne pourraient avoir sa chambre d'amis si cela ne les dérangeait pas de la partager. (Je ne pouvais m'empêcher de penser que, maintenant, elle ne me laisserait pas du tout entrer dans l'appartement.) Je pourrais héberger Georges.

J'ai demandé à Jules s'il pouvait prendre ses propres dispositions. Je ne savais pas si lui et sa petite amie, elle s'appelait Barbara, avaient l'habitude de dormir dans le même lit ou non. Il a dit qu'il réservait une chambre d'hôtel mais finalement ils ne pouvaient pas venir. Marianne et moi avons travaillé dur pour préparer de la nourriture et des boissons et aménager l'endroit pour qu'il ait l'air en mode fête. Marianne était délicieuse dans une jupe mi-longue bleu pâle et un chemisier ample multicolore. Cela dégageait un sentiment de fête vraiment joyeux. Je lui ai donné un baiser et un câlin en faisant très attention à ne pas abîmer ses cheveux. La légère odeur de son parfum était séduisante.

"Merci d'avoir travaillé si dur pour préparer ça" lui dis-je. "J'apprécie vraiment quand tu es toute habillée pour la fête."

"Je l'attends avec impatience" dit-elle.

Nous avions mis 19h30 à minuit sur les invitations. À huit heures moins le quart, les gens commencent à arriver. Les premiers sont Guy et Eugénie.

CHAPITRE 6
Catherine 2001 – 2003

Je suis dans le train pour rentrer à Paris. Je suis très gênée de ce que j'ai fait subir à Jacques. J'avais certainement besoin que quelqu'un soit avec moi ce premier jour. Il était le seul ami suffisamment proche pour m'aider. Je n'avais aucune idée de ce que je lui demandais. Aujourd'hui, en sortant de l'hôtel, j'ai vu la Vespa démolie sur laquelle Jacques avait réussi à me joindre. Il ne m'a jamais dit qu'il avait eu un accident jusqu'à ce que je lui pose des questions sur la Vespa. Il avait réussi à me cacher son pied blessé hier à l'intérieur mais il pouvait à peine marcher ce matin. Après que nous nous soyons séparés et que je sois dans le bus de retour à Annecy, j'ai vu à quel point les routes étaient enneigées et gelées. Pauvre Jacques. Ce voyage a dû être un véritable cauchemar. Il l'a fait volontiers pour moi. Je lui devrai cela pour le reste de ma vie. Il est étrange que nous semblions nous voir si rarement et seulement aux moments les plus dramatiques de notre vie. Je ne sais pas comment je vais me remettre de la mort de Jean. Je l'aime tellement. Il semble toujours faire partie de ma vie. Même maintenant, quand je pensais comme Jacques était gentil, je pensais aussi que Jean trouverait que c'était si gentil de la part de Jacques. Je peux me donner un peu de temps pour pleurer Jean mais je ne dois pas laisser cela gâcher le reste de ma vie. En descendant du quai de la Gare de Lyon, je suis surprise de voir Jeanne. J'ai des amis très gentils.

"Bonjour Catherine" dit allègrement Jeanne. "Je suis dévastée pour toi à propos de Jean mais je n'en parlerai plus à moins que tu le fasses. Viens prendre un café."

Nous trouvons un café et nous asseyons. Jeanne maintient un flux constant de conversations sur les choses sans importance qu'elle a faites ces dernières semaines. Ensuite, nous retournons à mon appartement. Là, attendant sur le pas de la porte, pour ainsi dire, se trouve Louise. Elle me fait un gros câlin.

"Je pensais venir sans y être invitée et passer une semaine avec toi" dit-elle. "Je pensais que tu arriverais maintenant. Je n'attends que depuis un quart d'heure." Je les présente.

"Jeanne et Louise, je suis si heureuse que vous vous soyez rencontrées. Vous êtes mes deux meilleures amies" dis-je. Nous rentrons à l'intérieur et y avoir deux amies est tellement plus facile que d'en avoir une seule. Elles peuvent m'ignorer et se parler si je suis d'humeur sombre, mais je peux participer si je le souhaite. Je me rends déjà compte que je suis suffisamment dure pour ne pas laisser cela interférer avec mes études de droit. Jeanne et Louise semblent très bien s'entendre. Elles discutent de la vie universitaire et Louise décrit un peu la recherche sur les plantes dans laquelle elle participe. Jeanne part au bout d'un moment pour aller chez elle. Louise dit qu'elle préparera le dîner. De manière très réfléchie, elle a acheté de la nourriture, réalisant qu'il n'y avait peut-être pas grand-chose dans l'appartement car je ne m'attendais pas à revenir aussitôt. La semaine prochaine, Louise et moi ré-explorons à peu près les mêmes sites intéressants de Paris que nous avions fait il y a des années lorsque je suis arrivée ici pour la première fois. Je ne peux pas dire que c'était aussi agréable que la dernière fois car j'ai eu des périodes occasionnelles de misère abjecte. Louise était brillante pour m'ignorer quand je voulais être ignorée et pour m'en dissuader quand j'en avais besoin. Le temps passe comme toujours et Louise est repartie à Toulouse.

Plusieurs personnes au travail semblent m'éviter délibérément. Je suppose qu'elles ne savent tout simplement pas quoi dire. Ce n'est que récemment que j'ai rejoint Favre et Dubois. Je ne suis donc pas très connue. Il y a une employée appelée Anna qui a l'air très gentil et nous avons pris l'habitude de déjeuner ensemble de temps en temps. Ce travail est chargé. C'est une aide car je pense rarement à Jean pendant la journée. Quand je rentre à mon appartement le soir, je me sens très seule. J'ai aussi mes études à faire. Cette partie de la formation n'est pas seulement un apprentissage des aspects pratiques du métier de notaire, elle comporte également des examens plus fréquents que dans les parties précédentes de la formation universitaire. J'ai de la chance car je trouve que je dors bien, donc je n'arrive pas au cabinet déjà fatiguée le matin.

Jeanne travaille dans une entreprise appelée Lambert-Régnier, avenue de la République. Elle a déménagé de là où elle vivait, qui était proche de chez moi. Maintenant elle se trouve rue Mesley, dans le 3e arrondissement. Je suis contente que la ligne 5 du métro aille de la station République, qui est très proche de son nouvel appartement, à Place d'Italie qui est proche de chez moi. Maintenant, c'est tôt dans la soirée et je suis en route pour lui rendre visite pour voir à quoi ressemble son nouvel appartement. Il se situe au 6e étage d'un immeuble de 7 étages. En arrivant, je voie que c'est un de ces immeubles typiquement parisiens avec une cour centrale. L'appartement de Jeanne est orienté vers la cour centrale donc il est très calme. Parce qu'il se trouve presqu'au sommet du bâtiment, il est lumineux. Les chambres du dernier étage n'ont que des lucarnes, mais celles de Jeanne ont de véritables fenêtres d'où on peut voir. Toutes ces choses sont très agréables mais les chambres sont minuscules. Le coin cuisine est une petite partie du salon, qui lui-même ne peut accueillir qu'une table et des chaises. La chambre dispose d'un lit double qui se range dans le mur. Il n'y a presque pas de place pour un canapé à côté du lit et une chaise avec une petite table basse au bout du lit. On ne peut pas s'asseoir sur le canapé tant que le lit n'a pas été rangé. Il y a aussi une petite pièce avec des toilettes et une douche. L'ensemble de l'appartement est lumineux, aéré et calme mais très petit. Jeanne nous prépare du café que nous emportons dans la chambre. Jeanne s'assoit sur le canapé donc je prends la chaise.

"Je pense que tu as fait un bon choix ici, Jeanne" dis-je. "C'est beau et calme et en regardant vers l'intérieur sur la cour, on n'entend pas la circulation ni sent pas sa fumée. Il est haut, alors il fait très clair et on peut voir le soleil presque jusqu'à la dernière minute avant son coucher. Les appartements situés plus bas dans la cour deviendront sombres beaucoup plus tôt."

"Oui, je le pense aussi, Catherine. L'appartement est certes tout petit mais comme tu peux voir, tant que je range le lit, cette chambre se transforme en un petit salon très sympa. As-tu remarqué que les fenêtres sont basses et larges, donc de là où tu es assise, la vue n'est pas mal du tout. C'est cher mais tout le centre de Paris est presque prohibitif. Je suis à quelques pas des notaires où je travaille et le métro République est encore plus proche."

Jeanne nous prépare du 'fish and chips' pour le dîner. C'est très gentil de sa part mais elle ne se considère pas comme une cuisinière. Ce sont des bâtonnets de poisson congelés et des frites au four suivis de glace. Je pense au contraste avec le repas spécial que j'ai cuisiné pour maman....et Jean.....je deviens un peu mélancolique. Jeanne met du Jazz; Sidney Béchet. C'est super. J'adore Béchet. C'est peut-être démodé mais pour moi il n'y a pas de meilleur jazz. Je me souviens avoir pensé à la dépression de maman. Ceux qui ont une raison d'être déprimés peuvent en être sortis. Ceux qui souffrent de dépression médicale, endogène ça s'appelle je crois, ne font qu'empirer si quelqu'un essaie de leur remonter le moral. Cette pensée me réconforte encore plus. Je pars pour regagner mon appartement. Il est incroyablement facile de rentrer à la maison. Je suis pratiquement tombée de l'appartement de Jeanne dans la station de métro République, j'ai pris le métro jusqu'à Place d'Italie et mon appartement est aussi proche de ce métro que celui de Jeanne l'est de République. Nos deux appartements sont au 6e étage. Quand je rentre à la maison, quelqu'un répare l'ascenseur. Tant pis!

Quelques mois passent et je guéris bien. Mon anniversaire approche. Vingt-trois me semble si vieux et il me reste encore beaucoup de temps avant de devenir notaire, même si je suis maintenant sur la bonne voie. Je pense que je vais faire une petite fête;

seulement une petite fête entre filles. Il se peut qu'il ne s'agisse que d'Anna, Jeanne et moi. J'invite aussi Louise. Je suis sûre qu'elle ne viendra pas. Toulouse est à plus de 800 kilomètres, mais l'invitation maintiendra notre amitié. J'ai aussi pensé que je pourrais inviter Marie. Elle a ce travail à Rouen. Jeanne et moi ne l'avons pas vue depuis qu'elle a commencé le post. Il serait intéressant de savoir si elle est satisfaite de sa décision d'abandonner la dernière partie du Master 2. Tout le monde accepte. Je m'effondre un instant lorsque l'acceptation de Louise arrive. Elle fera vraiment tout ce chemin juste pour mon anniversaire. Je me souviens qu'elle attendait en fait devant mon appartement que j'arrive à la maison après avoir appris le décès de Jean. Elle est si bonne avec moi. Cela m'amène à penser à Jacques. Je me demande comment ils s'en sortiraient si je les présentais – même si cela n'a pas beaucoup de chance. Ils sont également distants de plusieurs centaines de kilomètres.

Je décide de cuisiner une variété de quiches. Elles sont bien meilleures faits maison et se congèlent bien. Je ne peux pas m'empêcher de faire quelques Vacherins. Ils sont typiques d'une fête. La façon dont je les prépare est trois couches de meringue avec de la glace à la vanille entre les deux premières couches, un sorbet à la framboise entre les couches deux et trois et de la Chantilly sur la couche supérieure de meringue. J'y vais doucement avec la Chantilly et j'ajoute une cerise confite sur le dessus, en grande partie pour le look. Cela fait six couches ou sept si l'on compte la cerise. J'ai une pensée idiote. Ce serait amusant de les rendre tous différents simplement en mettant un petit fruit différent sur chacun au moment de les servir. Je pourrais donc en faire un avec, disons, une framboise, une myrtille, un petit raisin, une fraise et la cerise confite.

Cela s'avère être une fête très détendue. Tout le monde semble très bien s'entendre. Marie est ravie de son travail à Rouen. Elle est également très heureuse de revoir Jeanne et moi. Elle est un peu hyper sur son métier. "Meilleure décision de ma vie": "je ne sais pas ce que j'aurais fait si j'avais été obligée de continuer dans la formation," etc. Jeanne et moi savons qu'elle hésitait en fait beaucoup à partir. Je suis contente qu'elle soit si heureuse dans son travail. Je le vois comme une sorte de mémorial à Jean. Il l'a tellement aidée. Anna semble un peu réservée. Il se peut que ce soit parce qu'elle ne me connaît pas depuis aussi longtemps que les autres. Elles se sont pour la plupart déjà rencontrées même si c'est la première fois que Louise et Marie se rencontrent. Non, je pense qu'il y a un peu plus que cela. Quelque chose dérange Anna. Je ne pense pas que cela ait quelque chose à voir avec l'une d'entre nous ici. Je dois garder les yeux ouverts. Vers onze heures et demie, tout le monde se lève pour partir. Louise dit qu'elle passera la nuit et partira le matin.

À mon apprentissage, chez Favre et Dubois, rue Racine, je commence à surveiller Anna. Elle se comporte tout à fait normalement mais semble un peu déprimée. Le mardi après ma fête du week-end, nous déjeunons ensemble, comme nous le faisons d'habitude les mardis et vendredis. À la fin du repas, elle se lève pour aller aux toilettes. Je paie l'addition (on se relaie et c'est mon tour) et je la suis là-bas. Elle met de la crème sur une vilaine ecchymose sur son bras gauche. Elle le couvre rapidement et je fais semblant de ne pas le remarquer.

Ce bleu pourrait bien être fortuit, mais il pourrait avoir quelque chose à voir avec la nature plutôt renfermée et maussade d'Anna ces jours-ci. Quelques semaines passent et je crois que je l'imagine. Puis un jour, elle boite. Ce n'est que léger et elle essaie de le cacher. Pourquoi le cache-t-elle? Je me demande. Combien de temps dois-je attendre avant de lui demander ce qui se passe? Je décide de laisser tomber mais la prochaine fois que je pense qu'elle essaie de cacher une blessure, je la confronterai. Mai laisse place à juin. Anna semble plus heureuse. Puis, un lundi début juillet, elle tente à nouveau de cacher une boiterie. Je lui dis tout à fait gaiement:

"On déjeune ensemble, aujourd'hui Anna? J'ai envie de discuter." Anna est d'accord avec ça. Lorsque nous sommes assises, je la confronte.

"Que se passe-t-il Anna? Tu subis bien plus de blessures que ce qui est raisonnable et, pour une raison quelconque, tu essaies de le cacher. Si je me tordais la cheville ou quelque chose comme ça, je le ferais savoir aux gens. Alors qu'est qui se passe?" Ses yeux se remplissent de larmes.

"Si je te le dis, promets-tu de ne le dire à personne d'autre?"

"Je promets de n'en parler à personne à moins que tu ne l'acceptes ou que je pense que tu es en danger réel" je dis. Elle a l'air très triste et retient ses larmes sans succès.

"C'est André" dit-elle. "Mon partenaire. Nous étions si proches jusqu'à récemment. Il est un mécanicien automobile. Il a perdu son emploi en mars et ne semble pas pouvoir en retrouver un autre. Il a commencé à me frapper quand il était ennuyé. Il trouve toujours une excuse; quelque chose que j'ai fait ou qu'il pense que je l'ai fait. Puis il s'énerve et me frappe. Cela arrivait par exemple après ta fête d'anniversaire. Il m'a accusé de lui être infidèle. Je lui ai assuré qu'il n'y en avait même pas des hommes là-bas avec qui je pourrais être infidèle. Il m'a traitée de salope menteuse et m'a frappée dur sur mon bras. Cela m'a fait très mal. J'avais un vilain bleu et j'avais beaucoup de mal à le cacher. Nous ne sommes pas mariés mais nous semblions tellement amoureux que nous avons déposé une caution pour un petit appartement. Nous avons payé cinquante-cinquante pour la caution et elle est à nos deux noms. Il est difficile de savoir quoi faire."

"Oui, il va falloir y réfléchir" lui dis-je. "Pour le moment, je vais te donner mon numéro de téléphone et mon adresse. Chaque fois que tu sens que tu en as besoin, tu peux venir rester avec moi. Nous devons découvrir quelle est exactement la loi concernant votre copropriété. Cela devrait être facile. Comme tu essaies de le garder secret, tu ne voudrais pas faire appel à Favre et Dubois mais j'ai de bons contacts qui peuvent t'aider. Ensuite, tu dois réfléchir très clairement, sans mélodrame, à ce que tu considères comme le meilleur résultat. S'il arrête ce comportement atroce, l'aimes-tu toujours ou est-il allé trop loin? Ce genre de chose. Souhaites-tu récupérer la caution de l'appartement ou souhaites-tu y rester avec ou sans André? Écris tout cela, un midi, pas à la maison. Tu ne veux certainement pas qu'André le voie. Lorsque tu as fait cela, donne-le-moi et je réfléchirai à la meilleure façon d'obtenir le résultat que tu souhaites. Il faut trouver des preuves. Dans le meilleur des cas, tu n'en auras pas besoin mais commence à essayer de les récupérer. Prends une photo de toute blessure. Si tu le peux, achètes un petit enregistreur que tu peux allumer facilement pour enregistrer par exemple s'il t'accuse de quelque chose, comme d'être infidèle avec mes amis masculins inexistants. D'autre part, sais-tu pourquoi il a perdu son dernier emploi ou as-tu une idée des raisons pour lesquelles il ne peut pas en obtenir un autre, car l'un des résultats pourrait être tout simplement qu'il trouve un emploi."

"Tu es si utile Catherine" dit Anna. "Au moins, tu m'as rendue heureuse pour le reste de la journée."

En rentrant à la maison, j'appelle Jeanne. Je lui dis qu'un client célibataire a le problème d'une participation de cinquante-cinquante dans une propriété partagée avec un partenaire. Nous savons tous les deux que s'il y a deux propriétaires, l'un ou l'autre peut forcer une vente mais je pense que dans ce cas la personne concernée aimerait pouvoir rester dans la propriété. Connaît-elle un moyen relativement simple d'y parvenir ou peut-elle demander avec tact à l'un de ses patrons? Elle dit qu'elle y réfléchira. Seulement une demi-heure plus tard, elle rappelle.

"Le petit ami d'Anna la bat, et elle veut qu'il sorte en permanence n'est-ce pas? Il y a une façon dont je pense qu'elle pourrait régler cela légalement, mais le problème est que, en tant que notaires en herbe, il ne faut certainement pas qu'on pouvait dire que nous avons quelque chose à voir avec cela, car c'est un peu pointu" elle dit.

Je reste là, la bouche ouverte et une expression idiote sur le visage. J'oubliais que Jeanne a cette perception unique, ce sixième sens qui semble lui dire tout ce que l'orateur cache. Maintenant, j'ai trahi la confiance d'Anna. Au moins c'est Jeanne. Je sais que je peux lui faire confiance.

"Anna ne veut pas que ça se sache, Jeanne. Vraiment, ne dis à personne que c'est elle."

"Bien sûr que non" dit-elle.

"Avant de me dire ce que tu penses, comment savais-tu que c'était Anna?"

"J'ai remarqué lors de ta fête qu'elle avait une ecchymose qui s'estompait sur une jambe. Je n'y ai rien pensé jusqu'à présent. Elle était également plutôt réservée, comme si elle avait un problème. Maintenant, tu viens avec un problème juridique concernant la propriété. Il s'agit d'une situation dans laquelle deux personnes se disputent. Tu es toi-même plutôt qualifiée et tu travailles chez des notaires, pour l'amour du ciel. Tu leur demanderais si tu le pouvais. Donc tu ne peux pas. Cela veut dire que c'est quelqu'un de l'entreprise. Anna est ton amie et c'est donc probablement celle qui se confie à toi. C'est donc Anna."

"Jeanne tu es un miracle. Tu aurais vraiment dû viser à devenir avocat. Ton talent ne te sera pas aussi utile lorsque tu deviens notaire. Qu'en penses-tu?"

"Je suis sérieuse sur le fait que nous ne devrions pas nous impliquer, Catherine, vraiment, je le pense. Veux-tu venir dîner ce soir et nous pourrons discuter du bon vieux temps à l'université?"

"Bien sûr, Jeanne, ça me conviendrait. Je te verrai dans environ une heure." Je comprends. Qui sait si c'est vrai ou non, mais beaucoup de gens pensent que nos téléphones portables sont constamment sur écoute. Jeanne, j'en suis sûre, me dira quelle est son idée mais elle est évidemment sérieuse que nous ne devrions pas du tout nous impliquer. Le schéma doit être légal mais un peu sournois. Les notaires doivent respecter des normes très élevées et doivent à tout moment être considérés comme totalement impartiaux. Dire à l'un des deux propriétaires comment jouer un mauvais tour sur l'autre mettrait fin à nos carrières avant qu'elles n'aient commencé. Je me rends compte que je ne sais même pas si c'est la solution qu'Anna souhaite, mais c'est ce que je voudrais si c'était moi. Personne ne peut faire confiance à un homme qui l'a déjà frappée trois ou quatre fois de ne pas recommencer. Je voudrais qu'il sorte. Je voudrais aussi garder un endroit où vivre. Je prends le métro jusqu'à chez Jeanne. Cela ne prend que quelques minutes et comme la Place d'Italie est un terminus, j'ai une place assise.

Jeanne se moque de moi. D'une manière gentille, je suis heureuse de le dire. "Je t'imagine debout dans ton appartement avec le portable à la main, la bouche grande ouverte et une expression idiote sur le visage." Elle éclate de nouveau de rire. Cette fille a une imagination débordante et a très souvent raison. Elle nous sert chacune un verre de vin. Nous n'avons pas l'habitude de boire du vin, les uns chez les autres, sinon nous serions un peu pompette la moitié du temps, mais Jeanne pense évidemment que l'occasion le mérite. Je bois une petite gorgée.

"Alors, quelle est ton idée?" Je demande. Jeanne vérifie que son téléphone est éteint et me demande même le mien. Elle baisse le lit, les met sous un oreiller et range à nouveau le lit.

"Eh bien Catherine! Écoute. Parce qu'ici en France, la copropriété est dite 'qui n'est jamais éternelle', un seul propriétaire d'un bien comportant plusieurs propriétaires peut vendre sa part. Personne ne peut l'arrêter. Les autres propriétaires ont le premier droit d'acheter mais ne sont pas obligés de le faire. Nous le savons tous les deux, d'accord? Donc la première question est de savoir si le petit ami d'Anna…"

"André" j'interviens.

"Bien, est-ce qu'André peut se le permettre et voudrait racheter la part d'Anna. Si elle veut vendre, cela ne peut pas être arrêté."

"Je ne sais pas, mais comme il n'a pas de travail, je doute fort qu'il puisse la racheter."

"Supposons qu'il ne le fera pas alors. Anna fait en sorte que quelqu'un qu'elle connaisse bien achète l'appartement. Un oncle maternel serait idéal si cela est pratique; nom différent; faible risque que les gens s'en rendent compte; il y a de fortes chances qu'il joue le jeu. André et Anna sont expulsés. L'oncle d'Anna revend l'appartement à Anna ou la laisse simplement y rester; un arrangement flexible. Ce système a des coûts. L'appartement est potentiellement vendu deux fois. Chacun a un coût. Anna est désormais responsable de payer toutes les dépenses. Il est fort probable qu'il y ait également une perte en capital en cas de deux ventes rapides. Anna devrait trouver un endroit où vivre alors qu'elle n'en est pas propriétaire, sinon la nature sournoise du projet serait si évidente qu'elle pourrait causer des problèmes. Une hypothèque pourrait également poser problème, surtout s'il s'agit d'une hypothèque conjointe."

"C'est très astucieux, Jeanne, génial même et comme tu le dis, ce ne serait en fait pas illégal. J'espère que l'on n'en arrivera pas là. Anna va y réfléchir au déjeuner et écrire clairement le résultat qu'elle souhaite. Je n'ai pas rencontré cet André. Il est possible qu'il laissera Anna racheter l'appartement s'il s'agissait d'un accord légèrement généreux." Je lève mon verre et nous trinquons. "Merci Jeanne, ça fait toujours plaisir d'avoir un plan de secours."

Nous finissons nos verres. Jeanne en verse un autre. Nous nous asseyons et discutons jusqu'à onze heures puis elle me rend mon téléphone et je prends le métro pour rentrer chez moi. Le lendemain, je vais dans un magasin de camping et j'achète un matelas gonflable et un sac de couchage. Je sais que j'ai partagé mon lit avec Jean et aussi avec Louise, mais on doit être une personne très spéciale pour faire ça. Je pense que je vais devoir héberger Anna un peu, mais elle peut dormir par terre. Je suis avec Anna pour le déjeuner. Sur un morceau de papier, elle présente son meilleur scénario et une liste de priorités.

"Ce que je voudrais bien, Catherine, c'est ne plus vivre avec André. C'est ma priorité. J'aimerais également continuer à vivre dans l'appartement que lui et moi habitons actuellement. En plus, j'aimerais qu'André ait un travail. Je ne lui souhaite aucun mal. André m'a dit qu'il avait perdu son emploi parce qu'il n'avait pas réussi à raccorder une alimentation en essence à l'un des cylindres d'une voiture à six cylindres. Il a dit qu'une voiture à six cylindres ne tourne pas trop mal sur cinq. Il a fallu un certain temps avant que le propriétaire ne le rapporte en disant que quelque chose n'allait pas bien. Lorsqu'un collègue a ouvert le capot, de l'essence giclait sur la culasse chaude et tout aurait très facilement pu prendre feu. Le patron a dit que c'était une erreur vraiment dangereuse et qu'André devait suivre un cours de recyclage de six semaines à ses propres frais. Il a dit qu'il ne pouvait pas se permettre de faire cela; dans l'état actuel des choses, il pouvait à peine payer l'appartement. J'imagine qu'il ne peut pas trouver de travail parce que la nouvelle s'est répandue."

"D'accord, je comprends. Anna, que peux-tu te permettre? D'une manière ou d'une autre, cela va coûter de l'argent. Je te demande, peux-tu te permettre d'acheter la part d'André? Peux-tu payer la totalité des frais de service? Pourrais-tu trouver un petit plus si cela adoucit André et permet à une partie de cela de se passer? Ensuite, as-tu la chance d'avoir un cousin dévoué qui serait prêt à t'aider un peu soit sur de façon ponctuelle, soit sous forme d'allocation pour une durée limitée?"

"Hmmm, c'est difficile à dire car évidemment cela dépend de combien. J'ai assez d'économies pour acheter la moitié part d'André à moins que les prix ne flambent. J'ai maintenant un salaire qui me permettrait de payer la totalité des frais de service, mais à peine. Je pense que cela me laisserait un peu démunie mais j'y arriverais. Mes parents ne pouvaient pas m'aider. Ils ne sont pas du tout aisés. J'avais pensé à leur envoyer un pourcentage de mon salaire mais ce n'est certainement pas le cas maintenant. J'ai un oncle, Blaise, qui pense que je suis géniale. Il est relativement aisé. Il serait peut-être prêt à m'en donner ou à m'en prêter. Je ne pense pas qu'il aimerait l'idée d'un arrangement à long terme. Je n'aimerais pas lui demander mais j'y arriverai si cela s'avère nécessaire."

"D'accord; je vais te suggérer un plan et nous pourrons voir ce que tu en penses. Premièrement, d'ici la fin des négociations, évite toute dispute avec André. Dans la mesure du possible, aussi désagréable soit-il, essayes de ne pas répondre. Nous le voulons neutre ou même en faveur du plan, pas contre simplement parce que vous avez eu une dispute récente. Je viendrai avec toi mais après une introduction, en lui disant que je suis notaire stagiaire et que je ne suis pas autorisée à prendre parti, je ne dirai rien à moins que l'un de vous ne me demande de commenter. Tu dis à André quelque chose du genre: tu ne lui portes aucune animosité mais le fait qu'il te fasse du mal dans ces occasions-là signifie que tu ne peux plus lui faire confiance. Tu souhaites racheter sa moitié à un prix de marché réaliste. Il ne sera probablement pas enthousiaste parce qu'il n'a pas de travail et ne sera pas en mesure de voir comment l'avenir se déroulera. Si tel est le cas, tu peux lui dire que tu lui paieras le montant des six semaines de cours. C'est là que ton oncle Blaise pourrait être utile. S'il pense que tu es merveilleuse, j'imagine qu'il va cracher un peu au bassinet lorsqu'il entendra ton histoire de passage à tabac et de devoir trouver un moyen de sortir de la situation. Si tu ne le saurais pas, la loi dit que si l'on souhaite vendre sa moitié, on le peut. Personne ne peut t'empêcher. André a le droit légal de l'acheter à la valeur marchande s'il le souhaite, mais s'il ne le veut pas, tu peux le vendre. Si personne ne veut acheter ta moitié et j'imagine que personne ne la ferait si André devait y vivre, tout l'appartement, légalement, doit être vendu."

Je lui raconte ensuite le plan de secours de Jeanne: qu'elle puisse le vendre à l'oncle Blaise puis le lui racheter. Il y aurait des complications avec l'hypothèque qui pourraient coûter un petit peu.

Je souligne qu'en ce qui concerne l'organisation du plan B, elle est complètement seule. Ni Jeanne ni moi ne serons là pour l'aider, car le plan est un peu 'fragile' et il nous faut être blanches comme neige. Elle comprend la scène.

"Si nous obtenons l'accord que tu souhaites, Anna, je pense qu'il serait préférable que tu restes un peu avec moi, si cela ne te dérange pas d'avoir un matelas par terre. Je pense que tu serais vulnérable à une séance de 's'embrasser et se réconcilier' et à long terme, je suis sûre que ce serait une erreur. Alors prépare tes affaires ce soir, au cas où."

"Tu es une merveille, Catherine. Remercie Jeanne pour le plan B pour moi. Quand pourras-tu venir voir André avec moi?"

"Je pourrais venir après le travail demain. Ou voudrais-tu plusieurs jours pour pratiquer ce que tu vas dire?"

"Non, je ne pense pas, merci Catherine. Je pense que c'est déjà clair dans mon esprit. Demain irait bien."

Alors le lendemain soir, nous quittons Maîtres Favre & Dubois ensemble et partons chez Anna. J'apprécie l'allocation que mon père me donne. Mon appartement est tellement plus joli que celui d'Anna et tellement plus grand que celui de Jeanne. Celui-ci est à peu près de la même taille que le mien mais dans un quartier beaucoup plus difficile et quelque peu délabré. Nous entrons et André est déjà là. Anna me présente et dit qu'elle veut lui parler sérieusement. Il me lance un regard plutôt menaçant. Je lui fais le discours d'un notaire qui doit rester impartial: je ne suis là que pour voir le fair-play. Il a l'air sceptique. J'ajoute que je ne dirai pas un mot à moins que lui ou Anna me le demande réellement. Les choses sérieuses commencent maintenant. Anna dit qu'elle n'a aucun ressentiment mais que la romance est terminée et qu'elle aimerait acheter sa part. Il a l'air plutôt positif mais veut des détails. Elle dit le taux plein du marché. Il dit que le problème est que, sans nulle part où vivre et sans emploi, cet argent va s'épuiser en un rien de temps. Il sera alors à la rue, complètement fauché. Il a l'air prêt à s'effondrer et je peux voir ses poings se serrer et se desserrer. Avec moi ici, il ne va pas les utiliser, j'espère. Anna dit qu'elle ajoutera le coût de son cours de six semaines si elle parvient à l'emprunter à son oncle ou à un taux d'intérêt bon marché ailleurs. André semble honnêtement apprécier ce geste. Les choses semblent s'améliorer.

"C'est vraiment gentille de ta part Anna. Je me sens pourri maintenant, de te traiter comme je l'ai fait. Il me semblait que je devais m'en prendre à quelqu'un." Je vois le visage d'Anna s'adoucir. Ne le fais pas, je pense, mais j'ai promis de ne rien dire. Je ne suis qu'une petite souris.

"Oh André" dit Anna. "J'aurais aimé que ça marche." (Je soupire intérieurement. Non - S'il vous plaît, non; pas de réconciliation.) "Mais je ne pourrai plus jamais te faire confiance. Je suis tellement désolée." Il y a un silence. Aucun d'eux ne parle depuis ce qui semble être une éternité. Puis André dit:

"Si tu parviens à payer le tarif en vigueur pour ma partie de l'appartement. C'est le dépôt avec ma part du montant que nous avons remboursé jusqu'à présent; aussi pour mon cours de recyclage de six semaines qui représente environ 50 000 francs ou 7 500 de ces nouveaux euros que les banques semblent faire des affaires ces jours-ci, alors je vais le prendre. Cela m'aidera à trouver un nouvel emploi. Je suis vraiment désolé d'avoir gâché les choses pour nous, Anna. Ça se passait si bien." Je vois à nouveau le visage d'Anna s'adoucir et je dois me mordre la langue. Finalement, après un autre silence, Anna dit:

"Désolée André, la prochaine fois que tu auras un problème, tu ne peux pas garantir que tu ne feras plus la même chose. C'est la meilleure façon."

Anna et moi partons ensemble. Je ressens une lueur de contentement que tout se soit si bien passé. Cependant, je suis maintenant coincée avec les résultats d'être une con pour une histoire sanglante. Anna va rester avec moi pour une durée indéterminée, j'imagine, au moins deux mois. Je me rends compte que même Jean ne fit jamais ça!

Les deux mois s'écoulent sans qu'Anna et moi nous disputions, même si je commence à regretter de lui avoir proposé de rester. C'est un appartement d'une chambre. Ce n'est pas grave si l'on partage le lit, mais avoir un matelas gonflable sur le sol du salon chaque matin m'énerve. Blaise, l'oncle d'Anna a certainement livré la marchandise. Il n'aura rien à voir avec une allocation mais il a payé le cours d'André et dix mille francs supplémentaires pour aider Anna pendant la période de transition. Il dit de le prendre comme cadeau. Il ne souhaite aucun remboursement. André a terminé son cours au recyclage et a été présélectionné pour un emploi. La société hypothécaire a volontiers transféré l'hypothèque à Anna seule. Les frais administratifs s'élèvent à 500 francs. C'est le genre de chose pour laquelle l'argent supplémentaire de l'oncle Blaise est utile.

Le paiement à André, à l'égard de l'appartement, est dû la semaine prochaine. C'est irritant que tout prenne autant de temps alors qu'en réalité cela pourrait être considéré comme un simple arrangement entre amis mais en tant que futur notaire, je sais très bien que tout ce qui touche à l'immobilier doit être fait exactement selon les règles. Pour être juste, ce paiement sera plus rapide que la moyenne. Cela passe correctement. André admet qu'il l'a reçu. Il lui faut trois jours pour trouver un logement convenable. J'en suis soulagée. J'avais peur qu'il le prolonge délibérément. Compte tenu de la situation initiale; qu'il a durement frappé Anna à de nombreuses reprises, il est claire qu'André s'est comporté mieux que j'aurais pu l'espérer. Après le travail, je vais avec Anna, en cas de pépin, dans ce qui est dès aujourd'hui son appartement. André est toujours là mais il a fait ses valises.

"Eh bien, au revoir Anna" dit-il. "Donne-moi un dernier baiser en souvenir du bon vieux temps."

Et elle le fait. Je n'y crois pas. Quelqu'un te frappe à plusieurs reprises si fort que tu as des bleus et tu lui donnes un dernier baiser? Pas moi. Je ne comprends pas mon propre sexe. C'est un long baiser. Pas de bise rapide sur la joue. C'est un véritable corps-à-corps. Anna n'essaye pas de s'éloigner. C'est réciproque. Finalement, ils se séparent et André sort. Anna s'effondre sous des flots de larmes.

"Je ne sais pas ce que je ferai sans lui" elle sanglote.

Soudain, je n'en peux plus. Je pense à Jean. Oui, c'est difficile, très difficile de se passer de quelqu'un qu'on aime. Je rejoins presque Anna dans la séance de sanglots. Mes yeux deviennent humides mais je me dis 'tu es plus coriace que ça Catherine'. Dieu merci, je le suis. C'est un soulagement quand Anna part. Il ne fait aucun doute que j'ai ressenti de la tension en partageant l'appartement avec elle pendant un peu plus de deux mois. Nous sommes toujours de bonnes amies et cela compte beaucoup. Maintenant que j'y pense, je n'ai pas beaucoup d'amis et ceux que j'en ai sont dispersés dans tout le pays.

Je peux à nouveau me concentrer pleinement sur le cours. Il ne se passe pas grand-chose pendant plusieurs mois. Je continue de voir Jeanne deux ou trois soirs par semaine. Parfois pour bavarder et parfois pour se tester car nous passons les mêmes examens et ils reviennent fréquemment à ce stade. Anna et moi continuons à déjeuner ensemble environ deux fois par semaine. Le service normal est rétabli. Je reçois un des rares emails que je reçois d'Aurélie. Elle a terminé son stage et occupe désormais un poste junior au service de Neurologie à Marseille. Elle dit que l'hôpital est incroyablement occupé mais que le service de neurologie est un peu plus calme. Je lui renvoie un email pour la féliciter de son emploie et lui dire que ce serait bien de se retrouver un jour. C'est peu probable car nous sommes distants de près de 800 kilomètres.

À l'approche des fêtes de fin d'année, de Noël et du Nouvel An, il y a l'habituelle fête de bureau. Cette année, c'est plutôt différent. Notre greffier en chef, Jean-Paul est très amical avec le greffier en chef d'un cabinet de Notaires de la rue de Rennes à Montparnasse. En tant que chefs de bureau, c'est leur tâche d'organiser la fête de bureau et ils ont décidé que cette année les deux entreprises en organiseraient une commune. Le greffier en chef de l'autre maison, qui s'appelle Hubert, a loué une salle dans le quartier Montparnasse. Les fêtes de bureau peuvent être un peu barbantes. Les gens ont tendance à nouer des liaisons à court terme qu'ils regrettent par la suite. Je pense que l'idée que les deux sociétés organisent une fête commune est une bonne idée. Il y aura là des gens qu'on n'a pas rencontrés. Je me demande comment je vais faire face si quelqu'un me fait des avances. Je ne me sens pas prête pour ça mais à un moment donné, il faut que la vie revienne à la normale. Anna et moi nous arrangeons pour aller à la fête ensemble. Lorsque nous entrons à l'intérieur, nous sommes immédiatement rejoints par deux hommes de l'autre entreprise. L'un d'entre eux est Hubert, qui est leur greffier en chef et qui a organisé le lieu. L'autre est une trentenaire plutôt séduisant qui s'appelle Sasha. Sasha et Anna s'entendent très bien. Hubert me kiffe évidemment mais je ne vois rien en lui. Il a une cinquantaine d'années et porte une petite barbiche. Au bout d'un moment, je parviens à m'échapper et à rejoindre un groupe d'employés des deux sociétés qui ont une conversation animée. Alors que la fête touche à sa fin, je remarque qu'Anna et Sasha sont déjà partis. Je vais dans la cuisine et commence à laver quelques verres. Plus de temps que je ne le pensais a dû s'écouler car je réalise soudain qu'il ne reste plus qu'Hubert et moi. Je n'aime pas ça. Même si je n'ai aucune raison de m'inquiéter, je pense qu'il serait sage de partir après avoir lavé ce verre. Trop tard! Hubert s'approche et avant que je puisse bouger, il me plaque au lavabo avec ses bras sous mes aisselles en palpant mes seins.

"Ah, Catherine, nous sommes enfin seuls."

"Laisse-moi tranquille" dis-je. Il ne fait pas. Il s'enfonce en moi en tenant toujours mes seins.

"Foute le camp, beauf, lâche-moi la grappe." Je crie. Bien sûr, personne ne m'entend. Je pousse fort en arrière et parviens à me retourner. Il me serre maintenant très fort et m'embrasse le visage et les lèvres ou tout ce qu'il peut atteindre. Il est beaucoup plus fort que moi. Il déchire maintenant le dos de ma robe. Je peux voir où cela mène si je n'agis pas très vite, mais que puis-je faire? Je fais une voix encourageante.

"Si nous allons faire ça" je dis, "ne pouvons-nous pas nous mettre plus confortable?" Il semble penser que je veux le faire. Il relâche un peu son emprise sur moi et recule de quelques centimètres. Ce n'est pas grand-chose mais ça suffit. Il commence à dire quelque chose lorsque je lève mon genou gauche avec toute la force que je peux rassembler directement dans son aine. Je suis en plein dans le mille. Il tombe comme s'il était frappé par la foudre et se tord sur le sol à l'agonie. La dernière chose que j'entends en quittant la salle est le bruit de ses vomissements partout sur le sol de la cuisine. Eh bien, il peut nettoyer ça tout seul!

Je suis secouée et troublée. Je marche vite, n'importe où. Chaque personne semble être une menace. Si je vois que c'est une femme, la menace disparaît. Si c'est un homme, je prends une route secondaire pour l'éviter. Au bout d'une vingtaine de minutes, je me calme. Mon pouls cesse de s'emballer et ma respiration redevient sous contrôle. Mon système illogique consistant à éviter les hommes en empruntant les routes secondaires m'a conduit dans des rues de plus en plus petites. Je suis dans une ruelle. Il est presque minuit en décembre. Je suis gelée et je ne sais pas où je me trouve. Au moins, je peux enfin penser clairement. J'arrive à un carrefour en T avec une voie ferrée de l'autre côté. La route dans laquelle j'arrive s'appelle 'rue Vercingétorix'. Je me souviens sans conséquence qu'il était l'une des rares personnes à avoir vaincu Jules César au combat. Dois-je tourner à gauche ou à droite? Tout se ressemble. Je tourne à droite. La route suit la voie ferrée. Après 800 mètres, j'arrive à un carrefour et à droite je vois un panneau de métro. C'est Plaisance. Il est tard mais le métro circule toujours. Quand j'arrive chez moi, bien que je l'ai verrouillée, je barricade la porte. Je pense que je n'ai pas dormi du tout cette nuit-là. Le matin, après deux tasses de café fort, je suis très fatiguée mais je retrouve mon état habituel. Le soir dernier est dans ma mémoire mais bien sous contrôle. J'ouvre la fenêtre de mon salon sur le petit rebord avec la balustrade et je profite du soleil du matin de décembre. Je sens que ma rapidité de réflexion a sauvé la situation.

Le lundi, après le week-end Jean-Paul vient vers moi.

"Catherine" demande-t-il, "est-ce que ce que dit Hubert à propos de la fête est vrai?"

"Je ne sais pas ce que dit Hubert" je réponds. "S'il dit qu'il a essayé de me violer et que je lui ai donné un coup de genou dans les couilles, c'est vrai. Tout le reste est probablement le fruit de son imagination." Jean-Paul a l'air très sérieux.

"Non, ce n'est pas ainsi qu'Hubert l'a décrit. Je crois ta version. Veux-tu déposer une plainte officielle?"

"Non Jean-Paul. Comme souvent dans ce genre de choses, c'est la parole d'une personne contre une autre. Les innocents comme les coupables voient leurs personnages assassinés au fil des mois, voire des années, et par conséquent, les deux sont souvent les victimes des problèmes mentaux." J'ai raconté à Jean-Paul exactement ce qui s'était passé. "Mais j'ai réagi si rapidement qu'il était impossible de savoir avec certitude s'il avait réellement l'intention de me violer. Peut-être qu'il se serait arrêté avant le faire. J'étais certainement dans une position où j'imaginais que c'était le résultat le plus probable." Jean-Paul était très sombre.

"Tu as raison, Catherine, il est quasiment impossible d'obtenir justice pour une tentative de viol. Même un viol réel est déjà très difficile, mais comme tu le décris, je pense que tu as superbement réussi à gérer la situation. Je n'accepterai certainement plus de soirées communes avec Hubert."

J'ai demandé à Anna comment cela s'était passé pour elle. Elle a passé une expérience bien plus agréable que moi à la fête. Elle et Sasha sont partis vers dix heures et demie. Ils ont trouvé un café-bar où ils pouvaient s'accorder toute leur attention, loin de l'agitation de la fête de bureau commune. Sasha est au même niveau qu'Anna en tant que greffier juridique. Ils ont échangé leurs expériences dans différentes entreprises. Ils retournèrent à l'appartement d'Anna. Elle a dit qu'il était très poli: il ne venait pas boire un verre mais lui demandait son numéro de téléphone afin de pouvoir lui demander un rendez-vous à une heure indéterminée dans le futur. Anna a dit que s'il la contacterait, elle dirait certainement 'oui'. Elle le trouvait charmant et appréciait beaucoup le fait qu'il n'allait pas trop vite. 'Un bon remplacement pour André' ai-je pensé. Il semblait que Sasha était du genre doux. J'ai souhaité bonne chance à Anna. Puis elle m'a demandé comment ça s'était passé pour moi. Avant de parler à Jean-Paul, j'avais compté me taire sur tout cela. C'est le genre de chose où certaines personnes pensent qu'on invente. D'autres sont plutôt titillés par l'idée et j'aimerais vraiment que personne ne le sache. Mais si Jean-Paul savait et Hubert lui avait déjà donné une version différente, il me semblait que je devais le faire savoir à mes amis pour qu'ils sachent au moins la vérité. Anna était horrifiée. Elle a dit que je devrais le signaler, mais lorsque j'ai souligné les inconvénients, elle a compris. J'ai peur que le destin semble vouloir faire de moi une célébrité. Mon fiancé est d'abord tué, puis je suis victime d'une tentative de viol. Je garderai la tête baissée et ferai de mon mieux pour passer inaperçue.

Ce sont les derniers mois de mon apprentissage. Bien qu'il y ait un certain nombre de tests dans cette partie du cours, chacun de nous est évalué sur sa performance globale. Il n'y a pas de grand examen final. En bout de ligne, Jeanne et moi avons obtenu le titre de notaire sans aucun bruit. Tout d'un coup, ces sept longues années sont terminées. Il est frappant de constater que ce n'est pas une fin. Ce n'est qu'un début. Le premier problème est de trouver un emploi. Jeanne souhaite trouver un emploi à Lyon. C'est là qu'elle a été élevée. C'est une grande ville. Comme Paris, elle est située sur un grand fleuve, en fait deux grands fleuves, le Rhône et la Saône. Anna reste évidemment à Paris puisqu'elle est greffier chez Favre et Dubois. Elle, Jeanne et Louise sont mes seules amies. Je suppose que je pourrais inclure Marie. En ce moment, je me sens très vulnérable et j'aimerais donc être près de l'une d'elles. Cela signifie que le choix semble être de chercher un emploi dans l'une de quatre villes suivantes: Paris, Lyon, Toulouse ou Rouen. Je pense que du point de vue de ma carrière, être près de Jeanne serait le mieux. Nous pourrions sans aucun doute nous entraider, même si nous travaillions dans des entreprises différentes. Nous y étions parvenues au cours des deux dernières années. Je ne sais cependant pas s'il y a un choix d'emplois appropriés à Lyon. Quand je vérifie, il y a plus de vingt emplois disponibles. Plusieurs d'entre eux conviennent aux candidats nouvellement qualifiés. Nous sommes hautement qualifiés. Jeanne et moi avons des diplômes de première classe. Je décide d'attendre que Jeanne ait postulé avant de le faire. Je ne pouvais pas accepter l'idée que nous serions tous les deux candidats au même poste. Je suis une personne très déterminée, mais pas très compétitive. Je serais dévastée d'accepter un poste pour lequel Jeanne avait postulé. Là encore, je n'aimerais pas non plus penser qu'elle ait reçu un poste comme étant meilleure que moi. Alors j'attends. Jeanne obtient le premier poste pour lequel elle postule. C'est chez Maîtres Paillard-Montaigne sur le Cours Charlemagne à proximité du confluent du Rhône et de la Saône. Je réalise avec un choc, le gros inconvénient d'attendre. Naturellement, une année entière de notaires en herbe terminent leur formation en même temps. Au moment où la nomination de Jeanne est confirmée, il ne reste plus que deux postes appropriés à Lyon. Naturellement, il semble que ce soient ceux dont personne ne voulait. Il y en a un dans la rue de l'Ancienne Gare (Maîtres Bonneau Frères) et un autre dans la rue du Dauphiné (Maître Pierre Tissot).

Je décide de postuler pour le poste avec les deux frères, persuadé qu'une entreprise avec deux frères pourrait être plus conviviale. La jeune employée à la réception est bavarde. Elle affirme que les deux partenaires ont commis l'erreur de penser que l'autre avait veillé à ce que le poste soit annoncé. Le résultat était que tous les meilleurs candidats ont été arrachés avant la publication de l'annonce. Elle dit qu'elle les a entendus parler et qu'ils étaient étonnés d'avoir un candidat avec les honneurs de la Sorbonne et qu'à moins que je me trompe vraiment, je suis quasiment sûre d'obtenir le poste. Puis elle se rend compte qu'elle a dit bien plus qu'elle n'aurait dû, elle rigole un peu et se tait. Elle me montre un bureau à l'étage où se trouvent trois autres candidats, deux hommes et une femme. Nous nous regardons tous nerveusement. Je suis la dernière à être appelée. L'entretien se passe bien, même si je n'ai pas l'impression de m'être rendue justice. Je suis sûre que si j'avais été en compétition avec Jeanne, elle aurait été bien plus impressionnante et aurait obtenu le poste. Mais probablement contre très peu de concurrence, je suis nommée. Jeanne et moi avons désormais un travail à Lyon. Nous pouvons partager un appartement.

Puis il y a une évolution très intéressante, Aurélie m'envoie un email. Elle vient de terminer son poste de médecin junior à Marseille et sera employée dans le service de neurologie des Hospices Civils de Lyon, boulevard Pinel. À trois, nous pourrions nous offrir un très bel appartement. Je réponds directement par email que mon amie Jeanne et moi avons chacune un emploi à Lyon. Pourquoi ne pas nous rencontrer toutes et discuter partager un appartement. Même si nous avons toutes réussi à trouver un emploi, aucune d'entre nous ne commencerait avant plusieurs semaines. Nous nous trouvons un vendredi à la Brasserie de L'Ouest, un café magnifiquement situé sur la rive ouest de la Saône avec une belle vue sur la rivière jusqu'au Parc de la Belle Allemande de l'autre côté. Le soleil brille. Nous arrivons pour le déjeuner et c'est idyllique. Quand Jeanne voit Aurélie, elle éclate de rire.

"Vous êtes à peu près aussi identiques que possible. Je saurais tout de suite que vous aviez un lien de parenté."

Aurélie et moi nous sourions. Cela nous ramène toutes les deux à quatre ou cinq ans, portant des vêtements identiques pour le plaisir d'être prises pour des sœurs. C'est étrange de penser que nous ne nous sommes pas vues depuis plus de dix ans. Jeanne et Aurélie s'entendent fort bien. C'est bon, nous les filles serons un groupe très heureux. Nous discutons du montant que nous pouvons nous permettre de payer pour un appartement de trois chambres. Nous convenons que si nous nous en tenons à l'essentiel, c'est quelque chose que nous pouvons faire. Nous avons tous recherché des appartements à Lyon sur internet et nous en avons retenu quatre. Nous en avons tous les trois, deux sur notre liste. Nous commençons donc par ceux-là. Mais en fin de compte, celui que nous trouvons encore disponible et adapté est un de ceux que Jeanne avait sur sa liste. Il se situe au 15e étage d'une tour en béton de la rue Challemel-Lacour dans le 8e arrondissement. Il dispose d'un balcon exposé ouest. Si l'on regarde en bas, on voit les voies ferrées mais c'est suffisamment haut pour avoir une belle vue sur la ville vers le confluent des deux fleuves. Il était bien situé entre nos trois lieux de travail. Jeanne et moi devons toutes les deux parcourir environ quatre kilomètres mais dans des directions opposées. C'est un peu plus loin pour Aurélie. L'hôpital se trouve à environ sept kilomètres. On veut des références mais cela ne sera pas de problème. On veut également trois mois à l'avance, ce qui est plus problématique et nous devons lutter pour trouver l'argent. Nous pouvons emménager dans l'appartement dans dix jours. Aurélie a encore deux semaines à Marseille à courir donc Jeanne et moi emménagerons avant elle. Heureusement, les trois chambres ont à peu près la même taille, nous n'avons donc aucun débat quant à savoir qui ne devrait avoir quoi.

Le premier jour à mon nouvel emploi, la jeune employée qui était à la réception au moment de mon entretien se présente comme Monique. Elle dit comme elle est heureuse que j'aie obtenu le poste. Elle dit que les autres candidats étaient très prétentieux. Je suggère que nous déjeunions ensemble et qu'elle puisse me donner un aperçu du reste du personnel afin que je sache qui est qui. Elle accepte volontiers. Elle m'emmène au Café des Arts, avenue Pierre Semard. Ils disposent d'une terrasse ombragée à l'arrière. On commande et Monique me fournit toutes les infos.

"Le jeune Monsieur Bonneau, Frédéric, est un minou. Il ne se fâche jamais avec personne. En fait, il a tendance à simplement corriger une erreur sans même en parler, ce qui, à mon avis, est une faiblesse. Je pense que quelqu'un doit être informé s'il fait une erreur. L'aîné M. Bonneau, Gaston, est beaucoup plus dur et peut se montrer très sarcastique. Je dois cependant admettre qu'il est toujours juste. On ne sera sanctionné que si l'on a commis une erreur. La personne à laquelle il faut faire très attention est le greffier en chef, Hans. Il est né en Suisse et sa langue maternelle est l'allemand. Je pense qu'il estime que s'il parvient à faire les choses correctement en français, nous devrions tous pouvoir faire de même. Parfois, il ne vérifie pas s'il fustige la bonne personne. Quand cela arrive, il ne s'excuse jamais."

Je prends mentalement note de demander conseil à Hans sur une ou deux choses. Il faut que ce soient des questions difficiles parce que je ne veux pas avoir l'air ignorant. Faire cela me mettra dans ses bonnes grâces car tout le monde aime qu'on lui demande son avis. En même temps, grâce aux conseils qu'il donne, je pourrai l'évaluer. Monique et moi suivons un schéma très similaire à celui que j'avais avec Anna. Nous déjeunons ensemble une à deux fois par semaine. Gaston Bonneau, dès le début, me confie des choses compliquées et je trouve qu'il y a effectivement quelques questions pour lesquelles j'apprécierais les conseils de Hans. Il semble parfaitement à la hauteur de son travail, ce qui est bien. De plus, il semble m'apprécier, sans, je suis heureux de le dire, me faire des avances. Ainsi, au fil des mois, je m'intègre bien et j'apprécie pleinement mon travail. Cependant, à l'approche des fêtes de fin d'année, je décide que j'aurai un violent mal de tête le jour de la fête de bureau. Je ne pense pas que je pourrais supporter de rafraîchir la mémoire du dernier.

Début janvier, une invitation inattendue à une soirée pour la Saint-Valentin vient de Jacques. Il dit 'Amène un ami, garçon ou fille.' Cela signifie soit Jeanne, soit Aurélie. Je n'ai pas de petit ami et cela ne me manque pas du tout. Je me sens même un peu nerveuse à cette perspective. Je suis sûre que Jacques serait content si je venais avec mes deux amies mais il s'avère qu'Aurélie est de garde à l'hôpital le soir de la Saint-Valentin et ne pourrait donc pas venir. Jacques dit que sa copine Marianne peut nous héberger pour la nuit afin que nous n'ayons pas à prendre le train pour rentrer chez nous. Cette année (2003), la Saint-Valentin est un vendredi, donc cela va très bien. J'ai dit à Jeanne certains détails au sujet de Jacques: qu'il restait avec nous lorsque sa mère est décédée; la rencontre inattendue au Balcon au Lac lorsque j'étais avec Jean; comment Jacques a été la personne à qui j'ai fait appel à la mort de Jean; comment j'ai découvert que le voyage que je lui avais fait traverser était un cauchemar. Elle est très intéressée de le rencontrer.

Quand Jeanne et moi arrivons à la fête, il n'y a que quatre personnes; Jacques et sa copine Marianne, et un couple Guy et Eugénie. Jacques fait les présentations. À mesure que de plus en plus de personnes arrivent, les présentations s'arrêtent rapidement. Il y a un moment où Jeanne et moi nous parlons lorsqu'un homme élégant d'une vingtaine d'années est venu et s'est présenté.

"Je m'appelle Georges" dit-il. "Je suis un ami de Jacques depuis qu'on est en langes."

"Je m'appelle Jeanne et voici Catherine" répond Jeanne. Georges me regarde.

"Es-tu Catherine Diacre, la fille chez qui Jacques restait quand sa mère était malade?"

"Oui c'est vrai" dis-je.

Contre toute attente, pour la première fois depuis la mort de Jean, je me sens attirée par un homme. J'étais nerveuse à ce sujet mais c'est vraiment une sensation formidable. Jeanne, comme toujours, est plutôt une liseuse d'esprit.

"Ah! Je dois aller parler avec Marianne" dit-elle.

Georges me regarde comme si l'attirance est réciproque.

"C'est incroyable, je viens de rencontrer mon oncle, Daniel, pour la toute première fois" il me dit. "Jacques l'a croisé lors qu'il effectuait un travail d'électricité à Pringy, juste au bout de la rue. Le voilà, là-bas." Je regarde et il y a une ancienne version de Georges.

"C'est à ça que tu vas ressembler dans vingt ou trente ans Georges, toujours aussi beau."

Georges sourit "Merci Catherine." J'aime la façon dont il prononce mon nom. Cela me fait un petit frisson dans le dos. Georges est très amusant, il me raconte certaines des affaires qu'il a conclues. La première fois, c'était quand il avait douze ans.

"L'un des garçons de l'école avait des dés de poker et, pour une raison quelconque, ils sont devenus très populaires; la mode du moment. Tout le monde voulait jouer avec les dés mais il n'y avait qu'un seul jeu. Ce samedi-là, j'étais à Limoges avec ma mère lorsque j'ai vu annoncé dans la vitrine d'un magasin de jouets, un jeu de dés de poker à moitié prix. Ma mère a dit, oui, je pourrais en acheter un. Je suis entré dans le magasin et j'ai mentionné les dés. J'ai demandé au propriétaire pourquoi ils étaient à moitié prix. 'Ils ne vendront pas,' a-t-il déclaré, 'J'en ai douze, mais ils ne se vendront tout simplement pas.' 'Si vous retirez encore dix pour cent de réduction,' j'ai dit, 'Je les achèterai tous', 'marché conclu', a-t-il dit. J'ai ensuite dû persuader maman de me prêter de l'argent et elle l'a finalement fait. J'ai vendu les douze jeux de dés à l'école principalement aux garçons à un prix cinquante pour cent plus élevé que ce que je les avais payés, ce qui était bien moins cher que leur prix initial. Le fait est,' dit-il, 'que tout le monde était content. Les garçons ont les dés de poker qu'ils veulent à un prix bon marché, j'ai un bon profit et le commerçant s'est débarrassé de tous les jeux de dés de poker qu'il ne pouvait pas déplacer. C'est l'art des affaires. Si tout le monde est content, les affaires prospèrent!"

Nous sommes dans notre propre petite bulle et le temps semble passer vite. J'aime vraiment parler avec Georges. Avant que je m'en rende compte, Marianne propose à Jeanne et moi de revenir chez elle. Elle a commandé un taxi. Je dis au revoir à Georges. Jacques l'héberge pour la nuit. Nous partons et je suis très déçue que Georges ne m'ait pas demandé de rendez-vous. Le lendemain matin, Jeanne et moi remercions Marianne pour son hospitalité et prenons le bus jusqu'à la gare pour reprendre le train vers Lyon.

"Tu sais, Catherine" dit Jeanne, "il y a quelque chose qui ne va pas dans la relation entre Jacques et Marianne. Je n'arrive pas vraiment à mettre le doigt dessus. Ils semblent être partout sur l'autre à un moment et en quelque sorte réservés le moment suivant. C'est un peu un casse-tête."

"Oui je suis d'accord. Tu n'as jamais rencontré Sylvie, n'est-ce pas, Jeanne? Jacques était absolument fou d'elle et elle semblait très attachée à lui. Je pensais qu'ils formaient une unité permanente mais sa relation avec Marianne semble très ambivalente."

CHAPITRE 7
Jacques 2003

La fête se passe très bien. Guy et Eugénie sont les premiers arrivés. Ils sont ensemble depuis un certain temps maintenant. C'est ensuite Catherine et son amie Jeanne. Je suis ravie de voir Catherine et heureuse de voir qu'elle se porte bien. Cela fait maintenant deux ans que Jean est décédé et même si c'est le genre de chose qu'on n'oublie jamais, j'espère que Catherine est guérie. Lorsqu'elle présente Jeanne, je vois une femme marquante. Elle est plutôt grande, très élégante et posée; pas belle mais attrayante néanmoins. Lorsque nos regards se croisent, juste pendant une seconde, j'éprouve cette sensation remarquable que mes yeux se sont complètement tournés vers l'intérieur et qu'elle peut voir mon esprit. Ce qui est un peu inquiétant, c'est qu'il est creux, un peu comme une coquille d'œuf vide. Le sentiment passe presque immédiatement.

Quand Georges arrive, je le présente à son oncle Daniel. Ils semblent très bien s'entendre mais ils n'ont aucun terrain d'entente puisque la dernière fois que Daniel a vu les parents de Georges, c'était avant sa naissance et celle de son frère aîné Gérard. Ils échangent adresses et numéros de téléphone. Georges donne également à Daniel l'adresse de ses parents. Daniel a dit qu'il aimerait les contacter. Il ne sait pas vraiment ce qu'ils en penseraient après si longtemps. C'est drôle de penser que lui et Georges ne se sont jamais rencontrés auparavant. Plus tard dans la soirée, je vois Georges se présenter à Catherine. Semble-t-il y avoir une étincelle entre eux? Je pense que c'est probablement que je me rends compte que Georges, mon meilleur ami, donc le meilleur ami d'un Parisel, vient de rencontrer une Diacre et ils ont semblé s'entendre. Est-ce que cela va être la suite de la légende Parisel-Diacre?

Une semaine ou deux après la fête, je décide qu'à un moment donné, lorsque je serai avec Marianne, je devrai évoquer la question de notre relation. J'en suis arrivé au point où je sens que je dois faire quelque chose. Je suppose qu'on pourrait dire qu'en tant que relation platonique, c'est OK. Effectivement c'est très bien. En tant que relation amoureuse, elle s'est complètement arrêtée. Après un très bon repas à L'Auberge de Savoie dans la vieille ville, j'invite Marianne à revenir dans mon appartement. Comme à plusieurs reprises auparavant, elle dit:

"Non, je ne pense pas."

"Très bien alors" je dis, "et si nous revenons au tien?" Elle a l'air peiné mais ne répond pas.

"Écoute Marianne, j'aime ta compagnie. C'est formidable d'être avec toi et j'ai beaucoup apprécié ce repas avec toi. J'apprécie également tout le travail que tu as accompli pour faire de la fête le succès qu'elle était. Mais, je veux plus de cette relation que ça et un baiser occasionnel d'une demi-seconde. Tu te retiens. Quel est le problème?"

Elle ne me dit pas quel est le problème mais elle le dit: "Très bien Jacques, retournons à mon appartement."

Je réalise bien sûr, qu'avec cette attitude, si je veux que les choses avancent, je dois être très patient. Je me souviens de la façon dont j'étais avec Diane quand j'étais encore déprimé après le départ de Sylvie. Peut-être que c'est quelque chose de similaire. Je ne dois pas pousser. Nous retournons donc chez Marianne et elle nous sert chacun un verre de vin. C'est Roussette Altesse et bien frappé. Nous nous asseyons côte à côte sur le canapé et discutons un peu, puis je dis: "Marianne, fais-moi un bisou"

Elle se tourne vers moi et je pense qu'elle va me donner un de ces petits bisous d'une demi-seconde. Je mets doucement mes mains autour de sa nuque et la caresse, en étant doux mais suffisamment ferme qu'elle ne puisse pas reculer, tandis que je garde un contact très doux sur ses lèvres. La douceur, je pense, pourrait être la ressource la plus puissante dans cette situation. Je la sens devenir très tendue mais ensuite elle se détend lentement et elle semble alors apprécier ça. Je ne pousse pas. Nous nous asseyons et discutons encore et finissons le verre de vin. Puis je me lève pour partir.

"Donne-moi encore un baiser comme le précédent avant de partir." Je suggère. Elle s'approche et nous faisons de même. Cette fois, elle ne se tend pas. Quand nous nous séparons, elle me sourit. Marianne est absolument adorable mais, semble-t-il, totalement introuvable. Cela me rend fou. Je sors de la porte et conduis ma petite Vespa avec la bosse impressionnante sur le garde-boue jusqu'à mon appartement. Je pense que nous avons peut-être fait un petit progrès. Après plusieurs mois, Elle me permettre de lui caresser les mollets et tout ce qui se trouve en dessous du genou. Mais malgré ma patience, je n'arrive pas à convaincre Marianne d'aller plus loin. Tout contact avec les seins ou les cuisses la fait flipper. Finalement, le jour vient où elle dit:

"Jacques tu as été extrêmement patient avec moi. Nous savons tous les deux que ça ne marche pas. Je dois te dire le problème. Malheureusement, ce n'est pas un problème unique. Mon père est mort quand j'avais deux ans. Je ne pense pas que ma mère ait eu des mœurs légères, je me souviens seulement qu'elle avait trois partenaires, mais l'un d'eux m'a violée quand j'avais douze ans et ce souvenir m'empêche de laisser un homme s'approcher vraiment. Tu étais si patient, je pensais que ça pourrait marcher, mais ce n'est pas le cas. Je vois que tu auras envie de passer à autre chose, même si j'espère que nous pourrons nous rencontrer de temps en temps en tant qu'amis." C'est donc ainsi. De temps en temps, je lui passe un coup de fil et on fait quelque chose ensemble. Si elle a une occasion où il lui semble utile d'avoir un partenaire masculin, une escorte, pourrait-on dire, elle me téléphone et nous y allons ensemble. D'une certaine manière, c'est très détendu. J'apprécie vraiment sa compagnie. Je trouverais ça tellement plus facile si elle n'était pas si belle.

Pendant ce temps, la charge de travail augmente. Guy, Pierre et moi sommes tous débordés. Bien sûr, cela signifie que l'argent afflue, mais si nous devons commencer à refuser des emplois, le concept consistant à obtenir du travail uniquement sur recommandation commencera à échouer. Il me semble que nous devrions probablement commencer à embaucher des assistants. Deux fois plus de personnes peuvent faire deux fois plus de travail, ou du moins, c'est l'idée. Cela ne fonctionne que si l'on peut trouver les bons assistants. Même dans ce cas, on ne peut pas s'attendre à ce que l'assistant travaille aussi tard qu'on fait probablement soi-même.

Quoi qu'il en soit, je leur propose un autre rendez-vous à Alby-sur-Chéran. J'aime la petite place animée. J'arrive le premier et commande trois bouteilles de bière blanche. Guy et Pierre arrivent quelques minutes plus tard.

"Comment va le travail?" leur demande-je. Pierre répond en premier.

"Je travaille tard presque tous les jours" dit-il. "Ça rapporte de l'argent mais je pense que Nadine en a marre."

"Oui, je suis d'accord" dit Guy. "Je pense que je vais abandonner Desplaces & Cie. Je gagne suffisamment sans ça et comme tu dis Pierre, Eugénie a l'impression que je ne lui prête pas assez d'attention. Je ne veux pas la perdre. Nous nous entendons vraiment bien."

"Moi aussi, j'en fais trop" dis-je. "Je vais devoir embaucher un assistant. Bien sûr, payer un assistant signifie qu'au début je gagnerai beaucoup moins, mais avec le potentiel de gagner beaucoup plus. L'idée que je veux évoquer est que nous devrions en fait rechercher des emplois qui nous impliqueraient tous ou au moins deux d'entre nous et que nous devrions donner la priorité à ces emplois par rapport à ceux qui n'impliquent qu'un seul d'entre nous. Ce serait un resserrement de l'étau autour de nous et je ne sais pas si cela vous plairait à l'un ou l'autre." J'attends une réponse.

Guy répond: "Oui, en équipe, nous pourrions chercher des contrats pour des bâtiments complets. Je pense que nous connaissons suffisamment bien les métiers de chacun pour superviser un assistant si nécessaire. En revanche, je ne suis pas sûr de pouvoir me permettre d'abandonner Desplaces & Cie et d'aussi embaucher un assistant. Les deux ensemble entraîneraient une baisse importante des revenus."

Pierre dit: "Je suis définitivement favorable. Cela ne me dérange pas de revenir au salaire inférieur que je gagnais et d'avoir un assistant. Comme tu le dis, Jacques, cela nous donne la possibilité de générer des revenus bien plus importants dans le futur et nous pourrions nous retrouver associés dans une entreprise de taille moyenne."

"Je suis d'accord" dis-je, "mais je pense que Guy a un problème. Peut-être que nous devrions créer une société afin de pouvoir équilibrer les coûts entre nous."

Après un peu plus de discussion, nous décidons que Pierre et moi prendrons en charge un assistant chacun. Guy va abandonner Desplaces & Cie mais n'aura pour l'instant pas d'assistant. Pierre et moi veillerons à ce que Guy ne perde pas trop. Nous donnerons tous la priorité à tout travail qui nous implique tous les trois et verrons comment cela se déroulera. Nous penserons à créer une société officielle. Guy nous achète encore une bière blanche et nous trinquons ensemble à l'avenir.

Début mai, une invitation arrive à Marianne et moi pour le mariage de Georges et Catherine. C'était prévu d'une certaine manière. J'ai vu qu'ils avaient cliqué à la fête. Néanmoins, je ne m'attendais pas à ce que les cloches du mariage sonnent aussi vite. Bien sûr, aucun d'eux ne sait que Marianne et moi ne sommes plus ensemble de la même manière que nous l'étions, même si je suis sûr que Marianne voudra venir avec moi au mariage. Elle considérera cela comme un retour pour moi en tant qu'une 'escorte' pour elle à d'autres événements. Je sais qu'elle va l'apprécier. Dans l'ensemble, les femmes apprécient davantage les mariages que les hommes. Le mariage va avoir lieu à Toulouse car c'est là que résident les parents de Catherine. Il est facturé pour le 21 juin, solstice d'été. (Ho ho! Je peux voir les blagues là-bas. "Allez-vous dormir du tout?"). Je contacte Marianne et elle est prête à y aller. Aucun de nous n'a jamais visité la 'Ville Rose'. Certaines images sont incroyables. Nous acceptons.

Je réfléchis à la meilleure façon de trouver un bon assistant. Les examens finaux du CAP de l'année arriveront bientôt. Si je pourrai voir les résultats en Haute Savoie, je pourrai avoir une idée des personnes disponibles mais il sera difficile de savoir qui correspond à notre conception d'un travail de très haute qualité. Il ne sert à rien d'employer la mauvaise personne. Même de très bons résultats aux examens n'indiquent pas qu'un individu est méticuleux et consciencieux. Ils indiquent davantage que la personne apprend bien et qu'elle est capable de régurgiter ce qu'elle a appris. Je me trouve un peu perdu. Mais ensuite j'ai une de ces tranches de chance qui font toute la différence dans la vie. On dit qu'on se crée sa propre chance. Mais quand je regarde ma vie, toute ma bonne chance n'a rien à voir avec moi. C'est soit le pur hasard, soit la générosité de quelqu'un d'autre. À mon avis, c'est moi-même qui suis responsable de l'essentiel de ma malchance. Ce coup de chance vient de la relation platonique que j'entretiens ces jours-ci avec Marianne. En tant qu'enseignante, elle est invitée à une garden-party avec d'autres; une rencontre des enseignants. Elle sait que presque tous sont mariés et que les partenaires sont invités. Elle préférerait y aller avec quelqu'un plutôt que seule et c'est là qu'intervient notre arrangement non officiel. Elle me demande si je suis prêt à l'accompagner. J'enfile donc des vêtements élégants et nous partons pour les jardins du Prieuré à Sévrier. C'est une belle journée et la plupart d'entre nous sont dehors dans le jardin. Les présentations sont faites et Marianne et moi discutons avec ce professeur et son épouse, Paul et Valérie Bernard. Il est professeur de sciences à l'école Gabriel Fauré d'Annecy. Celui que Marianne avait consulté mais ne pensait pas que cela lui conviendrait et n'avait donc pas postulé.

"Quel est votre métier, Jacques?" demande Valérie.

"Je suis électricien" je réponds.

"C'est intéressant" dit-elle. "Notre fils François est presque à la fin de ses deux années de CAP. Il sera alors électricien qualifié. Il a trouvé que le cours lui convenait parfaitement. Il le vit, le dort et le respire."

"Oui" ajoute Paul, "il est absolument fasciné par tout ce qui est électrique. Il dit que le public ne réalise tout simplement pas combien cela peut être dangereux. Il dit que le nombre de câblages défectueux dans le pays est une honte."

"Est-ce que vous pourriez nous mettre en contact?" je demande. "J'ai désespérément besoin d'un assistant en ce moment. François ressemble exactement à celui dont j'ai besoin. Je suis sûr que je peux lui donner un bon salaire de départ."

"Attendez" dit-il. "Vous êtes Jacques. C'est *le* Jacques? Vous n'êtes pas le Jacques qui s'occupait des lits de la maison de soins de St. Joseph à Seynod?"

"Oui c'est moi."

"Ma mère était dans la maison St. Joseph à ce moment-là. Madame Thierry, la directrice, était très impressionnée par vous. Elle a dit que vous avez tout expliqué si clairement et que vous avez facturé un montant très raisonnable. Je pense que nous serions très heureux de mettre François en contact avec vous. N'est-ce pas Valérie?"

"Bien sûr" accepte Valérie. "Ce serait bien pour nous. Cela signifierait qu'il pourrait rester à la maison et si vous avez besoin d'un assistant, cela pourrait bien vous aider tous les deux."

Guy, Pierre et moi formons une seule entreprise afin de postuler aux contrats de construction. Ceux-ci devraient être petits. Nous ne serions pas en mesure de construire un grand immeuble, mais il faut bien commencer quelque part. Nous enregistrons le cabinet sous le nom Parisel, Rouget & Oudart. La raison de l'ordre de nos noms était que l'acronyme serait PRO pour 'Professionnel'. C'était pour donner une ambiance efficace à l'entreprise, mais c'était plutôt agréable pour moi que cela mette mon nom en premier. Créer cette entreprise PRO semblait une idée si simple mais, waouh, qu'est qu'il y a des problèmes!

Nous obtenons immédiatement un contrat pour construire une maison pour quelqu'un qui a déjà acheté le terrain. Pensée initiale; 'Super, nous avons bien démarré.' Deuxième pensée; panique totale. Les matériaux coûteront une fortune qu'on n'a pas. Nous avons besoin d'un prêt bancaire. Nous avons besoin d'un endroit pour stocker un tas de matériel. On n'a nulle part où. Cela va aussi coûter cher. Avons-nous fait des pas trop longs pour les jambes? Nous n'avons jamais discuté de qui va organiser ce genre de choses. Nous avons une réunion d'urgence, Guy ne peut pas le faire. Il est l'un de nous trois dans la situation la plus critique. Pierre et moi, nous disons que nous le partagerons. Pierre va organiser le prêt bancaire (il l'espère) et je trouverai un entrepôt ou un site adapté pour stocker les affaires (j'espère). Nous avons besoin d'une autre réunion pour décider exactement de ce dont nous avons besoin et en combien de tranches il est préférable de faire livrer le matériel. Je réalise soudain que Dominique était peut-être en train de couler mais si je ne fais pas extrêmement attention, je vais me noyer aussi. On a également besoin d'une camionnette décente. Une petite Vespa ne sert pas à grand-chose dans ces circonstances. Cela me rappelle des souvenirs d'autres circonstances où mon adorable petit scooter n'était pas le moyen de transport idéal.

Nous avons de la chance. Toutes les dispositions dont nous avons besoin se déroulent bien et étonnamment rapidement. Pierre obtient une limite substantielle de découvert du Crédit Agricole. Je trouve un local avec un petit entrepôt, rue des Passerelles à Cran-Gévrier en périphérie d'Annecy. Nous achetons une camionnette blanche d'occasion. Enfin nous décidons de ce dont nous avons besoin. Pour commencer, il semble préférable de commander environ un tiers du matériel nécessaire. C'est mouvementé mais nous sommes presque en affaires. Nous constatons que nous devons recalculer encore et encore. Pour être honnête, Guy n'est pas à la hauteur en maths donc Pierre et moi devons le faire. C'est le genre de chose que Georges fait instinctivement. Il semble simplement le savoir, sans faire de longs calculs. Pierre et moi pouvons-nous le régler sans difficultés. Pierre a très peur que Nadine en ait vraiment marre s'il est perpétuellement avec moi à travailler sur les chiffres. Nous résolvons ce problème en effectuant les travaux au domicile de Pierre et Nadine à Chambéry. Si j'apporte à Nadine des pains au chocolat pour le petit-déjeuner de demain et peut-être des éclairs ou des petits écoliers, elle sera très heureuse. Aussi cela évite à Pierre le temps de déplacement vers ailleurs. Je n'ai pas d'engagement particulier envers le sexe opposé pour le moment. Je peux facilement me rendre chez Pierre et Nadine à Chambéry. À vrai dire, Nadine semble commencer à attendre avec impatience que j'arrive avec quelques cadeaux et que Pierre et moi disparaissons dans une autre pièce pour faire quelques calculs. Pierre est à la maison. Elle a un invité à qui apporter du café et elle a des pains au chocolat pour le petit-déjeuner. Nous prenons une pause-café d'un quart d'heure et discutons avec elle et c'est probablement plus de compagnie qu'elle n'en a habituellement. Il s'agit cependant d'un travail administratif très dur, mais à la mi-juin, nous sommes véritablement en marche! On a accès à l'argent. On dispose d'espaces de stockage extérieurs et intérieurs. On a suffisamment de matériaux pour terminer un tiers d'une maison. On a une camionnette de bonne taille. Également nous nous trouvons avec un découvert très impressionnant et tout aussi inquiétant.

Nous sommes le 20 juin, veille du mariage de Georges et Catherine. Marianne et moi avons décidé que le train est le seul moyen raisonnable de voyager. Pour autant, le service d'Annecy à Toulouse n'est pas simple. C'est bien plus de 600 kilomètres. La plupart des services impliquent deux changements et certains même plus. Il n'y a qu'un seul train, ce qui semble pratique et n'implique qu'un seul changement. Cela signifie partir d'Annecy à neuf heures du matin et arriver à Lyon vers une heure et demie. L'attente pour un service de correspondance dépasse une heure. Nous devrions donc pouvoir prendre une collation rapide à Lyon. Il y a un service vers Toulouse à trois heures moins dix de l'après-midi qui nous permettrons y arriver à quelques minutes après sept heures du soir. Le voyage prend vraiment toute la journée. Nous avons des places réservées sur les deux services. Marianne a apporté une bouteille isotherme contenant suffisamment de café pour deux tasses chacun. J'aurais dû penser à faire la même chose mais le service Lyon-Toulouse aura forcément une sorte de service de boissons même si celui d'Annecy-Lyon n'en a pas. Nous avons tous les deux un sac de taille moyenne avec nous, car il doit contenir ce que nous allons porter demain pour le mariage, ainsi que les besoins de la nuit. Je porte un tee-shirt avec un pull par-dessus et un jean débraillé. Mes vêtements pour demain sont très chics et élégants, mais je pense que peu importe ce que je porte pour le voyage. Marianne n'est jamais dans cet état d'esprit. Elle est tout-à-fait impeccable, aussi belle que toujours. Elle pourrait très bien porter ce qu'elle a mis pour le voyage, pour se rendre à la réception de demain. Cela ne me surprendrait pas si elle était encore plus époustouflante pour le grand événement. A Lyon j'ai réservé une table au Vin Gourmand qui est tout proche de la gare. Nous ne comptons que sur un seul plat car nous ne voulons pas nous inquiéter de manquer de temps et de rater le train. Même dans ce cas, nous pensons qu'il serait préférable d'avoir quelque chose qui ne nécessite pas de cuisson. Nous commandons donc chacun une salade et entre nous deux, une carafe de vin maison. Cela avec la corbeille de pain, fait un très bon déjeuner. Ensuite, retour à la gare pour la deuxième et plus longue étape du voyage.

D'une manière générale, le chemin de fer suit le Rhône jusqu'à Avignon, le traverse jusqu'à Montpellier. Il longe ensuite la côte jusqu'à Narbonne avec un tronçon où il s'étend sur le cordon de terre entre la Méditerranée et le Bassin de Thau. Après Narbonne, il suit à peu près le tracé du Canal du Midi jusqu'à Toulouse. Cela dit, on s'attend à de belles vues sur l'eau, d'une sorte ou d'une autre, presque tout au long du parcours. Marianne et moi avons réservé des sièges face à la route sur le côté gauche du train avec une très belle vue par la fenêtre. Même s'il y a quelques belles vues sur le chemin, j'ai été surpris de voir combien rarement on peut voir la rivière, la mer ou le canal. C'est un voyage confortable et Marianne et moi sommes maintenant très détendus l'un avec l'autre après des mois d'angoisse presque insupportable. Quand on descend du train à Toulouse, il y a deux jeunes femmes qui sortent. De dos, elles me ressemblent à Catherine et son amie Jeanne qui était à la fête; la grande aux yeux pénétrants. Je dois me tromper car Catherine, en tant que future mariée, serait sûrement déjà chez ses parents. Elle n'attendrait pas la veille de son mariage pour arriver à Toulouse. Je m'étonne que ce ne soit pas elles car Jeanne est du côté haut et mince avec une silhouette typée et plutôt jolie. Au moment où nous arrivons à la sortie, elles ont disparu.

Je nous ai réservé chacun une chambre 'Au Castel', un hôtel au centre de la ville. Il est proche de la gare car je pense que nous ne voudrions pas parcourir de distance jusqu'à notre hôtel après un voyage en train de sept heures. Je nous ai réservé pour deux nuits. Il ne semble pas y avoir de possibilité de rester une seule nuit car le temps de trajet porte à porte est d'environ huit heures dans chaque sens. Il fait partie d'un bâtiment plutôt élégant du XIXe siècle; à l'intérieur très moderne, avec des œuvres d'art moderne dans la zone de réception. La nourriture est basique, mais c'est tout ce dont nous avons besoin. Demain, nous devrons prendre un taxi pour nous emmener à la réception qui se trouve dans un château, Le Château de Tongras, un peu en dehors de Toulouse même. Le réceptionniste de l'hôtel nous indique qu'un taxi mettra probablement environ vingt à vingt-cinq minutes pour faire le trajet. L'invitation disait quinze heures. Marianne suggère que ce serait le bon moment pour que le taxi arrive à l'hôtel. Cela voudrait dire que nous allons arriver à la réception vers 15h30.

Aujourd'hui, nous portons tous les deux nos vêtements élégants pour la réception. Marianne dit que j'ai l'air raffiné, ce qui est un joli compliment de sa part. Je lui retourne le compliment mais je ne peux pas lui rendre justice. Elle porte un tailleur pantalon gris pâle jusqu'aux chevilles. Le pantalon présente un motif en treillis bleu et vert à peine perceptible, créant un effet de mélange chiné. La veste tailleur correspond presque. Elle présente le même motif de treillis léger mais un peu plus prononcé que le pantalon. Sous la veste, elle porte un chemisier ajusté à col montant d'un bleu pâle doux qui se marie parfaitement avec le bleu/vert pâle du costume. Ses boucles d'oreilles sont des aigues-marines un peu plus grosses que des clous. Une petite broche assortie aux boucles d'oreilles repose sur le revers de sa veste. Elle aurait dû être mannequin. Dès le début, j'ai dit qu'elle savait s'habiller pour une occasion. Elle le fait certainement.

Le taxi arrive à l'heure. Le chauffeur est du genre bavard.

"Vous allez dans un endroit spécial, alors? On est certainement tirés à quatre épingles, n'est-ce pas?"

"C'est une réception de mariage" je réponds.

"Oui, ils en organisent beaucoup au château" dit-il. "Ça va vous plaire. Ce n'est pas du Grand Style – pas de Versailles – mais ça a du charme. D'une certaine manière, il s'agit plus d'une ferme chic avec une tour au sommet que de l'idée que la plupart des gens se font d'un château."

Il entretient une perpétuelle conversation à sens unique tout au long du voyage. Je le paie et nous entrons. Beaucoup de monde est déjà arrivé. Mon frère Jules vient visiblement d'arriver. Il parle à Georges et Catherine. Il connaît bien Georges et connaît Catherine grâce aux photos de vacances mais ne l'a jamais rencontrée. Nous allons vers eux et félicitons Georges et Catherine 'Que tous vos ennuis soient les petits' etcetera. Puis, quand d'autres arrivent, nous circulons et discutons un moment avec Jules. Puis je vois Jeanne avec cette fille qui ressemble parfaitement à Catherine. Et pourtant, elle est si différente. Mon cœur joue de drôles de mélodies. Il bat de manière très irrégulière. Je me sens même un peu malade. Ce sosie de Catherine est pour moi complètement différent. Elle a un vrai punch, le véritable shebang. Je suis inexorablement attiré par elle comme un papillon de nuit par une bougie. Je ne comprends pas comment cela se passe mais j'ai un coup de foudre. Je sais que Catherine n'a pas de sœurs donc ce doit être une cousine. Je laisse Marianne chez Jules et me dirige vers Jeanne.

"Bonjour Jeanne. Je croyais t'avoir vu avec Catherine à la gare de Toulouse mais ça a dû être...." Je me tourne vers cette Catherine avec vrai sex-appeal "...Toi." Jeanne fait les présentations.

"Aurélie, voici Jacques, un ami de Catherine. Jacques, c'est Aurélie. Nous partageons un appartement."

"Bonjour Jacques" dit mon nouveau coup de cœur. "Je suis la cousine de Catherine. Elle m'a un peu parlé de toi." Sa voix est une musique à mes oreilles.

"Aurélie" je dis. "C'est un joli prénom. Catherine et toi, vous ressemblez tellement." Elle rit. C'est une variation subtile du rire de Catherine et me donne un délicieux frisson dans le dos.

"Oui. Tout le monde dit cela. Nous nous amusions beaucoup à faire semblant d'être sœurs quand nous étions petites." Jeanne, qui semble définitivement capable de voir dans la coquille vide de mon esprit, intervient. Elle peut sans doute lire dans mon esprit que je suis complètement dépassé par Aurélie et qu'elle compte bien me ramener à mes responsabilités. Elle ne sait pas que la relation entre Marianne et moi est maintenant sur des bases complètement différentes.

"Est-ce que Marianne est là?" demande-t-elle d'une voix sucrée, mielleuse. Implication: 'arrête de draguer Aurélie et reviens vers la copine avec qui tu es venu'.

"Ah oui, elle est là, Jeanne, juste là-bas, elle parle à mon frère Jules."

Mais oui. Jeanne a en effet pointé du doigt un problème. Je suis vraiment totalement libéré de toute relation amoureuse avec Marianne mais Jeanne et Catherine ne le savent pas. Elles ont probablement raconté la fête à Aurélie avec le fait que j'ai une copine plutôt belle qui s'appelle Marianne. Il faudra que je fasse très attention sinon mon nouvel amour Aurélie va me prendre pour une sorte de Lothaire. Alors pour le moment, je prends note de l'allusion de Jeanne et retourne discuter avec Marianne et Jules. A mon retour, Jules a l'air infecté par le virus de l'amour. Eh bien, Marianne est adorable et aujourd'hui elle a l'air habillé pour tuer. N'importe quel homme la kifferait. La vie n'est-elle pas si compliquée? Je me souviens de la façon dont Diane parvenait toujours à exprimer ce qu'elle pensait sans être méchante. Pour le moment, je ne vois aucun moyen d'avertir Jules que les idées romantiques sur Marianne sont vouées à l'échec. Je ne vois pas non plus comment m'en sortir pour pouvoir poursuivre ce qui est soudainement devenu la chose la plus importante de ma vie; en quelque sorte gagner l'amour d'Aurélie. Marianne doit être la clé des deux solutions mais je suis sûr qu'elle ne voudrait pas que je parle de son problème ni à Jules ni à Jeanne. Quant à Aurélie, je serais présomptueux à l'extrême de dire "Écoute, tu peux m'aimer parce que Marianne n'est plus un attachement amoureux pour moi", quand elle seulement m'a rencontré aujourd'hui. C'est un dilemme insurmontable. Je suis comme un serpent tenu dans le bâton fendu.

Quand Marianne part faire une pause aux toilettes, Jules devient tout de suite hyperbolique.

"Jacques, comment diable as-tu réussi à faire sensation auprès d'une beauté époustouflante comme Marianne? Je veux dire, regarde-la, elle est superbe. Elle est plus que belle. Elle est divine et habillée de manière absolument impeccable. Elle est tout-à-fait incroyable. Qu'est-ce qu'elle verrait en toi, jeune frère?"

Au moins, ce n'est pas 'Jennifer'. Mais comment y faire face? Je ne peux pas, pour le bien de Marianne, lui dire la vérité. Si je nie avoir un intérêt romantique, j'entraîne Jules directement vers le problème auquel j'ai dû faire face. Je décide qu'il vaut mieux être un peu sans engagement. Je ne pense pas être juste, mais cela semble être le meilleur des maux disponibles. Jules est visiblement extrêmement envieux. Il ne peut pas comprendre mon apparent manque d'enthousiasme.

"Oui, elle est assez agréable, n'est-ce pas Jules?" Il a l'air sidéré.

"Assez agréable?" Il bafouille "assez agréable?" Heureusement, avant qu'il puisse développer le sujet, Marianne revient.

CHAPITRE 8
Catherine 2003

Jeanne et moi prenons le train pour rentrer à Lyon après la fête de Jacques. Nous avons des places réservées mais celles qui nous font face sont vides pour le moment. Ils sont probablement réservés aux passagers embarquant à Lyon pour se rendre à Paris. Il y a un homme qui descend dans l'allée du wagon. Mon Dieu, c'est Georges. Est-il vraiment monté dans ce train spécialement pour me voir? Mon cœur fait un bond.

"Georges!" j'appelle.

"Ouah!" il dit "Catherine et Jeanne. Je ne m'attendais pas à vous voir ici. Vous allez à Paris?"

"Non" répond Jeanne, "nous habitions Paris auparavant mais nous vivons tous deux à Lyon maintenant."

"Eh bien, c'est une coïncidence. Moi aussi."

Il s'installe sur le siège en face de nous. Je suis déçue qu'il n'ait pas pris le train spécialement pour me voir mais en réalité ce ne serait que le deuxième prix. Le fait qu'il habite à Lyon veut dire qu'on peut facilement se voir presque quand on veut. Mais d'abord, il doit m'inviter à sortir; ou alors je pourrais lui demander. Au bout d'un moment, Jeanne, toujours aussi voyante, découvre avec surprise qu'elle a besoin d'aller aux toilettes. Georges saisit immédiatement l'occasion.

"Catherine, j'ai énormément aimé te parler à la soirée de Jacques hier soir. Je sentais qu'un bon courant passait entre nous. La fête semblait se terminer si soudainement. Je n'ai pas pris le soin de ne pas perdre le contact avec toi. Je me suis maudit toute la journée. Je me suis calmé tout à l'heure quand j'ai réalisé que Jacques pouvait me donner ton numéro de téléphone. J'espère que je ne suis pas présomptueux. C'est une véritable chance d'être dans le même train que toi. Puis-je prendre ton numéro de téléphone? J'aimerais t'inviter à sortir un jour."

"Je suis heureuse que tu aies dit ça Georges, j'étais triste que nous n'ayons pris aucun arrangement hier soir. Si nous vivons tous les deux à Lyon bien sûr il nous faut se réunir. S'il te plaît, appelle-moi. Je serai déçue si tu ne le fais pas." Nous échangeons nos numéros de téléphone et, avec un timing parfait, Jeanne réapparaît.

Georges me téléphone le lendemain soir. Il a des billets pour le samedi. Il a réservé pour la Maison de Guignol qui est un théâtre de marionnettes. C'est un peu différent. J'adore l'idée. Nous apprécions énormément le spectacle. Ils le font si bien. C'est hilarant. Nous allons ensuite manger un repas pas cher. Le mois prochain, Georges et moi nous voyons samedi et dimanche. Nous allons au cinéma ou au théâtre le samedi et dînons le dimanche. A chaque fois, je tombe de plus en plus amoureuse de Georges. Il me raccompagne dans l'appartement que je partage avec Jeanne et Aurélie. Nous prenons une tasse de café ou un verre de vin avec celle qui est de retour dans l'appartement. Parfois Aurélie est de garde pour l'hôpital. Puis Georges part pour rentrer chez lui. Au souvenir de ma tentative de séduction ratée avec Jean, je suis bien décidée à laisser Georges prendre son temps. C'est amusant d'être avec lui, huit dates sont déjà passées, j'espère un peu de développement. La semaine suivante, Georges m'invite à revenir chez lui. Il possède un joli appartement au rez-de-chaussée rue Robert et Reynier avec un petit jardin. Il nous sert chacun un verre de Vacqueyras. Nous nous asseyons sur le canapé et prenons une gorgée de vin. Puis Georges demande effectivement s'il peut m'embrasser. Ce sont les médias modernes que je blâme. Je ne veux vraiment pas qu'on me le demande, mais je suppose que certaines femmes le font. Je fais une sorte de demi-rire.

"Oui s'il te plait, Georges, j'ai hâte." Le baiser est doux, très doux. Cela grandit en moi avec le temps. Cela fait des semaines que j'attends son baiser avec impatience. Nous nous arrêtons puis revenons pour en savoir plus. Je suis vraiment heureuse pour la première fois depuis la mort de Jean. Ce deuxième baiser avec Georges fait pour moi la même chose que mon premier avec Jean. Je vois toutes mes couleurs et formes étranges. Je suis en quelque sorte absente pendant environ une minute. Me rappelant que j'ai omis de parler à Jean de mon étrange affliction jusqu'à ce qu'il me demande en mariage, je pense que je vais le dire à Georges maintenant. Il reconnaît que c'est un effet étrange dont il n'a jamais entendu parler. Il est ravi que son baiser m'ait causé autant de bonheur. Je me souviens que la réaction de Jean était très similaire. Georges revient pour un autre. C'est long. Le bonheur extrême produit l'effet, pas de désire et d'excitation, donc ce troisième baiser ne provoque pas le même résultat mais une sensation complétement différent. Je veux faire plus que simplement embrasser, mais George pense évidemment que nous n'irons pas plus loin ce soir. J'arrive à respecter mon projet de le laisser prendre son temps mais c'est dur. Il me raccompagne à mon appartement dans son Renault Break. Cela me rappelle la chic Peugeot de mon père.

Mi-avril, je vois Georges régulièrement le week-end depuis deux mois. Les horloges ont changé pour l'été et les soirées deviennent plus claires. Georges dit qu'il veut m'emmener dans un restaurant dans le quartier de Perrache, 2e arrondissement. Il dit que le restaurant est près de la gare et que le quartier n'est pas très génial mais que le restaurant s'appelle Brasserie Georges donc il se sent à sa place. C'est le plus ancien restaurant de Lyon et il est célèbre pour avoir produit en 1986 la plus grosse choucroute du monde. Elle pesait une tonne et demie.

"Mais ne t'inquiète pas" dit-il. "Tu n'es pas obligée de prendre de la choucroute. Ils servent beaucoup de spécialités internationales mais je recommande leurs fruits de mer. Ils sont excellents. On peut se promener le long du Rhône après le repas si le temps le permet."

Je prends le Bar de mer et c'est très bon. Bien qu'il nous ait recommandé les fruits de mer, Georges commande un plat végétarien d'artichauts. Nous avons une bouteille de Chablis avec. Il fait chaud ce soir et nous nous promenons main dans la main le long du Rhône vers le Nord. Vers le sud, il n'y a pas de sentier.

"Reviens chez moi pour prendre un café?" demande Georges et je suis d'accord. Quand il a servi le café, il devient sérieux. "Catherine" dit-il. "Je pense que j'aimerais t'épouser."

Pense? Il *pense* vouloir me marier? Vraiment! Je me souviens du visage suffisant et ridicule de Jean, imitant la statue du garçon dans l'église. Quel contraste dans les demandes en mariage! Mais maintenant, je suis sûre que j'aime Georges. Je vois qu'il est un peu mal à l'aise et qu'il tâtonne. Ce n'est tout de même pas un bon début de son point de vue. Il commence à transpirer un peu. Pauvre Georges, mais ça me fait l'aimer encore plus. Mentalement, j'ai déjà dit 'oui' mais pour l'instant je ne dis rien.

"Je veux dire" poursuit-il. "Je sais que je veux t'épouser. Ce que je veux dire, c'est que j'aimerais te faire l'amour avant ça. En quelque sorte pour vérifier que nous cliquons réellement au lit si tu vois ce que je veux dire. Je - Oh mon Dieu." Il s'essuie le front et a l'air embarrassé. "Je ne fais pas ça du tout bien, n'est-ce pas? Je ne sais pas ce que tu penses de cette idée, Catherine. Tout ce que je dis en réalité, c'est 'Je t'aime à la folie'."

"Georges" je dis, "je ne suis pas vierge. Jean et moi étions fiancés et avons dû reporter le mariage lorsque ma mère était malade." Je lui cache les détails. Il ne les appréciera peut-être pas. "Je suis d'accord, c'est une bonne idée de voir si nous sommes compatibles au lit. Cela faisait longtemps que j'attendais que tu me suggère cela. Je suis sûre que tout se passera bien et, oui, je vais certainement t'épouser. Et ce soir? Il n'y a pas de moment comme le présent. Chéri, mets de la musique douce et mettons d'abord dans l'ambiance."

Georges a l'air tellement soulagé que c'en est presque drôle. Je m'assois à côté de lui, défais lentement les boutons de sa chemise et lui donne un bref baiser sur les lèvres. Ils ne sont qu'un avant-goût de ce qui va suivre.

"Tu as des bouteilles de Vacqueyras. On en prend un verre? Cela nous aidera à nous détendre." Je suggère.

Il nous donne un verre chacun et met du Frank Sinatra. C'est démodé mais ça fera l'affaire. Il faut que je mette Georges à l'aise. Il a toujours le sentiment d'avoir complètement gâché sa demande en mariage. Dans les années à venir, je pense que nous pourrons en rire, mais pour le moment, il est vulnérable. Il est assis au milieu du canapé.

"J'attendais vraiment ça avec impatience." Dis-je en m'asseyant à califourchon sur lui et en lui donnant des œuvres complètes d'un baiser. Je peux le sentir répondre et il me serre fort. Je reste immobile; je profite simplement du moment présent; sa proximité; l'anticipation de plus à venir. Puis je retourne m'asseoir à côté de lui et prends une autre gorgée de vin. Nous nous embrassons doucement de temps en temps jusqu'à ce que Sinatra ait fini. Puis je dis:

"Georges, je pense que je serais plus à l'aise allongée, n'est-ce pas?" Nous entrons dans sa chambre. Georges parvient à se déshabiller avec une rapidité remarquable mais je le fais sciemment attendre un peu. Je fais semblant que mon soutien-gorge ne se défait pas et je lui demande de m'aider. Cela vraiment le met en route. À partir de ce moment-là, ce n'est que de l'action. C'est ce dont j'avais vraiment besoin. Cela libère tous mes mois d'émotion refoulée depuis ma rencontre avec Georges. Il semble que ce soit pareil pour Georges. Il est épuisé. Une fois que tout est fini, il ne me lâche plus. Il me serre si fort que je ne peux pas respirer.

"S'il te plaît, Georges" je supplie. "Laisse-moi reprendre mon souffle ou nous n'aurons jamais de répétition."

Je dors comme un nouveau-né et je suis complètement reposée le matin. Georges est déjà debout et a préparé du café. Alors maintenant, je suis fiancée pour la deuxième fois. J'espère qu'il s'avère mieux que le premier. Puis une pensée me vient. Je vais épouser le meilleur ami de Jacques. A la cinquième génération enregistrée un Diacre ou un Parisel épousera le meilleur ami de l'autre famille. Peut-être que la légende que mon père m'a racontée est vraie. Je ne veux pas retarder ce mariage. Je sais que c'est une idée idiote car Jean aurait quand même passé des vacances au ski si nous avions été mariés et il n'y a aucune raison de penser que si nous avions été mariés lorsque nous l'avions initialement prévu, ça n'aurait rien changé du tout. Je sens que cette fois, je veux que cela se prend lieu le plus tôt possible. Je suggère le samedi 21 juin. Le solstice d'été.

"Mais c'est la nuit la plus courte de l'année!" blague Georges.

"Eh bien, ça ne t'a pas pris longtemps hier soir" je réponds. Il l'accepte donc et nous commençons à prendre des dispositions pour nous marier à Toulouse le 21 juin.

Mes parents veulent en faire toute une histoire. Ils suggèrent que nous fassions la cérémonie civile à la Mairie avec seulement la famille immédiate. Ils entendent par là Gilbert et Elisabeth qui sont les parents de Georges et le frère de Georges, Gérard. J'imagine qu'ils incluraient également la petite amie actuelle de Gérard, Léna. La cérémonie aura lieu à La Salle des Illustres qui fait partie de la mairie. Je pense que tout cela semble un peu accablant. Cependant, la seule raison pour laquelle nous allons nous marier à Toulouse est en réalité pour ma mère qui serait très contrariée si nous nous mariions simplement dans un bureau d'état civil à Lyon. Si c'est ce qu'elle souhaite, je l'accepterai. De plus, papa paie toute la réception et cela doit lui donner son mot à dire. Leur idée est d'organiser la réception au Château de Tongras, à l'Est de Toulouse. Ce n'est pas un château de grande envergure comme ceux de la Loire mais il a beaucoup de charme rustique. Georges nous a proposé de faire une lune de miel d'une quinzaine de jours en Martinique. Il dit qu'on y propose la meilleure cuisine du monde grâce au mélange de cuisine française classique et d'adaptations créoles. Cela me semble génial. Aussi la chaleur et l'eau m'attirent plus que l'addiction de Jean au ski. Les vols sont réservés au départ de Paris Charles de Gaulle pour le lendemain de notre mariage.

Je prends un congé pour descendre à Toulouse voir maman et papa avant le grand jour. Je ne veux pas être fatiguée du voyage. Ils n'ont pas rencontré Georges et il se trouve que ce n'est pas un moment très pratique du point de vue de son travail. Il doit évidemment prendre une partie de son allocation de vacances, mais il y a beaucoup de réunions de l'entreprise qu'il considère importantes à venir. Il ne veut pas les manquer toutes. Il descend avec moi, pour les rencontrer, puis après une nuit, il repart à Lyon et revient à temps pour le mariage. Je trouve la situation concernant l'endroit où il va dormir extrêmement bizarre. Lorsqu'il viendra rencontrer maman et papa, il dormira dans la maison et ils nous ont donné une chambre ensemble. Je contraste cela avec le fait que lorsque Jean et moi sommes arrivés, on nous a donné chacun une chambre. D'une certaine manière, cela montre à quel point le monde a changé en quelques années seulement. Mais ensuite, à son retour, la veille du mariage, à cause d'une vieille tradition de ne pas voir la mariée le jour du mariage, le pauvre Georges est censé dormir seul dans un hôtel dépersonnalisé et ne me voir qu'à la cérémonie. C'est stupide, non?

C'est merveilleux de voir que maman et papa semblent se remettre ensemble depuis que j'ai passé à papa un bon savon. J'ai encore du mal à croire que j'ai réussi cela. Ils sont beaucoup plus proches qu'ils ne l'étaient après la grippe de ma mère qui a retardé, voire annulé, mon mariage avec Jean. Le jour approche et le premier pépin survient. Heureusement, cela n'a vraiment aucune importance sauf pour Gérard, le frère de Georges. Léna l'a abandonné sans ménagement et a disparu avec ceux qu'on appelle aujourd'hui les 'Gens de Voyages'. Cela réduit le nombre de personnes qui assisteront au mariage à Georges, moi et cinq autres personnes. Nul doute que ce sera dans une immense salle résonnante destinée à des centaines de personnes. Ça me fait peur. Je me dis que ce n'est que la nervosité d'avant le mariage.

La Salle des Illustres est certes impressionnante et plutôt bouleversante. La cérémonie officielle de l'État se déroule conformément au livre. Georges et moi sommes mariés. Je suis Madame Catherine Barbier. Je ne suis pas surprise quand j'ai une de mes hallucinations avec des couleurs et des formes indescriptibles. C'est le plus long que j'ai jamais eu. Je dois m'asseoir. Je pense que cela est autant provoqué par le soulagement que par le bonheur. C'est gênant. Quel début de mariage. Nous emmenons les voitures de mariage dans les rues de Toulouse jusqu'à la réception au Château de Tongras. À bien des égards, la réception de mariage est plutôt ennuyeuse. La plupart des invités sont des amis de mes parents ou des parents de Georges.. Nous sommes très exposés. Tout le monde vient nous souhaiter bonne chance et me dire comme je suis belle dans ma 'tenue de voyage'. C'est agréable de revoir Louise après tout ce temps mais il semble impossible de discuter et de se tenir au courant des événements avec elle. Quelqu'un intervient toujours. Ce que je comprends, c'est qu'il semble qu'un énorme échange de partenaires ait lieu. Je n'ai qu'une vue d'ensemble mais on dirait que Jacques a abandonné Marianne et drague Aurélie. Jules, le frère de Jacques, semble avoir des yeux fixés sur Marianne, tandis que Gérard, abandonné par Léna, n'a d'yeux que pour Jeanne. Il semblerait que mon monde soit bien différent à notre retour de Martinique. Nous volons de Bordeaux à Paris. Il y aura un changement à Charles de Gaulle pour aller en Martinique. Au retour, nous prendrons le train de Paris à Lyon.

Vient le moment où nous devons partir pour Bordeaux où nous passerons la nuit avant de prendre l'avion demain matin. Le premier matin où je me réveille en femme de Georges, nous serons à Bordeaux. Cela semble étrange. Je ne suis jamais allée à Bordeaux.

CHAPITRE 9
Jacques 2003 – 2004

Nous voilà pour la réception au Château de Tongras. Catherine a l'air très élégant dans sa 'Tenue de voyage'. Georges et elle vont passer quinze jours en Martinique en lune de miel. Je me rends compte que je n'ai pas pris de vacances depuis la mort de ma mère, il y a neuf ans. Peut-être que le moment viendra. J'arrive à passer un peu de temps à discuter avec Aurélie mais je garde en tête qu'elle pense que je suis avec Marianne donc je dois faire attention à ce que je dis et comment je le dis. Je pense que j'arrive à faire bonne impression mais je dois en rester là. Pour le moment, j'ai ce double problème. Comment mettre en garde Jules contre le fait de tomber amoureux de Marianne et comment parvenir à établir un lien significatif avec Aurélie. La clé doit être Marianne. Elle me tient en haute estime parce que j'ai été si doux et patient avec elle et parce que nous avons maintenant une relation très bonne mais peu romantique; une relation que je serais extrêmement désolé de perdre. Donc, si je peux lui parler seul, je peux probablement la convaincre d'accepter de dire à Jeanne que je ne suis pas un intérêt romantique pour elle. Jeanne semble être la façonneuse en ce qui concerne l'opinion de Catherine et Aurélie. Cela est compréhensible car tout fait utile semble venir à elle bien avant tout le monde. Sa capacité à faire l'approchement entre deux et deux est bien supérieure à celle de la plupart des gens. Mais même dans ce cas, je peux difficilement demander à Marianne d'épargner à mon frère la douleur de tomber amoureux d'elle. Alors mentalement, je laisse mon frère, le pauvre Jules, se débrouiller tout seul. En revanche, je pense que je peux raisonnablement demander à Marianne de mettre les choses au clair avec Jeanne, même s'il faudrait pour cela une bonne opportunité. Si j'ai beaucoup de chance, cela pourrait bien arriver demain si nous reprenons tous le même train ensemble; tous quatre jusqu'à Lyon puis Marianne et moi continuons vers Annecy.

De retour à l'hôtel après la réception de mariage (le chauffeur de taxi du retour était du genre taciturne et ne dit pas un mot), j'échange un mot avec Marianne. Nous sommes au bar pour un dernier verre. C'est un coche en dessous du bar du château mais les boissons sont en conséquence moins chères.

"Marianne" je commence. "Je trouve que je suis très attiré par Aurélie."

"Pas besoin de me le dire" répond-elle. "Je n'ai jamais rien vu d'aussi évident de toute ma vie. Tu étais comme un petit chiot avec la langue pendante. Comment penses-toi que je puisse t'aider?"

Mon Dieu, tout le monde est si gentil avec moi. N'est-ce pas une belle réponse quand on regarde sa situation?

"Si nous sommes tous dans le même train demain, je me demande si tu pourrais d'une manière ou d'une autre intégrer dans la conversation que nous n'avons pas de relation amoureuse. En ce moment, si je fais des avances à Aurélie, elle pensera que je suis en train de te larguer. Certaines femmes pourraient savourer cette pensée et l'apprécier réellement, mais d'une manière ou d'une autre, j'imagine qu'Aurélie penserait simplement que je étais un vrai salaud."

"Très bien Jacques" répond-elle. "Je comprends. Tout dépend des circonstances, car si l'on fait une erreur, tout peut se retourner contre soi. J'essaierai, si l'occasion se présente. Voyons comment ça se passe. Ce n'est pas facile, n'est-ce pas?"

"Marianne, tu es une véritable amie. J'espère que nous pouvons toujours le rester."

Nous sommes tous dans le même train pour rentrer à Lyon d'abord, puis à Annecy pour Marianne et moi. Nos places réservées sont éloignées les unes des autres mais il y a des places libres face à Jeanne et Aurélie. Marianne et moi prenons ceux-là. Marianne ne prend pas de temps pour faire ce que je lui ai demandé. Elle précise clairement que nous ne sommes pas impliqués de manière romantique dans deux phrases courtes. Elle se tourne vers moi et dit:

"Ouah! Jacques, ton frère Jules est décidément très attirant, un sacré numéro! Nous avons échangé nos numéros de téléphone et j'espère qu'il me contactera."

Je vois que Jeanne absorbe ce point. Plus intéressant encore, Aurélie me fait immédiatement un joli sourire. Ce n'est pas tout à fait le 'vas-y' que Sylvie m'a donné il y a des années mais pour moi ça veut tout dire. Je me détends. Je pense qu'elle me donnera son numéro de téléphone et qui sait ce qui pourrait arriver. Nous discutons donc tous pendant plusieurs heures dans le train. Je peux orienter davantage la conversation spécifiquement vers Aurélie qu'auparavant. Cela semble avoir un effet. Peut-être que je suis simplement trop optimiste. Quand Jeanne se lève pour aller aux toilettes, Marianne attend un peu puis la suit. Je demande immédiatement à Aurélie son numéro. Elle a l'air hésitant mais elle me le donne. On dirait qu'elle pense qu'elle peut toujours refuser un rendez-vous si on lui demande au téléphone. Ce voyage n'est pas encore terminé et elle n'a pas encore pris de décision à mon égard. Jeanne et Aurélie partent à Lyon. Marianne et moi changeons de train pour continuer vers Annecy. Je remercie chaleureusement Marianne pour ce qu'elle a fait. Je lui demande si elle et Jules ont vraiment échangé leurs numéros de téléphone.

"Oui" dit-elle. "S'il y a une convention des enseignants près de chez lui en Provence, je pourrais bien y aller. J'ai aimé lui parler. Il te ressemble beaucoup Jacques!"

Comme Aurélie habite Lyon, j'ai besoin d'une voiture. Deux heures d'autoroute en Vespa, ce n'est pas mon idée du plaisir. Je décide qu'il est plus utile d'acheter une vieille grosse voiture qu'une petite plus récente pour le même prix. Après de nombreuses recherches, je parviens à trouver une Renault 25 Break de 1990. Elle est suffisamment vieille pour être bon marché et suffisamment grande pour être une voiture utile pour le travail. Je peux l'installer ainsi que ma Vespa sur ma place de parking. En effet, la Vespa s'intègre à l'intérieur de la voiture, ce qui donne la possibilité de trouver un parking gratuit à distance de là où je vais et de terminer le voyage en Vespa.

Fin juin, Valérie m'appelle. Elle dit que François a terminé son CAP. Il a réussi avec mérite. Cela me ramène. J'ai reçu un mérite. Était-ce vraiment il y a six ans? Elle me donne le numéro de téléphone de François et me souhaite bonne chance.

"J'espère que vous vous entendez bien, Jacques" elle dit. "François est très brillant mais il est plutôt réservé."

"Je comprends, Valérie" je réponds. "Moi aussi. Quand il s'agit de l'électricité, les gens enjoués et insouciants souvent trouvent peu de joie et trop de soucis." Valérie rit. "Si nous sommes d'accord sur les conditions" j'ajoute, "ne vous inquiétez pas, je m'occuperai de lui. J'étais là-bas moi-même."

"Merci, Jacques" dit-elle. J'appelle François et je lui donne rendez-vous le soir au Bistro du Thiou. J'arrive un peu tôt. Sylvie est là avec ses amies.

"Bon soir Jacques" dit-elle, "ça fait longtemps. Comment vas-tu?"

"Je vais bien Sylvie" dis-je. "Tu m'as donné de bons conseils et j'ai essayé de les suivre. Et toi?"

"Couci-couça. On gagne, on perd, tu sais." Un jeune homme entre. Je suppose que c'est François.

"Désolé Sylvie. Je dois y aller. C'est les affaires."

"C'est toi François?" je demande. Il hoche la tête. "Je m'appelle Jacques" je dis. "Félicitations pour le mérite."

"Alors, tu sais" il dit. "C'est sûrement maman, papa n'en aurait pas parlé. Maman pense que c'est grand-chose." Je nous commande des cafés.

"Que veux-tu de ton premier boulot, François?" je demande.

"Je veux avoir un salaire équitable" dit-il. "Je veux être sûr que personne dans l'entreprise n'essaye de lésiner sur les raccourcis et je veux pouvoir progresser."

"Écoute" je réponds. "Il y a six ans, j'étais exactement à ta place. J'avais réussi avec mérite. Je n'avais pas de travail et un homme appelé Claude Desplaces m'a donné un travail très semblable à celui que je t'offre. Pour être honnête, son entreprise était plus grande que celle dont je fais partie mais dans l'ensemble assez similaire. Nous insistons sur l'utilisation des meilleurs matériaux et recevons des recommandations de bouche à oreille. C'est petit donc tout le monde se connaît. Je peux t'offrir le même salaire qu'on m'a offert. Cela tient compte de l'inflation et puis j'ajouterai 5%. On m'a donné une garantie de trois mois. Je vais t'en donner cinq. J'ai dû le faire moi-même, sans réelle aide, car l'électricien habituel était à l'hôpital suite à un accident de voiture, tandis que je serai là si tu as besoin de moi. C'est le mieux que je puisse faire." Je lui donne un morceau de papier avec mon nom, mon numéro de téléphone et les conditions que je viens de proposer.

"Je vais examiner cela plus attentivement" dit-il, "et voir ce qui est disponible d'autre. À première vue, cela semble plutôt bien. Je te ferai signe." Il part.

Je retourne à la table de Sylvie.

"Puis-je vous offrir à toutes un verre?" Je demande à la table. Elles disent toutes un verre de blanc. Alors j'achète une bouteille pour la table et je les rejoins. C'est très relaxant. Être avec une ex d'il y a plusieurs années sans rancune n'est pas un problème. Ça, je le dois à Sylvie. Elle est toujours la beauté qu'elle était. J'ai des regrets, mais je sais qu'il vaut mieux ne pas les laisser devenir incontrôlables. Nous passons tous une heure très agréable ensemble avant que je rentre à la maison. Trois jours plus tard François me donne un coup de téléphone.

"Jacques" dit-il. "J'aimerais accepter ton offre. L'argent est légèrement meilleur que la plupart, mais le fait est que j'aime le son de l'entreprise. "

"Très bon" je dis. "J'en suis content. Tu peux commencer le premier du mois, François. Avant cela, j'aimerais que tu rencontres Guy qui fait la maçonnerie et la plâtrerie et Pierre qui est plombier."

"D'accord" dit-il.

J'attends quinze jours à partir de mon retour de Toulouse. Il en faut presque autant pour trouver la voiture. Puis j'appelle Aurélie vers 21 heures. J'essaie de choisir un moment où elle sera rentrée de l'hôpital mais ne mangera pas. J'ai raté. J'entends des grignotages, pas ceux d'Aurélie. J'imagine que c'est Jeanne. Je ne sais pas si elles ont encore trouvé un nouveau colocataire pour Catherine. Georges et Catherine devraient rentrer de Martinique demain. Aurélie répond au téléphone avec:

"Dis-moi."

"C'est Jacques."

"Bon soir Jacques," je pourrais dire que son ton est totalement sans engagement; plus précisément, cela semble être un ennui. Il n'y a certainement aucun encouragement là-bas.

"Je me demandais si on pourrait aller manger samedi prochain, Aurélie." Il y a une pause. Elle devait savoir que j'allais lui demander de sortir avec moi. Elle agit comme si cet appel était totalement inattendu. Finalement, elle dit:

"Je ne peux pas venir samedi, je suis de garde pour l'hôpital." Ah mon Dieu. Ce n'est pas bien.

"Pourrais-tu gérer le samedi d'après?" Encore une pause plus longue que je ne le souhaiterais, puis:

"Oui, d'accord. Viens à l'appartement vers 19h30. Tu n'as pas besoin de réserver une table où que ce soit. Il y a beaucoup d'endroits à proximité."

"Bien. Je l'attends avec impatience."

"OK, Jacques, à bientôt." Hmmm, au moins, elle n'a pas dit 'non', mais de l'enthousiasme? Certainement pas!

Pierre a trouvé un plombier nouvellement qualifié qui s'appelle Roch. Il pense que Roch serait un atout utile à l'équipe. Nous nous retrouvons tous les cinq sur la place d'Alby. Ils commencent à nous connaître là-bas. On s'entend tous bien mais le gros bonus c'est que Roch et François étaient à l'école ensemble. Ils se connaissent et bien qu'ils ne soient pas des amis intimes, ils sont déjà amis. Cela donne un effet d'une 'famille heureuse' qui nous permet de bien démarrer.

Notre premier contrat est de construire une maison pour Monsieur Gallet. Il a acheté un terrain au Chemin de la Tuilerie à Saint-Jorioz, du côté ouest du lac. Il a fait adopter par le comité local d'urbanisme les plans d'une maison d'architecte. Nous sommes tous prêts à partir. L'une des premières choses que nous devons organiser est d'avoir un approvisionnement en électricité à partir du réseau local. Sans cela, bon nombre de nos outils électriques deviendront inutiles. Je dois arranger ça avec EDF. Comme pour de nombreuses transactions avec de grandes entreprises, cela prend beaucoup plus de temps que ce qui semble nécessaire. Nous avons embauché un creuseur et les fondations ont commencé. Maintenant que j'ai organisé l'approvisionnement, il n'y a plus rien à faire en électricité pendant un bon moment. Néanmoins avec une entreprise de cette taille, tout le monde doit s'y mettre. Nous faisons tout ce qui est nécessaire. La structure principale de la maison est la province de Guy. Comme il est évident qu'il a besoin de plus de bras, nous employons quelques ouvriers occasionnels. Je peux maintenant comprendre la difficulté de respecter les normes les plus élevées à mesure qu'une entreprise grandit. Jusqu'à présent, tout le monde était trié sur le volet. Une fois qu'on commence à employer du travail occasionnel, le mot 'occasionnel' veut tout dire. La réalisation de ces travaux prend plus de temps et coûte bien plus que ce que nous avions prévu, ce qui signifie que la marge bénéficiaire diminue. Je sympathise avec Dominique Desplaces et j'en ai d'autant plus d'admiration pour Claude.

Le jour de mon rendez-vous avec Aurélie est enfin arrivé. Même si nous sommes samedi, je travaille jusqu'à 16 heures, puis je rentre à la maison, je me nettoie et mets des vêtements élégants. Je monte dans ma 'nouvelle' Renault âgée de treize ans et roule sur l'autoroute jusqu'à Lyon. Je trouve la rue Challemel-Lacour dans le 8e arrondissement. Je n'avais pas pensé à demander, mais l'immeuble dispose d'un parking visiteurs. Je prends l'ascenseur jusqu'au 15e étage. Arrivé à l'appartement, je sonne. Aurélie répond et m'invite à entrer.

"Aurélie, Salut" dis-je. Elle renvoie le "Salut!" et nous traversons le salon. Aurélie a l'air sérieux; peut-être même un peu vexé. Cela ne semble pas être un très bon début.

"Jacques, avant même de commencer ce rancard, il y a quelque chose à régler. Tu sais, Jeanne est presque une liseuse d'esprit à certains égards. Elle a cette capacité innée à remarquer les petites choses qui indiquent quand quelqu'un dit la vérité, les gestes subconscients qui montrent ce qu'une personne ressent réellement. Jeanne dit qu'il n'y a aucun doute dans son esprit que Marianne et toi aviez une relation. Elle a remarqué lors de votre fête qu'il y avait un problème avec ça; que vous souffliez du chaud et du froid l'un vers l'autre. Quand nous étions dans le train et que Marianne a dit qu'elle avait échangé son numéro de téléphone avec Jules, elle essayait de nous tromper. Ce n'était pas forcément faux mais que Marianne savait que cela serait pris d'une manière particulière. En voyant Marianne avec Jules au mariage, elle prenait certainement plaisir à discuter avec Jules mais les mots 'très attirant, un sacré numéro!' étaient inventés, dit Jeanne, pour l'occasion dans le train. En fait elle dit que, pour une raison quelconque, Marianne t'aidait à me draguer. Quand j'ai dit à Jeanne que tu m'avais demandé ce rendez-vous, pour reprendre ses propres mots, elle m'a dit 'Aurélie, si tu sors avec Jacques, fais attention car il se passe quelque chose de louche là-bas'. Alors dis-moi tout. Clarifions les choses avant de commencer."

Ah non! Marianne ne voudrait vraiment pas que je fasse ça. En revanche, je ne vais pas perdre mes chances avec Aurélie. Pas maintenant que je suis arrivé jusqu'ici. Je vais devoir dire quelque chose. Le silence s'étend au point qu'Aurélie perd patience avec moi. Elle est sur le point de me jeter hors de l'appartement et hors de sa vie, quand je dis:

"Très bien Aurélie mais, s'il te plaît, tu dois promettre de ne le dire à personne."

"Jacques, tu sais qu'il est impossible de donner une telle assurance globale. Je promets de n'en parler à personne à moins que tu ne sois d'accord ou que je pense que c'est d'une importance primordiale."

"Cela me suffit. Le point sous-jacent est que Marianne a été violée alors qu'elle avait douze ans. J'ai commencé à sortir avec elle et elle pensait qu'elle pourrait surmonter ses problèmes. Mais malgré le fait que j'ai été très doux et patient avec elle pendant une période considérable, elle n'a pas pu surmonter sa peur, ses souvenirs ou quel que soit le blocage qui l'a empêchée d'agir comme une femme le ferait normalement. Quant à Jules et les numéros de téléphone, j'ai interrogé Marianne à ce sujet parce que j'étais surpris. Elle a déclaré qu'ils avaient effectivement échangé leurs numéros de téléphone, mais pas à des fins de rencontres. Ils sont tous deux enseignants et elle a dit qu'ils pourraient assister à des conférences ensemble. Ma relation actuelle avec Marianne est amicale mais véritablement non-romantique: 'platonique' on dit, n'est-ce pas? Je l'accompagne si elle se rend à un événement où elle estime qu'il serait utile d'y aller avec un homme. Nous étions tous les deux au mariage de Georges et Catherine simplement parce que nous étions tous les deux invités." Aurélie me regarde avec soulagement et une certaine surprise.

"Jacques, il est bien possible que tu viens de rendre à Marianne le plus grand service que tu puisses imaginer. Mon professeur ici à Lyon, je pense, est probablement unique. Il est neurologue, pas psychiatre, mais il est également hypnotiseur et l'une des choses dans lesquelles il a de l'expérience consiste à éliminer les problèmes que rencontrent les victimes d'événements horribles, y compris les victimes de viol, après leur épreuve. Cela signifierait malheureusement que tu devrais admettre à Marianne que tu m'as parlée de son problème.

Jean-Pierre Baudouin, c'est mon professeur: son taux de réussite est très élevé. Probablement parce qu'il est neurologue, il a une façon unique d'envisager le problème. Écoute, oublions de sortir dîner. Je peux nous préparer quelque chose ici. Laisse-moi t'expliquer le point de vue de Jean-Pierre à ce sujet."

"D'accord" dis-je.

N'est-il pas étrange comment le destin fonctionne? Je pensais que je trahissais une confiance et ça aurait pu être l'une des meilleures choses que je n'ai jamais faites. Je me détends sur le canapé et Aurélie s'assoit tout près. Je suis agréablement surpris. Je pensais qu'elle prendrait la chaise. Je peux sentir un soupçon de son parfum mais je dois me concentrer sur ce qu'elle dit.

"Jean-Pierre n'est pas fan des psychothérapeutes qui font revivre à leurs patients des événements horrifiques. Il dit qu'il est facile de voir que la chose fondamentale qu'on fera est de renforcer les voies nerveuses qui soutiennent les souvenirs indésirables, ce qui est précisément l'inverse de ce qui est requis. Plus le patient revit le souvenir, plus ces voies nerveuses deviendront fortes, exactement comme elles le feraient s'il devait réellement revivre l'expérience. Il admet qu'une seule reviviscence de l'événement pourrait s'avérer utile, si l'on parvient à modifier la réponse du patient au fur et à mesure de la séquence, mais qu'une deuxième tentative est vouée à l'échec et risque d'aggraver les choses. Il dit que sous hypnose, il ne fait pas revivre au patient l'événement original, mais que les sentiments de peur, d'impuissance et d'anxiété peuvent être supprimés ou considérablement réduits par des messages spécifiques inculqués au cours de la séance. Il utilise également des métaphores, des sortes de situations parallèles, pour décrire l'événement horrible, leur donnant de meilleurs résultats, de sorte que les voies dans le cerveau soient modifiées pour inclure des résultats alternatifs. Cela signifie que le patient voit des fins alternatives à un événement à venir. C'est ce que nous avons tous. Ce rendez-vous va-t-il se passer bien ou être un désastre? C'est ce que nous nous demandons tous les deux maintenant. N'est-ce pas Jacques?"

"Certes" dis-je, "mais grâce à toi Aurélie, c'est déjà un succès. Il ne me reste qu'à aborder le sujet avec Marianne et ça veut dire que je devrai lui admettre ce que je t'ai dit. Avec un peu de chance, je pourrai la persuader de voir ton professeur Baudouin."

"Je t'ai presque forcé à me le dire, n'est-ce pas Jacques? J'étais un peu agressive, n'est-ce pas? Peut-être plus que ce qui était nécessaire." Elle dit cela très tendrement et mon cœur fait un bond. Mon explication et le fait qu'elle pense pouvoir aider Marianne ont adouci Aurélie. Elle a perdu son air sévère. Mon cœur chante pendant que je la regarde.

"On a encore le temps d'aller au restaurant" je souligne.

"Non, je peux nous préparer une collation rapide." Elle disparaît dans la cuisine. Elle prépare une Quiche Lorraine aux haricots verts. La cuisine est suffisamment grande pour avoir une table. Nous avons de la nourriture sur place et Aurélie nous propose également une petite bière. Après, je propose que je fasse la vaisselle mais elle dit non, elle va la faire. Elle a l'air si attirant de derrière que je l'ai entourée de mes bras. Elle se retourne.

"Écoute Jacques. Laisse-moi finir ça, puis je te donnerai le baiser que tu espères. Mais il n'y aura rien de plus que des bisous. Tu comprends?"

"Compris" dis-je. Je ramasse le torchon et fais le séchage. Cela devrait accélérer un peu les choses. Après ce qui paraît un âge, Aurélie finit de laver les deux assiettes, les deux verres, les deux couteaux et les deux fourchettes. Je pense qu'elle fait une grève perlée. Puis elle trouve une plaque à pâtisserie et une casserole. Elle joue avec moi, me fait attendre. Elle sait très bien ce qu'elle fait mais l'attente est délicieuse. Finalement, elle se tourne vers moi et je la prends dans mes bras. Ce baiser est exactement ce dont j'ai besoin. C'est exactement ce que j'imaginais qu'embrasser Aurélie me ferait ressentir. Au bout d'un moment, Aurélie se recule un peu et nous nous regardons un instant profondément dans les yeux.

"C'était délicieux; parfait pour moi; directement au sommet des palmarès" je lui dis.

"Je l'ai beaucoup apprécié aussi" dit-elle. "Comme tu as mentionné 'les palmarès', allons dans l'autre pièce et mettons un peu de musique." Aurélie met du Sylvain Luc, du modern jazz. Elle le met à volume faible. En s'asseyant, elle m'embrasse à nouveau sur les lèvres. Chaque fois qu'une piste se termine, elle me donne encore un baiser. L'attente est une angoisse; le baiser, le paradis. C'est très, très sexy fait ainsi mais aussi détendu car elle a déjà établi les règles de base: "rien de plus que des bisous. Tu comprends?"

Vers dix heures, Jeanne entre. Elle a l'air un peu énigmatique quand elle me voit. Elle ne dit pas bonsoir, elle me fait seulement un signe de tête. Elle raconte alors à Aurélie qu'elle a peut-être trouvé un colocataire pour remplacer Catherine. L'une des employées de son cabinet, Zoé, vient d'apprendre que son loyer va augmenter. Elle vit seule dans un appartement et préfèrerait partager avec d'autres. Aurélie en a l'air content. Zoé a dit qu'elle se sent très seule. Aurélie et Jeanne discutent comment elles devraient toutes se rencontrer pour en parler. Jeanne a dû accepter ma présence car elle nous prépare à tous un café. Puis je retourne à Annecy en chantant pour moi-même avec délice.

Ensuite, je me dégrise. Je me souviens que je vais devoir aborder un sujet très sensible avec Marianne. J'ai brisé une confiance. Certes, elle ne m'a pas juré de garder le secret, mais je sais parfaitement qu'elle n'aurait pas souhaité que ses problèmes soient divulgués. Je ne sais même pas si elle voudra voir le professeur Baudouin à Lyon. Si elle ne le veut pas, elle sera vraiment fâchée contre moi. Je lui donne un coup de téléphone et je l'invite à dîner. Je dis que je dois lui parler de quelque chose d'important. Je lui dis que je réserverai Le Clos des Sens à Annecy-le-Vieux. Cela coûte suffisamment cher pour lui faire comprendre que ce sera une discussion très sérieuse. Je m'assure d'arriver le premier, ce qui implique d'arriver environ un quart d'heure à l'avance, puis entrez après dix minutes. Marianne arrive avec sa belle apparence habituelle. Tout le monde dans le restaurant la regarde pendant qu'on lui montre où je suis assis. Je me lève à l'ancienne. C'est principalement fait pour ceux qui regardent. Cela ne dérangerait pas Marianne que je reste assis. Tout le restaurant se demande 'qu'est-ce qu'elle voit en lui?'. J'ai peur que dans un instant ou deux la réponse soit 'ce n'est qu'un vrai salaud'!

Je la laisse s'installer et nous commandons. Nous décidons d'une salade pour commencer. Il y a l'Omble Chevalier en option pour le plat principal, servi au poids, c'est un poisson délicieux mais cher. J'encourage

Marianne et nous commandons tous les deux l'Omble. J'ajoute une bouteille de Chignin Bergeron. Cela va être un beau repas mais si la conversation ne se déroule pas correctement, il va se transformer en cendres dans ma bouche. Marianne voit que je suis extrêmement nerveux. Elle me fait un sourire encourageant. Je décide de ne pas chercher d'excuses. Je vais donner l'impression que c'est pire qu'il ne l'est et si tout se passe bien, le résultat n'en sera que meilleur.

Je commence: "Marianne, je sais que je t'ai vraiment laissé tomber. J'ai raconté à Aurélie ce qui s'est passé quand tu avais douze ans." Elle a l'air très surpris mais ne dit rien. "Jeanne a relevé beaucoup d'ondes dans le train et ne t'a pas crue. Elle a dit que quelque chose ne sonnait pas vrai. Elle a très bien compris que tu essayais de m'aider à impressionner Aurélie."

"Je pensais que ça pourrait mal tourner."

"Aurélie n'aurait rien à voir avec moi si elle n'avait pas d'explication. Alors je lui ai dit."

"Ce n'est vraiment pas si important Jacques. Tu as tout à fait raison, je ne veux pas que cela soit connu du grand public, mais s'il te plaît, ne te sens pas trop mal à ce sujet."

"Cela a un potentiel positif" je continue. "Tu sais qu'Aurélie est médecin à l'hôpital de Lyon. Elle fait partie de l'équipe de neurologie. Elle dit que son professeur, le professeur Baudouin, n'est pas seulement professeur de neurologie mais aussi un hypnotiseur qui s'occupe de personnes qui ont vécu des expériences horribles, comme le viol. Elle dit qu'il n'est pas d'accord avec l'idée de faire revivre aux victimes leurs expériences mais utilise situations parallèles pour indiquer des résultats plus favorables. Il a un taux de réussite très élevé. Elle a proposé d'organiser quelque chose si tu y es favorable."

"Merci Jacques" Marianne a l'air sérieux. "Je sais que l'hypnose est utilisée dans des cas comme le mien; qu'il peut parfois s'agir de faire revivre l'expérience à la victime et qu'un psychiatre enregistre ensuite l'événement comme preuve en vue de poursuites. Tout le monde peut voir les trous là-dedans. Il ne serait évidemment pas d'une preuve fiable et la victime se sent parfois bien plus mal que mieux. Mais le professeur Baudouin semble avoir une approche différente. Je suis sceptique, mais ce serait bien que j'en parle à Aurélie. En tant que femme médecin et personne qui me connaît, moi et le professeur, son opinion vaut clairement la peine d'être prise. Comme tu le sais, je suis disponible presque tout le temps en dehors des heures de cours. Je ai peu d'espoir mais qui sait."

Nous avions maintenant fini la salade. Quel goût ça avait, je n'en ai aucune idée. Puisque la partie difficile de la soirée est terminée, j'espère que Marianne et moi pourrons apprécier l'Omble Chevalier et la dépouille du Chignin-Bergeron. Marianne a un regard lointain. Après quelques moments, elle dit:

"Tu sais, Jacques, toi et moi avons maintenant une très bonne relation sans que la romance et le sexe ne nous gênent. J'espère que nous pourrons le maintenir."

"Oui, je suis d'accord" dis-je. C'est vrai.

J'emmène Marianne délibérer avec Aurélie à l'appartement. Elles restent seules dans une pièce pendant une heure et demie pour discuter de la question. Lorsqu'elles émergent, elles ont toutes deux l'air épuisé. Marianne déclare:

"Aurélie a levé la plupart de mes hésitations, mais pas la totalité. Elle dit qu'elle parlera au professeur et organisera un rendez-vous."

"Oui" dit Aurélie. "Je m'entends plutôt bien avec le professeur Baudouin et je suis sûre qu'il voudra nous aider." Dans la voiture du retour à Annecy, Marianne est encore très nerveuse à l'idée.

"Tant de choses tournent mal. L'idée de se faire manipuler l'esprit, même pour son propre bien, est une chose qui me fait peur. C'est seulement l'idée que c'est un professeur de neurologie, quelqu'un qui comprend le cerveau comme une machine, si tu veux, ainsi qu'un producteur de pensée qui me fait croire que son approche combinée peut mieux fonctionner que l'une ou l'autre seule."

Je suis en route pour revoir Aurélie. Il ne fait aucun doute que nos efforts conjoints pour aider Marianne nous rapprochent. Ses yeux quand elle me regarde sont doux et gentils. J'aimerais qu'ils aient de l'espoir et du désir, mais pas encore. Quand j'arrive, elle me fait un baiser immédiat. C'est plus que ce que j'espérais.

"J'ai parlé avec Jean-Pierre" dit-elle. "Il est très disposé à nous aider. Il dit qu'il est prêt à voir Marianne ici avec moi comme chaperon. Il a toujours un chaperon pour les patients, hommes et femmes. Il dit qu'il est préférable que l'accompagnateur connaisse à la fois lui et le patient. Il dit aussi, (à ce moment-là Aurélie a l'air un peu gêné et rougit légèrement,) que parce que je suis son assistante favorite, il n'y aura pas de frais."

"OK" dis-je. "Je la ferai venir ici chaque fois que tu l'auras arrangé et je me ferai m'éclipser pendant: combien de temps dure une séance?"

"Habituellement, environ 45 minutes."

"Bien, y a-t-il déjà un moment fixé?"

"Jean-Pierre a dit définitivement le week-end, de préférence le dimanche, entre 10 heures et 16 heures. Il a proposé 14 heures dimanche prochain. Il dit 'quatre séances, une par semaine pendant quatre semaines, puis on le laisse pendant au moins trois mois et on verra ce qui se passe'."

"Je vais demander à Marianne" dis-je, "mais je suis sûr qu'elle acceptera ça."

Les quatre dimanches suivants, je conduis Marianne à Lyon. Elle a une séance avec le professeur Baudouin. Je la laisse à l'entrée de l'immeuble, donc je ne vois jamais le professeur, encore moins le rencontre. Je vais ensuite prendre un café dans un bar avec un écran de télévision et regarder une émission idiote pendant trois quarts d'heure. Une seule fois, la troisième semaine, il y a eu une énorme coïncidence. Ils diffusaient des extraits des meilleurs matchs de rugby France-Angleterre. Il y avait une rubrique sur le match que Claude et moi regardions, peu après j'ai passé mon CAP. Cet essai français était tout aussi impressionnant après tant d'années. Néanmoins, cela m'a fait réfléchir: où serais-je sans ce match? Je me souviens que c'est parce que je me suis levé par réflexe en réponse à cet essai, que Claude m'a parlé. Il est possible que ce soit cet essai qui ait façonné toute ma vie. Après la séance, je récupère Marianne, embrasse rapidement Aurélie (le moment fort de ma semaine) et ramène Marianne à Annecy.

Les quatre séances sont terminées, mais il n'y a rien pour tester le résultat. Marianne dit qu'elle se sent différente dans certaines situations où auparavant elle se sentait plutôt menacée, mais elle ne peut pas dire comment les choses se passeront si elles sont réellement mises à l'épreuve.

La maison que nous construisons progresse à pas de géant. Il est étonnant, avec les formes modernes de production de masse, que des pans entiers de mur avec des espaces pour les portes ou les fenêtres puissent être achetés prêts à l'emploi et, une fois sur place, posés en quelques minutes. Bien qu'ils comportent des 'trous' pour les portes ou les fenêtres, ils ne sont pas dotés de positions déjà définies pour les prises électriques, les radiateurs, etc. Notre accord avec le client était que notre facture était réglée à chaque quart d'achèvement. Nous avons reçu le premier paiement. Le second est du. En tant que nouvelle entreprise sans argent en banque, voire avec un découvert important, nous sommes très dépendants du fait que le client paye immédiatement et, grâce à Dieu, il le fait. Cela nous permet d'acheter le prochain ensemble de matériaux. C'est la première fois que nous pouvons réellement être sûrs de pouvoir achever le bâtiment sans dépasser notre limite de découvert. Cela mérite une petite célébration. Alors Guy, Pierre, François, Roch et moi nous retrouvons pour un repas sur la place d'Alby-sur-Chéran. Nous sommes plutôt satisfaits de notre café habituel alors nous y allons. Je détecte que Pierre et Guy ont quelques réserves quant à notre position, mais je suis heureux de voir que François et Roch semblent apprécier leur premier véritable emploi. Ils n'ont pas l'impression que nous profitons d'eux. Nous ne sommes pas encore tirés d'affaire, mais tant que le reste de ce bâtiment se déroule comme prévu, nous aurons réalisé un joli bénéfice. Cela signifie que nous serons dans une situation financière beaucoup plus sûre pour le prochain contrat.

Début novembre, Marianne me passe un coup de fil. Elle va à une conférence d'enseignants de trois jours à Nice. Elle en est très excitée. Je lui demande si elle souhaite que je l'accompagne comme nous l'avons fait de temps en temps.

"Non. Merci Jacques" dit-elle. "J'ai donné un coup de téléphone à Jules et nous nous y retrouverons."

Je pense que je peux voir le sous-texte ici. Il a dû être évident pour Marianne lors du mariage de Georges et Catherine que Jules s'entichait d'elle. Il ne pouvait pas la quitter des yeux. Peut-être utilise-t-elle Jules pour tester les résultats des séances d'hypnose. Je garde mes pensées pour moi mais je dis que j'espère qu'elle appréciera la conférence. À son retour, elle est très satisfaite de la façon dont cela s'est passé. Elle et Jules étaient dans le même hôtel. Il était ravi de la voir et ils s'entendaient très bien. Elle a dit que le dernier soir, Jules avait voulu l'embrasser pour lui souhaiter une bonne nuit. Elle avait accepté.

"C'était tellement différent cette fois, Jacques, je n'avais pas besoin de me forcer à le faire. C'était tellement agréable d'être embrassée et serrée. Jules et moi allons nous voir de temps en temps et les choses pourraient évoluer. Ce n'était qu'un baiser, mais la différence dans ce que je ressentais était énorme."

Je transmets cette bonne nouvelle à Aurélie. Elle est ravie et dit qu'elle en informera le professeur Baudouin. Je ne la vois qu'une fois par semaine la plupart du temps. Comme nous travaillons tous les deux et à plus de deux heures d'autoroute l'un de l'autre, il est difficile de la voir plus souvent.

Je suis complètement et totalement amoureux d'Aurélie. Je ne comprends pas comment il se passe quand on tombe amoureux par 'coup de foudre'. Je sais seulement que cela m'est arrivé. Aurélie mène la danse. Je me souviens de 'rien de plus que des bisous. Tu comprends?' au sujet des baisers. Elle a dicté chaque mouvement. Quand je regarde en arrière, je peux voir que dans chaque relation que j'ai eue, la femme a contrôlé le rythme des progrès. Est-ce que ça veut dire que je suis faible? Est-ce que j'imagine cela et elles pensent que j'ai contrôlé les choses comme je pense qu'elles l'ont fait? Sûrement pas? La seule fois où je peux voir que j'ai peut-être été un peu insistant, était pour obtenir le numéro de téléphone et un premier rendez-vous avec Aurélie. Elle était très réticente. Depuis, elle contrôle chaque petit mouvement et chaque arrêt. Elle me laisse maintenant la caresser dans des endroits intimes. Je peux voir qu'elle l'apprécie autant que moi. Je veux être avec elle pour toujours mais je suis du genre prudent. Je ne veux pas perdre ce que j'ai déjà. Bientôt, je vais lui demander de m'épouser. J'espère qu'elle ne se contentera pas de rire. Elle me téléphone un lundi soir.

"Jean-Pierre se dit ravi des progrès de Marianne. Il affirme qu'elle n'aura plus besoin de séances, sauf si elle rencontre un blocage qui l'inquiète. Il ajoute qu'il est préférable de limiter le nombre de séances au minimum qui fonctionnent. Mais," sa voix monte d'enthousiasme, "Jean-Pierre m'a aussi donné des conseils professionnels. Il voulait me voir dans son bureau. J'avais peur d'avoir fait une erreur. Je ne pensais pas que ce serait possible, car, franchement, je ne fais pas d'erreurs. Si je ne sais pas quoi faire, je lui demande. Il voulait parler de ma carrière. Il dit qu'il y a un poste à pourvoir à Annecy et qu'il me recommande de postuler. Il dit que je suis maintenant prête pour un poste permanent. Comme tu le sais sans doute, comme c'est tout près de l'appartement de Marianne, un nouvel hôpital pour la région est en construction à Pringy. L'ancien d'Annecy restera ouvert jusqu'à ce que celui-ci soit terminé. Apparemment, et peu de gens le savent, il existe un projet de fusion du nouvel hôpital avec celui de Saint-Julien-en-Genevois. Cela lui permettra d'accueillir des patients d'une zone étendue, la quatrième de France et ce sera donc très important. Jean-Pierre dit que si je réussis maintenant et que le projet se réalise, j'aurai l'un des postes les plus prestigieux de toute la France. Il me fournira de bonnes références et dit connaître certaines des personnes susceptibles de faire partie du jury d'entretien."

Elle jacasse à grande vitesse. J'entends son enthousiasme et qu'elle va postuler pour un poste à Annecy. Le détail me passe par-dessus la tête. Je devrais peut-être m'inquiéter lorsque je pense au professeur Jean-Pierre Baudouin. C'est Jean-Pierre ceci et Jean-Pierre cela. Je me souviens aussi de son rougissement quand elle a dit que Jean-Pierre l'appelait son "assistante favorite", mais s'il l'encourage à venir s'installer à Annecy, je suis probablement déraisonnable.

De l'extérieur, la maison à Saint-Jorioz semble presque terminée. Pierre et moi avons quelques travaux de plomberie et d'électricité à faire mais tout va bien. Nous avons décidé que, pour 'dépasser les attentes', nous ferions un plan de tous les tuyaux et câbles de la maison, que ce soit dans les murs, sous les sols ou au-dessus des plafonds. Nous pouvons donner le plan au propriétaire. Cela signifie que lorsque quelqu'un doit percer un mur ou un plafond, il saura où se trouvent les tuyaux et les câbles et pourra donc facilement les éviter. Il y a tellement d'histoires de gens qui veulent accrocher un tableau et finissent par percer une conduite d'eau. En faire un plan est le genre de chose qui prend très peu de temps, ne coûte pratiquement rien et peut faire une grande impression sur le client.

C'est à nouveau la période des fêtes. Je me demande combien je pourrai voir Aurélie. Puis à ma grande surprise Aurélie m'annonce qu'elle va passer le week-end avec moi. Je ne comprends pas le détail mais il semble que Jeanne, celle aux yeux pénétrants qui voient droit dans ma tête vide, souhaite l'appartement du week-end pour avoir un rendez-vous avec Gérard, le frère de Georges. Eh bien, cela me convient. Nous nous sommes embrassés et caressés mais Aurélie n'a jamais suggéré que je puisse rester chez elle ou qu'elle chez moi. Tout d'un coup, sans aucun effort de ma part, elle va rester le week-end. Quand le vendredi soir arrive, je viens chercher Aurélie à l'hôpital. Elle dit qu'elle ne sait pas exactement quand Gérard doit arriver à l'appartement. Nous retournons chez moi. Dès que nous sommes confortablement assis, Aurélie devient sérieuse. Depuis la première fois que cela se passe, j'ai toujours aimé qu'elle devienne sérieuse car à chaque fois ma vie semble s'améliorer encore plus. C'est le cas encore une fois, même si cela a été un énorme stress pour ma pauvre Aurélie. Elle me regarde très sérieusement.

"Je t'aime Jacques" elle me dit. "Je dois être très amoureuse de toi. Je te dirai comment je le sais. Je ne peux pas te donner les détails en raison de la confidentialité des patients. Il y a quelques jours, j'ai dû subir un torrent d'injures de la part du mari d'une patiente dont je m'occupe. La maladie de sa femme s'est aggravée et il m'appelait de toutes sortes de choses, dont certaines que je n'avais jamais entendues auparavant. C'est incroyablement bouleversant quand on a fait de son mieux pour aider quelqu'un et puis d'être victime de cet abus. Ce qui a changé ma perspective, changé toute ma vie, c'est que pendant qu'on me jurait, qu'on m'injuriait, qu'on me criait dessus et qu'on me menaçait, ce que je pensais était 'J'ai besoin de Jacques, où est Jacques? S'il te plaît Jacques, où es-tu?' Alors tu vois, sans doute je t'aime! Alors serre-moi contre toi, Jacques, bien fort. Je veux te sentir proche de moi."

Je la serre contre moi. Je la tiens longtemps. Quand je la libère, elle semble être au pays des rêves. Elle n'est pas tout à fait là. Ensuite, cet effet disparaît et elle retrouve son état normal et efficace. Mais ses yeux restent doux, si doux. Je vois cela comme une sorte de tournant. Je ne comprends pas ce qui s'est passé mais j'ai l'impression d'être enfin accepté comme un véritable partenaire dans sa vie. Mais vient ensuite un ultimatum.

"Maintenant, Jacques, il n'y a plus de retour. Pas puisque je sais que j'ai besoin de toi. C'est à toi de décider. Nous nous séparons maintenant ou nous restons ensemble toujours." Cela ne ressemble en rien à la façon dont j'imaginais me fiancer mais les surprises ne terminent pas encore. "Avant de me dire ce que tu penses" dit mon adorable Aurélie. "Il me faut te dire quelque chose qui te fera peut-être réfléchir. Quand je t'ai demandé de me serrer contre toi et tu l'as fait, tu as peut-être remarqué que j'étais dans une sorte de conscience partielle pendant un moment?"

"Tu as semblé être au pays des rêves pendant un moment. Oui. Je l'ai adoré en réaction au fait que je te tienne dans mes bras."

"Ce n'est pas tout à fait comme ça Jacques. Quand je suis très heureuse, j'entends une musique douce et rêveuse dans ma tête. Je peux dire que cela ne vient pas du monde réel. C'est un peu différent à chaque fois et ce n'est pas une musique que j'ai déjà entendue. En même temps, je suis hors de combat pendant environ une minute. Je pense que si une urgence survenait, je pourrais toujours agir mais cela ne s'est encore jamais produit, donc je n'en suis pas sûre. C'est une forme de synesthésie. On nous l'a appris à la faculté de médecine. Si l'on inclut tous les différents types et stades, environ une personne sur vingt-cinq en est atteinte, mais la plupart passent inaperçus car ils sont sans importance. Le plus souvent, il s'agit d'une couleur associée à un nombre ou à un son spécifique. C'est un phénomène familial et on dit qu'il n'y a pas deux cas identiques. C'est quelque chose qu'il est impossible de prouver. Ce que veulent dire les experts, c'est que même les vrais-jumeaux vivent des expériences légèrement différentes. Le mien a cet élément peu inquiétant que je suis à la dérive pendant environ une minute."

Je dis à Aurélie que je suis amoureux d'elle depuis que je l'ai vue pour la première fois au mariage de Catherine et Georges. Être avec elle pour toujours, c'est exactement ce que j'ai en tête.

"Assois-toi et détends-toi. Mets de la musique. Je vais nous chercher une collation." Je dis. Elle découvre du jazz moderne. J'avais récemment acheté Guillermo Gregorio, Ellipsis.

"Ne t'embête pas avec le goûter, Jacques" dit Aurélie. "Viens t'asseoir avec moi."

Puis exactement comme elle l'avait fait avec le Sylvain Luc, à la fin de la première piste elle m'embrasse; et encore une fois à la fin des deuxième et troisième pistes. Ses baisers deviennent de plus en plus exigeants avec chacun des huit morceaux. Cette fois, il n'y a pas de 'Rien de plus. Tu comprends?' Après le baiser qui suive 'la ceinture d'Orion', nous nous dirigeons vers ma chambre.

Marianne dit qu'elle a logé Jules pour le week-end. Elle dit qu'ils se sont beaucoup embrassés et sont allés un peu plus loin que ça. Elle a vraiment apprécié toute l'expérience. Elle aimerait qu'Aurélie et moi venions dîner samedi prochain. C'est une grande occasion. Elle est très reconnaissante envers Aurélie et bien sûr envers le professeur Baudouin. Elle et Jules se voient très régulièrement. On dirait que Marianne pourrait devenir ma belle-sœur!

Nous sommes en février. La maison de St Jorioz est terminée et le client a payé. Le compte bancaire de PRO est bénéficiaire pour la première fois. Certes, dès que nous aurons besoin d'encaisser plus de matériel, ce sera dans la zone rouge encore mais beaucoup moins que la dernière fois. Une autre commande est arrivée, nous avons donc suffisamment d'affaires pour survivre.

Le poste à Annecy est annoncé et Aurélie a postulé. Nous nous voyons à nouveau une à parfois deux fois par semaine. C'est difficile de se réunir plus souvent car elle travaille à Lyon et moi autour du lac d'Annecy. Parfois, mais pas souvent, je la retrouve dans son appartement le samedi matin, nous partons en voiture à Annecy et passons le week-end avant de la reconduire à Lyon le dimanche soir. De cette façon nous passons la nuit ensemble dans mon appartement. Un samedi après-midi d'avril, je la conduis au Roc de Chère et nous suivons le chemin forestier jusqu'au Balcon au Lac. Je lui raconte la mort de ma mère, la rencontre de Catherine avec Jean et le jour où Jean a été tué.

"Je pense que parce que j'ai passé un mois entier avec Catherine quand nous avions treize ans, elle est devenue comme une sœur pour moi. J'ai aimé Catherine comme une sœur depuis ces vacances mais je n'ai jamais eu de pensées romantiques envers elle. Tu es si semblables à bien des égards, mais je t'aime d'une manière complètement différente."

"C'est un endroit magnifique" dit Aurélie, "romantique même." Elle me donne un doux baiser. Nous restons main dans la main pendant plusieurs minutes à admirer la vue.

L'entretien pour le poste d'Annecy pour lequel elle postule aura lieu fin avril. C'est un mardi. Le week-end d'avant, Aurélie est nerveuse comme un chaton. Elle est très quiète, plutôt déprimée. Elle a envie de ne rien faire, ni d'aller nulle part. Elle est assise sur mon canapé et si je ne connaissais pas la raison, je penserais qu'elle boude longuement. Elle vient passer le lundi soir avec moi pour faciliter le trajet jusqu'à l'entretien. Elle est beaucoup plus détendue. Nous passons une soirée tranquille, sans galipettes ou chichi. Je l'emmène à l'hôpital pour l'entretien et je reste dans la voiture pendant ce qui semble des heures. Lorsqu'elle ressort, elle est tout sourire et très détendue. Elle dit que l'entretien s'est très bien passé. Elle ne pense pas que cela aurait pu mieux se passer, mais ils informeront les candidats du résultat jeudi. Je passe tout le jeudi à regarder mon portable en attendant qu'il sonne. Je ne fais pratiquement aucun travail. À 16 heures, ça arrive. Je sais tout de suite qu'elle a le poste, je le sens à sa voix. Elle tarde à me le dire pour le plaisir de me faire attendre, mais je sais.

"Formidable!" dis-je. "Tu as réussi. On te l'a donné. Bravo Aurélie." Elle rit. J'adore son rire.

"Tu pouvais le deviner? Oui Jacques, je suis si heureuse. Je commence le premier juillet."

"Nous devons faire une grande fête samedi, je réserverai un restaurant pour le dîner."

"Oui……. Jacques?"

"Quoi, ma chérie?"

"Je t'aime." L'appel se termine.

Je réserve 'Les Jardins de L'Auberge' pour l'occasion. Je vérifie qu'on nous donnera une table fenêtre avec vue sur le Thiou. Je vais proposer à Aurélie la Pierrade de Bœuf. Ce soir, je nourris Aurélie de la plaque chauffante. Cela se passe très bien. Nous rions et rigolons en nous nourrissant l'un l'autre, comme deux petits enfants. Après, nous retournons bras dessus bras dessous à la voiture et rentrons nous coucher.

En juin, PRO a construit une autre maison. Elle se trouve sur La route de la Chapelle dans le quartier du Ramponnet à Menthon St. Bernard. Avec les pièces préfabriquées, il est étonnant à quelle vitesse elles montent. Cette fois, nous ne serons presque plus endettés même après avoir commandé les articles pour notre prochaine maison. Ça va bien. Puis catastrophe. Le client est décédé et les bienfaiteurs de son testament ne vont pas payer. Théoriquement, nous pourrions les poursuivre en justice, mais nous n'en avons pas les moyens et cela prendrait des années. Nous avons une réunion d'urgence mais aucun de nous ne parvient à trouver une solution. Il est peu probable que la banque augmente notre limite de découvert. Certes on dirait la fin de PRO. Tout semblait aller si bien. Ensuite, je pense à un plan insensé. Je me souviens du conseil de Sylvie et c'était un bon conseil, je dois en parler à Aurélie. J'installe Aurélie dans le fauteuil avec un verre de Beaumes-de-Venise. Elle sait que quelque chose se passe. J'ai l'air sérieux. J'espère que cela fonctionnera aussi bien pour nous que lorsqu'elle a l'air sérieux.

"Aurélie" je dis, "j'ai une idée qui pourrait très bien être folle. Je veux ton avis." Je lui parle de la maison de Ramponnet et des défauts de paiement des clients. Cela signifie probablement la fin de PRO.

"C'est quoi ton idée folle Jacques?" demande-t-elle.

"Écoute" dis-je. "Je peux toujours trouver un emploi d'électricien dans une entreprise, donc si PRO fait faillite, je ne serai pas au chômage. L'entreprise ne sera pas très endettée et il devrait être possible de la rembourser." Aurélie se lève du fauteuil et me fait un câlin.

"Jacques" dit-elle, "vas-y. Dis-moi. Quelle est cette idée folle?"

"Avec nos revenus combinés, nous pourrions obtenir une hypothèque sur la maison dont je parle, vendre cet appartement, récupérer ma caution et avoir une très belle maison à Menthon Saint-Bernard. L'entreprise serait payée. Cela sauverait l'entreprise et aussi nous donnerait une maison." Aurélie est plutôt séduite par l'idée.

"Cela nécessite une attention très particulière aux détails, Jacques. Quel est le taux hypothécaire. Combien ça nous fait si nous vendons cet appartement. Il est difficile de dire à combien une société de prêts hypothécaires évaluerait tes revenus potentiels compte tenu de la situation financière de l'entreprise. Mais" continue-t-elle, "j'aime le concept. Une autre chose que je veux évidemment faire, comme pour tout achat de maison, c'est de la voir d'abord."

J'emmène Aurélie visiter la maison et elle en tombe immédiatement sous le charme. Il y en a trois chambres. La chambre principale dispose d'un balcon exposé ouest. Elle regarde vers le lac. Au loin, après Menthon Saint-Bernard, on peut apercevoir un tout petit peu du lac lui-même. Le Château d'Annecy est visible au lointain. En bas, la pièce principale est de bonne taille avec des doubles portes qui donnent sur une terrasse exposée sud qui bénéficiera du soleil pendant la majeure partie de la journée. La terrasse offre une vue sur les Dents de Lanfon, la montagne la plus emblématique du lac. Il y a une belle et grande cuisine et environ un millier de mètres carrés de terrain qui est actuellement constitué de prairies rugueuses avec deux petits arbres. Aurélie l'adore.

"Ah Jacques!" soupire-t-elle, "tu penses qu'on pourrait vraiment vivre ici? C'est si beau et vivre dans l'une des toutes premières maisons construites par cette entreprise que tu as fondée! C'est quelque chose dont je me souviendrais à chaque fois que je rentrais à la maison. Voyons si nous pouvons vraiment le faire."

Quand Aurélie prend son poste à l'hôpital d'Annecy, elle emménage chez moi. C'est le grand test d'une relation. Je l'aime. Parfois je rentre avant Aurélie et parfois elle rentre la première. Ni l'un ni l'autre ne me dérange. Attendre son arrivée, c'est le paradis et la voir dans l'appartement à mon arrivée est ce dont je rêve depuis le jour, à Toulouse, où je l'ai vue pour la première fois. J'allais lui proposer le mariage, mais en fait, elle me l'a demandé en premier, même s'il ne s'agissait pas en réalité d'une demande en mariage, mais plutôt d'un engagement à vie. Je ris quand je pense à la façon dont elle l'a présenté plus ou moins comme un ultimatum. J'aimerais vraiment être marié avec elle, même si je ne vois pas vraiment pourquoi: du moins pas tant que nous n'essayons pas d'avoir des enfants. Aurélie prend son nouveau poste en juillet. Pendant toute la première semaine, elle ne rentre que tard. Elle dit que cela ne va pas continuer. La neurologie n'est pas une spécialité qui comporte un niveau élevé d'urgence ou de travail en dehors des heures normales. Elle dit que pour commencer un nouvel emploi, si l'on veut le faire correctement, il faut être méticuleux et apprendre toutes les facettes dès le début. C'est quelque chose que je comprends et avec lequel je suis d'accord. Je l'encourage donc même à arriver aussi tard qu'elle le souhaite, si cela peut faciliter la tâche plus tard. Je pense que je vais proposer que nous nous mariions, une fois que nous aurons traversé les premières semaines mouvementées. J'achète quelques-uns de ces beaux plats froids qu'on peut se procurer chez Pauvert rue Grenette, puis du poisson frais facile à cuisiner chez le poissonnier de rue Jean-Jacques Rousseau; quelques framboises fraîches et légumes d'Aux Quatre Saisons, rue de la Filaterie. Pour accompagner, j'achète une bouteille de Chignin-Bergeron et du Badoit au Monoprix en face de l'Église Notre Dame de Liesse. Je ne suis pas cuisinier mais cela ne devrait pas tester mes talents culinaires.

Le premier plat et le sucré n'ont pas du tout besoin d'être cuits. Je cuisine le poisson en colis car cela ne dépend pas beaucoup du timing. Il ne se dessèchera pas s'il est trop cuit. Quand Aurélie arrive j'ai le premier plat, Cocktail de Homard joliment présenté dans son verre exactement comme à Pauvert, déjà sur la table avec un verre de Chignon Bergeron tout prêt. Le poisson dans son colis est en train de cuire au four et j'ai rincé très délicatement les framboises et les ai prêtes à servir. Aurélie rit:

"Quelle est l'occasion, Jacques?"

"L'occasion est simplement que je t'aime encore plus qu'hier." Elle a l'air perplexe et continue de le faire tout au long du repas, même si elle discute joyeusement de sa journée. Quand nous avons mangé la dernière framboise, je dis: "Aurélie, veux-tu m'épouser?" Elle rit encore. J'adore ce rire.

"Ah! C'est de cela qu'il s'agit. Bien sûr" dit-elle, "mais pourquoi?"

"Je suppose que j'aimerais que tout soit légal" dis-je. "Je sais qu'il n'y a aucune vraie raison de le faire, du moins pour le moment. Cela cristallise mon engagement envers toi."

"Oui, bien sûr que je le ferai" dit-elle encore. "Où et quand penses-tu?"

"C'est généralement le choix de la mariée, je crois, mais si tu n'es pas sûre, nous pouvons en parler."

"Je pense ici plutôt que chez mes parents en Provence" elle dit. Donc on se met d'accord sur Annecy avec une réception à l'Hôtel Impérial le samedi 14 août. Ce n'est pas si long. Nous envoyons les invitations immédiatement.

CHAPITRE 10
Catherine 2003 – 2004

Avoir une lune de miel immédiatement après le mariage est une tradition, même si cela devient de moins en moins courant. Georges et moi avons décidé d'aller en Martinique. Aucun de nous n'avait quitté l'Europe auparavant. J'ai trouvé étrange que la Martinique soit considérée comme faisant partie de la France et il me semblait particulièrement étrange d'utiliser l'euro comme monnaie de l'autre côté de l'Atlantique. Une lune de miel immédiate a ses inconvénients. Notre première nuit de mariage s'est déroulée dans un hôtel de l'aéroport de Bordeaux et nous avons dû nous lever tôt le matin pour prendre un vol pour l'aéroport Charles de Gaulle. L'étape principale du voyage a quitté Paris-Charles de Gaulle vers 15 heures. Avec le décalage horaire, nous devrions arriver à temps pour prendre le repas du soir. Nous avions opté pour des sièges en classe économique pour le premier voyage vers Paris et en classe Économie Premium pour le vol long vers les Caraïbes. Cela s'est avéré difficile en ligne. Le site a insisté pour réserver l'ensemble du voyage en classe Économie ou Économie Premium. Finalement, nous avons dû réserver le voyage sous forme de deux éléments différents.

Il n'y a eu aucun problème avec les vols. Tout s'est déroulé comme prévu mais nous sommes arrivés à Fort de France en Martinique complètement brisés. Nous avons sauté le repas du soir que nous avions prévu et étions au lit à 21 heures. Je me suis endormie immédiatement et j'ai dormi douze heures complètes, me réveillant à neuf heures du matin. Lorsque nous étudiions les possibilités d'hébergement sur l'île, nous avions imaginé la Plage de Madiana, peu à l'ouest de Fort de France. Il y avait une belle plage mais nous avons vu qu'il y avait une zone militaire très proche et nous ne savions pas quel effet cela pourrait avoir. Nous ne voulions pas que des manœuvres militaires avec des coups de feu interrompent nos vacances. Nous avons finalement choisi l'Hôtel Bakoua sur la plage des Trois Îlets. Nous avons loué une voiture pour la deuxième semaine afin de pouvoir explorer le reste de l'île. C'étaient des vacances magnifiquement relaxantes. Je me souviens des choses qui m'ont particulièrement surprise. Georges et moi avions appris à nager très jeunes; lui au Lac de Vassivière; moi au Lac d'Annecy. Ce sont des lacs d'eau douce. Aucun de nous n'avait jamais nagé dans l'eau salée. Mon souvenir le plus marquant de la Martinique est peut-être la flottabilité de la mer. J'avais l'impression qu'on pouvait presque s'asseoir dedans sans couler. L'eau de mer me piquait les yeux bien plus que celle du lac.

La deuxième surprise, même si Georges m'en avait parlé avant notre départ, c'était la cuisine. Nous sommes allés dans plusieurs restaurants autour de l'île, en particulier la deuxième semaine lorsque nous avions la voiture. La qualité de la cuisine était superbe. Les meilleurs restaurants proposaient un mélange impressionnant de cuisine française qui avait été modifiée, améliorée est peut-être un meilleur mot, par l'influence créole. J'ai noté quelques recettes à emporter à la maison. J'aime particulièrement les Écrevisses Étouffées et leur version de la Fricassée de Crabes. Il y avait un plat qu'ils appelaient Ti-nain morue, principalement de la morue séchée avec de la banane, qui semblait faire planer pendant quelques heures, un peu comme des champignons magiques. D'un autre côté, j'avais parfois l'impression que les épices étaient un peu exagérées. 'Avocat féroce', c'était trop pour moi. Je suppose que l'avertissement est dans le nom.

La troisième surprise était la température. La journée n'était pas plus chaude qu'à Toulouse en été, mais elle semblait rester étouffante la nuit. C'était presque comme si la nuit était plus chaude que le jour. L'autre surprise thermique était la Presqu'île de la Caravelle, à l'est, qui se projette dans l'Atlantique. Nous y avons pris la voiture pendant une journée au cours de notre deuxième semaine. La température y était assez froide; très froid par rapport à ailleurs. Peut-être que nous avions une journée anormale. Toutes les vacances étaient une expérience formidable. Mais le vol de retour vers Paris puis le train jusqu'à Lyon avec le décalage horaire qui en résulte, gâchent tout le bénéfice des moments de détente que nous venons de passer. Nous sommes de retour à Lyon, tout aussi zombifiés qu'à notre arrivée en Martinique.

J'ai naturellement emménagé chez Georges maintenant que nous sommes mariés. Nous sommes tous les deux de retour au travail. Comme c'est généralement le cas le premier jour de retour au travail après les vacances, il y a beaucoup de rattrapage à faire. Je suis beaucoup trop occupée pour déjeuner mais le lendemain, j'ai rattrapé le retard. Monique et moi allons à notre café habituel, Le Café des Arts, Avenue Pierre Sémard. Il y a un petit avis sur la porte indiquant qu'il est fermé pour leurs vacances annuelles et qu'il rouvrira le lundi 2 août. Nous laissons la voie ferrée derrière nous et nous trouvons un autre Café dans 'L'Impasse de l'Asphalte'. (Le nom donne une idée du quartier dans lequel nous travaillons). Maintenant que j'ai complètement dépassé la scène de tentative de viol, je regrette parfois d'être venue à Lyon pour être avec Jeanne. Les gens chez Maîtres Bonneau Frères sont très agréables mais le cabinet n'est pas dans le meilleur quartier. Nous prenons habituellement une salade pour le déjeuner et j'en commande une aujourd'hui, mais Monique opte pour une soupe aux légumes. C'est une journée chaude. Pas aussi chaud que la Martinique mais chaud quand même.

"Monique" je dis, "tu prends toujours une salade. Pourquoi cette soupe aux légumes?"

"Ce restaurant met des œufs dans sa salade, le Café des Arts n'en a jamais" répond-elle. Je hausse un peu les sourcils.

"Je ne savais pas que tu étais allergique aux œufs, Monique." Elle a l'air gêné.

"Je ne suis pas allergique" répond-elle. "Il y a plusieurs mois, mon frère et mes deux sœurs sont devenus végans et ils m'ont persuadée de faire de même. La salade du Café des Arts est toujours végétalienne."

"Eh bien, OK" dis-je, "tu ne trouves pas ça un peu difficile? La nourriture végétalienne n'est pas partout."

"Je ne suis pas extrême. S'il n'y a rien de végétalien au menu, je commande quelque chose proche du végétalien et je laisse simplement l'élément non végétalien du plat. Je n'en fais pas d'histoire. Cela semble bien fonctionner."

Depuis que nous nous rendons compte que Le Café des Arts est fermé pour le reste du mois, nous prenons la peine de trouver un endroit un peu mieux que 'L'Impasse de l'Asphalte'. C'est un restaurant italien qui s'appelle 'Cucine-Apéro'. Il se trouve avenue Jean Jaurès. C'est très sympa et même si c'est un peu plus loin à pied, cela pourrait peut-être remplacer Le Café des Arts pour déjeuner quelques fois.

Il semblerait qu'Aurélie ait déjà convenu d'un rendez-vous avec Jacques. J'ai détecté cela comme un événement à venir à la réception. Il semblait à ce moment que Jacques abandonnait Marianne. Je me demande ce que Marianne en a pensé. J'aurais pensé qu'Aurélie serait découragée en voyant ça. Elle doit être très attirée à Jacques. Cependant au dîner, Jeanne me remet les choses au clair même si elle ne semble pas savoir pourquoi, elle dit que Marianne aidait en fait Jacques à faire bonne impression auprès d'Aurélie. C'est curieux.

Jeanne me dit aussi qu'un des employés de son cabinet va peut-être combler le vide que j'ai laissé dans l'appartement. Ce n'est pas encore sûr. Elle s'appelle Zoé, vit seule et préférait avoir de la compagnie. C'est utile. Je paierais naturellement mon tiers de l'appartement jusqu'à ce qu'elles trouvent quelqu'un pour me remplacer, mais ce serait bien que cela se passe plus tôt que plus tard.

Je pense que j'aurai un dîner spécial dans environ un mois. J'ai envie de tester ces recettes martiniquaises sur mes amis. Peut-être que je devrais d'abord m'entraîner avec George et moi au cas où il y aurait des difficultés imprévues. J'essaye d'abord la recette de la Ti-nain morue. Georges est déçu. Le plat a bon goût mais il ne fait aucun doute qu'il ne produit pas l'effet qu'il produisait en Martinique. Là, Georges et moi avions ressenti un sentiment d'exaltation. Sans doute le plat nous avait fait planer pendant plusieurs heures après l'avoir mangé. Cela ne s'est pas passé avec ma version. Je pense que cela peut être dû à la façon dont la morue est séchée. Il y a un poisson que je connais sous le nom de Saupe mais qu'on appelle aussi 'le poisson rêveur' qui, s'il est préparé d'une certaine manière, produit des hallucinations. Si après l'avoir attrapé, il est immédiatement vidé et cuit tôt, cela n'arrivera pas. Peut-être en est-il de même pour la morue de Ti-nain.

Nous sommes maintenant début août. Monique et moi sommes de retour au Café des Arts. Elle est inquiète.

"Catherine" commence-t-elle, "il m'arrive des choses curieuses. Je ne sais pas exactement que c'est mais ma vue change. Ce n'est pas grand-chose mais c'est tout à fait définitif. J'ai deux paires de ciseaux de cuisine presque identiques. La seule différence est qu'ils ont une nuance de rouge très légèrement différente. Maintenant, je ne peux pas les distinguer. Ils ont exactement la même couleur. Je pense aussi, même si je ne peux pas en être sûre, que je ne vois plus autant du coin de l'œil qu'avant. J'ai vu un médecin mais il ne semble pas savoir quoi faire. J'ai aussi des picotements dans les mains de temps en temps."

Je suis aussi sympathique que possible. Il est difficile de savoir quoi dire. Si elle a consulté un médecin, quelle est la prochaine étape? Un mois plus tard, elle en parle à nouveau.

"Je sais que quelque chose se passe. J'ai définitivement des picotements dans les mains et cela semble commencer dans mes pieds."

Je ne sais toujours pas ce que je peux faire. Je marmonne des paroles rassurantes. Puis je me rends compte qu'Aurélie est médecin et neurologue. Si le médecin que Monique consulte ne peut pas l'aider, peut-être qu'Aurélie serait prête à lui parler.

"J'ai une cousine, Aurélie, qui est neurologue aux Hospices Civils du Boulevard Pinel" je lui dis. "Je vais lui en parler et peut-être qu'elle verra si elle peut t'aider."

"Ah! Merci Catherine, ce serait tellement rassurant. Je ne pense pas que ce soit grave, mais cela semble empirer." J'appelle Aurélie. Elle verra avec plaisir Monique à l'appartement samedi.

"Pourquoi ne venez-vous pas toutes les deux déjeuner?" dit-elle.

Quand nous arrivons, Jeanne est là aussi. Nous avons du maquereau froid au poivre avec une salade. Monique, laisse le maquereau mais mange la salade. Puis elle et Aurélie disparaissent pendant près d'une heure.

Jeanne essaie de minimiser mais je vois qu'elle est vraiment très excitée.

"Gérard, le frère de Georges" dit-elle en riant, "vient à Lyon dans quelques semaines et me propose de dîner avec lui." Je fais comme si je ne connaissais pas déjà la réponse.

"Vas-tu accepter?" je demande innocemment.

"Je ne suis pas sûre" ment-elle (elle n'est pas la seule à repérer une tromperie, même si pour moi ça doit me frapper en plein visage.) "Nous avons beaucoup parlé à ton mariage mais je ne suis pas sûre qu'il soit mon type." Je l'encourage:

"Vas-y Jeanne, donne une chance au gars. Ce serait amusant si tu voyais mon beau-frère."

"Oui, d'accord, peut-être que je le ferai. Il était plutôt gentil." Et en effet, ce serait amusant si l'un de mes meilleurs amis et mon beau-frère sortaient ensemble.

Quand Aurélie et Monique reviennent, Monique dit:

"Aurélie pense qu'elle connaît peut-être la réponse. Elle ne veut pas le dire car c'est confidentiel et elle n'en est pas sûre. J'ai dit que je voudrais que vous sachiez ce qu'elle pense et qu'elle pourrait l'expliquer mieux que moi. Vas-y Aurélie, c'est intéressant."

"Eh bien, je ne suis vraiment pas sûre. Il faudra plusieurs tests pour le confirmer. Nous pouvons les faire à l'hôpital. Je peux arranger ça. Cela ne devrait pas être trop loin dans le futur. Je pense que Monique a une carence en vitamine B_{12}. Elle a des fourmillements, une acuité optique réduite et un léger daltonisme plutôt inhabituel. Elle me dit qu'elle suit un régime végétalien depuis près de six mois sans prendre de suppléments. Aucune plante ne produit de vitamine B_{12}: en fait, aucun animal non plus. Tout cela est produit par des micro-organismes, mais les animaux le stockent. Les plantes ne le font pas. La seule façon d'obtenir de la vitamine B_{12} si l'on est végan est de prendre un aliment enrichi en B_{12}. Comme je l'ai dit, cela doit être confirmé car il est rare d'obtenir des signes de carence aussi rapidement et les symptômes oculaires sont de toute façon très rares. Donc je peux me tromper. Monique, je ne veux pas arrêter ton expérience Végétalienne quand il y a tant de doutes. Aujourd'hui et jusqu'à ce que je puisse organiser les tests, aie au moins un demi-litre de lait d'avoine ou d'amande qui indique clairement qu'il est enrichi en B_{12}, car les problèmes oculaires dus à une carence en B_{12} deviennent très vite irréversibles. Nous ne voulons certainement pas cela. Si cela s'avère être une carence en vitamines, à moins que tu ne sois une végane convaincue, je te suggère au moins de le réduire au régime végétarien et de consommer du lait et des œufs. Il t'en faudrait environ deux des verres de lait et un œuf par jour pour l'entretien. Si tu mangeais ce que j'appellerais un régime alimentaire normal, tu n'aurais pas besoin d'œufs. Tu montrerais une forte tendance à avoir le problème. Tu serais donc, bien avisée d'en avoir plus que le minimum. Attendons les tests."

'Ouah!' Je pense. Tant mieux pour Aurélie. Si elle a raison, elle a probablement sauvé Monique d'une mauvaise vue pour le reste de sa vie. En regardant Jeanne qui capte ces vibrations presque imperceptibles, je vois qu'elle sait que malgré les avertissements, Aurélie est presque certaine qu'elle a raison. Les tests sont effectués dans un délai de deux semaines. Je pense qu'Aurélie a dû user de son influence. Ils confirment le déficit en B_{12}. L'électromyogramme aussi est compatible avec ses fourmillements en faisant partie. Aurélie dit que le monde médical est divisé quant à l'existence de signes EMG spécifiques à un déficit en vitamine B_{12}. Monique ne tarit pas d'éloges sur Aurélie et affirme qu'elle abandonne toute idée de véganisme. Elle conseillera à son frère et à ses sœurs de faire de même. La prochaine fois que nous déjeunons, elle mange du salami. Je pense qu'elle essaie de prouver quelque chose.

Gérard, le frère de Georges, est graphiste dans une entreprise à Limoges. La plupart du temps, son travail ne nécessite pas qu'il soit au bureau. En fait, il tire la majeure partie de ses revenus d'un travail indépendant qu'il peut généralement effectuer depuis n'importe quel endroit disposant d'un ordinateur. Il avait participé aux 'Rencontres des Styles' à Lyon en avril car il avait besoin de rester au courant des évolutions artistiques. Jeanne dit qu'il n'arrête pas de répéter qu'il aurait aimé la connaître à ce moment-là: il y avait tellement d'œuvres d'art artistique brillantes lors de cette réunion. Il loue actuellement un appartement à Lyon. Jeanne dit qu'il n'a pas caché qu'il est venu ici exprès pour la voir. Elle en est très flattée. Je n'ai jamais vu Jeanne désemparée et prise de panique. Jeanne est grande. Elle était saisissante lorsqu'elle était adolescente et elle est toujours très élégante. La voir toute hésitante lui donne un effet de babydoll qui, j'imagine, attirerait l'attention de n'importe quel homme. Elle me tient au courant des développements par texto, car la plupart du temps lors que nous pourrions autrement nous voir l'autre face à face, elle voit Gérard. Ils voient 'Les Femmes Savantes' et 'Le Bourgeois Gentilhomme' à la Salle Molière, 'Balzac et la petite couturière chinoise' sous-titré au cinéma Pathé Bellecourt et 'Sans issue' de Jean-Paul Sartre au Théâtre Tête d'Or. Puis les SMS de Jeanne s'arrêtent. Complètement. Pas un mot. Je n'y pense pas beaucoup pendant une semaine puis je lui envoie un texto. Il n'y a pas de réponse. Je lui donne un coup de fil. Il n'y a pas également de réponse. Alors n'ayant pas réussi à prendre contact, je fais un buzz à Aurélie pour voir si elle sait ce qui se passe. Aurélie dit qu'elle n'a pas vu Jeanne depuis plus d'une semaine. Elle imagine que Jeanne a emménagé avec Gérard tant ils s'entendaient bien.

"Peut-être ce n'est qu'elle ait perdu son portable" dit Aurélie.

"Oui, c'est peut-être ça, mais comme aucune de nous n'a eu de ses nouvelles depuis plus d'une semaine, nous devons peut-être vérifier."

Je trouvais cela bien plus difficile que je ne l'imaginais. Je n'avais pas l'adresse de l'appartement de Gérard et je ne pensais pas que Georges la connaissait. Je n'avais pas le numéro de téléphone de Gérard mais j'imaginais que Georges aurait le numéro de téléphone de son frère. Il en avait un mais lorsque nous l'avons appelé, il y avait un message automatique indiquant que le numéro était introuvable. Georges a déclaré qu'il avait ce numéro depuis des années sans l'utiliser. Vraisemblablement, Gérard avait obtenu un nouveau numéro sans en informer Georges. Je ne savais pas quoi faire. Cela semblait une réaction excessive de s'adresser à la police et de la signaler comme personne disparue. Il y avait certainement une explication et elle était avec Gérard. Pourtant, des choses étranges se passent. S'ils se disputaient et qu'elle soit partie ailleurs vexée, tard dans la soirée, tout pourrait arriver. Comme cela arrive souvent dans ce genre de situation, j'ai commencé par penser qu'il n'y avait pas de quoi s'inquiéter, mais à chaque fois que j'y pensais, je devenais de plus en plus inquiète.

J'ai enfin une pensée constructive. Je sais que Gérard fait du travail indépendant. Il aurait forcément un site Web et celui-ci aurait presque certainement un moyen de le contacter; soit par téléphone, soit par email. Une recherche sur Gérard Barbier (je trouve encore étrange que je sois Madame Barbier) m'amène effectivement sur son site Internet. Il a des exemples impressionnants de son travail sur le site et pendant un moment je me détourne de ma cause, rien qu'en admirant les images. Puis je retrouve mon objectif. Il a en effet mis un numéro de téléphone. C'est un numéro 06. Cela veut dire que c'est un téléphone portable, donc j'espère qu'il répondra. Je l'appelle depuis mon bureau en milieu de matinée.

"Gérard Barbier" répond-il aussitôt.

"Catherine" je dis, "ta belle-sœur."

"Ah! La charmante épouse de mon frère" dit-il. "Comment vas-tu Catherine?"

"Je vais bien Gérard mais je m'inquiète pour Jeanne. Je n'ai pas eu de nouvelles d'elle depuis plus d'une semaine et avant cela, elle était en contact tous les jours donc je suis un peu inquiète. Elle est avec toi?"

"Oui, elle va bien. Elle loge dans l'appartement que j'ai loué ici à Lyon. Elle a laissé son portable chez elle. Il est sans aucun doute complètement à plat maintenant. Attends une seconde et tu pourras lui parler." Dieu merci pour cela. Bien sûr, elle allait forcément bien, mais c'est exactement ce que tout le monde pense et puis le désastre survient. Jeanne vient au téléphone.

"Oui, je vais bien Catherine. Tu es gentille de t'inquiéter autant pour moi. Nous avons passé une superbe quinzaine mais Gérard doit rentrer à Limoges demain. Il y a une réunion au cabinet à laquelle il doit assister. De plus, il a eu de la chance d'obtenir cette location à court terme car le propriétaire est en vacances et cela expire de toute façon après-demain."

Le soir après le départ de Gérard, j'invite Jeanne chez moi pour un brin de causette. Georges est à un afterwork. Jeanne a l'air en bonne santé et très détendue. Nous nous asseyons avec une tasse de café. Elle commence à dire quelque chose et je ne peux pas m'en empêcher.

"Alors! Il a livré les biens; a dépassé tes attentes, n'est-ce pas Jeanne?" dis-je. Jeanne éclate de rire.

"Cela a mis du temps à venir mais je l'ai mérité! Il semble qu'il y a bien longtemps que nous étions étudiantes et Jean..." s'arrête-t-elle.

"C'est bon Jeanne" dis-je. "Jean est bel et bien enterré pour moi désormais. Je suis tellement heureuse d'être avec Georges. Je repense à cette époque un peu comme aux vacances de mon enfance. De bons souvenirs mais bien du passé."

"C'est bien" dit-elle. "Gérard et moi allons certainement continuer à nous voir mais ça va être difficile, du moins à court terme. Il peut s'absenter de Limoges la plupart du temps, mais il est difficile d'obtenir des locations à court terme, les hôtels deviennent très chers pour bien plus qu'une nuit. Je ne me vois pas le faire rester dans l'appartement avec Zoé et Aurélie. Ce serait une véritable imposition pour elles. Le trajet en voiture dure plus de quatre heures dans chaque sens et le train prend une éternité." Je sympathise.

Un jour chez Bonneau Frères, Hans notre greffier en chef me demande si nous pouvons avoir quelques mots dans son bureau. Une étude de notaires a un point commun avec un régiment de l'armée. Les notaires représentent eux-mêmes les officiers. Je suis à peu près capitaine maintenant, je suppose; les partenaires sont les colonels. Les greffiers, les réceptionnistes, etc. représentent les soldats. La personne qui tient tout le régiment ensemble, le sergent-major régimentaire, dans une étude de notaires est le greffier en chef: sans un bon greffier en chef, une entreprise ne fonctionnera pas. Dans cette entreprise, c'est Hans. Tout comme un lieutenant pouvait ne pas aimer l'idée de recevoir un conseil du SMR, je n'attendais certainement pas avec impatience que Hans ait un mot discret à mon oreille. Je me suis rappelé au début que Monique m'avait prévenu que Hans pouvait être un peu effrayant: qu'il fallait se méfier de lui. C'est donc avec une certaine appréhension que je l'ai suivi dans le couloir jusqu'à son bureau. Ses premiers mots ne m'ont pas mise à l'aise.

"Assois-toi, Catherine" commence-t-il. "Tu es avec nous depuis plus de quinze mois maintenant. J'aime généralement discuter avec les jeunes notaires comme toi quand ils sont ici depuis environ un an; leur dire comment ça se passe; leur faire savoir ce que je pense; leur faire bénéficier de mes conseils. Je l'ai reporté dans ton cas. Hier, je me suis dit qu'il fallait vraiment que je m'y mette et que je le fasse."

"Pourquoi as-tu senti que tu devais reporter ça, Hans?" je demande. Il hésite.

"Franchement, Catherine, tu es si doué a ton travail, tellement efficace." Il rit faiblement. "J'aime pouvoir donner un petit conseil de prudence ou quelque chose comme ça. Dans ton cas, j'ai décidé qu'il n'y avait en réalité qu'un seul conseil utile que je puisse te donner et la raison pour laquelle j'ai hésité est que ce n'est pas dans le meilleur intérêt de cette entreprise."

"Eh bien, qu'est-ce que c'est alors Hans?"

"Mon conseil, Catherine, est que tu es prête pour un partenariat junior. Tu es trop bien en tant qu'assistant dans une entreprise comme celle-ci. Je sais que les deux partenaires ici présents te donneraient une référence étincelante. Ils n'ont jamais eu quelqu'un de ton calibre auparavant. Ils seraient désolés de te voir partir, mais telle est la nature de ton poste actuel. Les gens vont et viennent. Certains sont bons, d'autres moins. Mon conseil est de rechercher une bonne entreprise qui a besoin d'un partenaire junior. Toute entreprise qui te nommera ne le regrettera pas." Je trouve que je rougis comme une tomate. Je me bats pour retenir mes larmes. Ma voix est un peu rauque.

"Merci, Hans. Je me souviendrai pour toujours de ce que tu viens de dire." En revenant dans le couloir, je croise Monique.

"Qu'est-ce qu'il y a, Catherine?" elle demande.

"Je te le dis au déjeuner" je réponds en clignant des yeux rapidement. De retour dans mon bureau, je ne peux pas arrêter mes larmes, mais à travers elles, je peux voir que l'écran polyédrique de l'ordinateur présente les couleurs les plus spectaculaires que la plupart des gens ne verront jamais.

Quand je rentre le soir, Georges est déjà de retour. Il est debout et regarde par la fenêtre. Je vais vers lui et je lui fais un gros câlin. Ensuite, je lui raconte ce que Hans m'a dit. Il est impressionné:

"C'est vraiment un hommage. Vas-tu agir en conséquence, Catherine? Je sais que tu pensais attendre d'y être au moins deux ans, peut-être plus. Si tu postules pour un partenariat, le fait que tu sois si jeune ne serait pas forcément un désavantage si tes références disent que tu es prête pour le poste. En fait, une bonne entreprise se rendrait compte qu'elle devrait te recruter pendant qu'elle en a l'occasion. Que penses-tu de la question?"

"Je ne veux pas être trop pressée, mais je peux regarder ce qui se passe et attendre que le bon poste soit annoncé. Georges, cela te concerne aussi car nous devons tous les deux travailler à une distance raisonnable de chez nous. Viens t'asseoir. Je veux en discuter longuement." George nous sert un verre de Saint-Joseph, s'assoit sur une chaise face à moi et attend que je parle.

"Ma première priorité est d'être avec toi" je commence, "mais tant que cela sera possible, je rêve de vivre dans la maison de mon enfance à Écharvines, près du lac d'Annecy. Il appartient toujours à mes parents, ou du moins à mon père, je suppose, car c'est sa maison familiale depuis des générations. Pour le moment, elle est louée à long terme, mais je sais que cela sera réexaminé dans environ un an. Si je vais vivre dans la maison, il n'y a que quelques endroits où je pourrais raisonnablement travailler et qui auraient un cabinet de notaires vraiment haut de gamme. Annecy bien sûr, mais Albertville, Chambéry ou, je ne suis pas sûre, St. Julien-en-Genevois ou Aix-les-Bains. Genève est probablement difficile à cause des bouchons aux heures de pointe. La question qui en découle, Georges, est: Pourrais-tu, serais-tu ou voudrais-tu être prêt à quitter Lyon?"

"Je dois y réfléchir" dit Georges. "En principe, je suis heureux de déménager là où tu le souhaites. Il y a un problème à un niveau cependant. J'ai quitté l'école sans bac. J'ai débuté dans le cabinet ici à un niveau très junior et j'ai gravi les échelons. Si je postulais dans une autre entreprise, je pense que le fait de ne jamais avoir passé le bac pourrait être un frein pour obtenir un poste comparable. D'un autre côté, en restant au sein de l'entreprise, je pourrai peut-être évoluer latéralement vers un poste dans l'un des endroits que tu as mentionnés. Si j'avais de la chance, je pourrais peut-être conserver le même niveau dans l'entreprise. Je ne pense pas qu'un de ces lieux ait un poste plus élevé que celui que j'occupe déjà mais j'aurais peut-être un peu plus d'autonomie car ici à Lyon, on est toujours à la disposition immédiate des grands patrons qui aiment diriger la façon dont les choses se font et ensuite, pour ainsi dire, s'en attribuer le mérite. Je ne veux certainement pas avoir l'impression de te retenir. Avec deux salaires décents qui arrivent, je ne crois pas que le salaire précis que chacun de nous gagne aura trop d'importance. Je vais me renseigner: je demanderai conseil à quelques personnes."

"Merci Georges" je dis. "Laissons le sujet pour l'instant. Pourquoi ne viens-tu pas ici sur le canapé avec moi et peut-être pourrions-nous penser à quelque chose de plus intéressant pour passer le temps?" Il le fait. Étonnamment, nous envisageons bientôt tous les deux de faire exactement la même activité.

Une semaine plus tard, Georges revient avec des nouvelles. Il a posé des questions sur un déménagement dans l'entreprise. Il dit que les gros bonnets disent qu'il n'y a pas de problème en principe, mais pour le moment, il ne semble pas y avoir de poste vacant dans la région à laquelle il pense. Ils lui ont dit que si tel devenait le cas, ils seraient heureux de le transférer à n'importe quel poste comparable sans aucun entretien ni autre formalité. Le poste supérieur de leur succursale de Genève est officiellement plus élevé que son poste actuel et nécessiterait un entretien.

Je n'ai jamais vu Jeanne comme ça. Elle ressent vraiment la séparation d'avec Gérard. J'espère que Gérard est sérieux avec elle car, à mon avis, s'il la jette à la poubelle, elle s'effondrerait.

Elle regarde les annonces de notaires à Limoges rien que pour être avec lui. Eh bien, si elle trouve une bonne entreprise, pourquoi pas? Mais elle ne recherche pas seulement des partenariats juniors, elle envisage également des postes d'assistante comme celui qu'elle occupe déjà. Ce n'est pas une bonne idée. J'ai toujours imaginé que Jeanne était aussi intelligente que moi. À l'époque où nous étions étudiantes, nous étudiions beaucoup ensemble et nous testions mutuellement. Nous étions au même niveau et Jeanne semblait toujours avoir ce sixième sens qui la conduisait à la bonne conclusion même lorsqu'elle n'en était pas sûre. Maintenant, à mon avis, elle n'y voit pas claire. Même si le problème précis était différent, après Janine, j'en ai marre que mes meilleures amies subissent les conséquences de problèmes avec leur hommes. Je ne pouvais pas revivre ça, surtout sans Louise pour me soutenir. En ce moment, aucun poste de partenaire n'est à venir à Limoges. Jeanne dit qu'elle va postuler pour un assistanat.

"Ne le fais pas Jeanne" je dis. "S'il te plaît, ne le fais pas."

Mais elle semble catégorique. Le lendemain, elle revient en début de soirée et elle est furieuse. L'associé principal de son cabinet, Maîtres Paillard-Montaigne, est Maître Paillard. Maître Montaigne est décédé il y a quelque temps mais le nouvel associé junior n'a pas encore son nom sur le laitonnage de la firme. Elle est allée discuter avec Maître Paillard pour postuler à ce poste à Limoges. Lorsqu'elle lui a expliqué quel était le poste, il lui a apparemment dit qu'il ne lui donnerait pas de référence. Selon Jeanne, il aurait déclaré 'Je ne veux pas qu'une jeune femme comme toi perde son temps à postuler à un poste aussi stupide. Qu'est-ce qui t'arrive ces jours-ci, Jeanne? Tu es trop bonne pour ça. Si tu postules pour un bon emploi, je te donnerai une très bonne référence.' Tant mieux pour Maître Paillard, je pense. Il faut être un homme courageux pour parler ainsi à Jeanne. Je l'assois, lui verse un verre et lui donne beaucoup de sympathie. Elle se calme lentement puis devient un peu larmoyante.

"Qu'est-ce que je vais faire Catherine?" me demande-t-elle pathétiquement.

"La vraie question ici, Jeanne" lui dis-je, "ce n'est pas ce que tu vas faire. C'est ce que va faire Gérard. Au début, il était tout enthousiaste. Que pense-t-il maintenant? Tu vas le voir? Il ne sert à rien de décrocher un poste inutile à Limoges si tu n'arrives toujours pas te retrouver avec lui. Que te dit-il?"

"Lorsque nous parlons au téléphone, il semble toujours très enthousiaste, mais il ne prend tout simplement pas de dispositions pour que nous nous rencontrions." Je me souviens comment Louise m'a aidé à surmonter une crise comparable à une époque où je ne connaissais pas Jeanne aussi bien qu'aujourd'hui. Louise était d'un grand soutien et très serviable. Puis-je voir la réponse dans le cas de Jeanne?

"Peut-être que tu dois prendre les dispositions nécessaires toi-même, Jeanne. Je comprends ton point de vue sur le fait de ne pas vraiment pouvoir garder Gérard à l'appartement pendant que Zoé et Aurélie sont là mais les choses évoluent. Le week-end, Aurélie passe presque tout son temps avec Jacques à Annecy. Si nous parvenons à convaincre Zoé de trouver un endroit où aller passer un week-end, tu pourrais faire à Gérard une offre qu'il ne pourra pas refuser. Au moins, s'il le refusait, cela te dirait quelque chose que tu ne voulais pas entendre mais cela clarifierait les choses. Alors Zoé pourrait être la clé ici. Elle est employée à ton travail et tu partages un appartement avec elle. Que sais-tu d'elle qui pourrait nous aider?"

"Ses parents vivent quelque part à l'étranger. Elle n'a pas de petit ami actuellement, et certainement pas avec qui elle passerait un week-end." J'ai une idée. Cela nécessitera la coopération de Georges, je ne peux donc pas le dire à Jeanne pour le moment.

"Laisse-moi un jour ou deux, Jeanne, j'ai un début d'idée. Je vais voir ce que je peux faire."

C'est à ce moment-là, avec un excellent timing, que Georges rentre à la maison. Il m'embrasse et demande à Jeanne comment elle va.

"Je vais bien, merci Georges" répond-elle.

'J'aimerais' me dis-je. Quand Jeanne est partie, je fais asseoir Georges.

"Georges, je veux que tu me fasses une faveur. C'est au nom de Jeanne vraiment. Elle dit qu'elle va bien mais ce n'est pas le cas. Elle a un problème avec Gérard. Si je demande à leur colocataire Zoé pourrions-nous la laisser rester avec nous pendant un week-end?"

"Bien sûr" dit Georges. "Si tu veux ça Catherine, ça me va. Pourquoi pas? Parle-moi de ce qui se passe." Alors je le fais. Georges est très sympathique. Il aimait plutôt l'idée que son frère sortait avec une de mes meilleures amies et était surpris qu'il semble y avoir un problème.

"Est-ce que ça va aider la cause si je parle à Gérard?" il demande.

"Pas pour le moment en tout cas" je réponds. "Je pense que cela pourrait l'irriter."

Maintenant, je me demande, puis-je organiser un week-end pour que Zoé vienne ici et qu'Aurélie passe avec Jacques? Les machinations auxquelles on se livre pour essayer d'aider ses amis. Pour ce faire, je dois d'abord avoir un préavis raisonnable qu'Aurélie va passer le week-end avec Jacques, puis je dois convaincre Zoé d'accepter une invitation à rester avec Georges et moi assez tôt pour que Jeanne puisse inviter Gérard sans que ce soit trop de dernière minute. Je ne pense pas qu'Aurélie sera un problème et elle ne l'est pas.

"Je dirai à Jacques que je passerai le week-end avec lui dans quatre semaines" elle dit. "Je devrai peut-être lui dire pourquoi mais ça n'a pas d'importance, n'est-ce pas? Je vais faire ça aujourd'hui."

La première phase s'est donc bien déroulée. Mais je ne connais pas très bien Zoé. Elle m'a remplacée dans l'appartement lorsque je me suis mariée et que j'ai emménagé avec Georges. Je ne l'ai rencontrée que quelques fois. Encore une fois j'ai besoin de l'aide d'Aurélie. Un soir où elle est presque sûre que Zoé sera là, elle m'invite dans l'appartement que j'habitais il y a peu de temps. Je fais de mon mieux pour être amicale avec Zoé et l'amener à se détendre et à parler d'elle.

C'est une personne très timide, visiblement intelligente mais loin d'être belle. Ses parents ont émigré au Canada quand elle avait vingt ans. Ils voulaient qu'elle les accompagne. Elle avait un petit ami à l'époque, alors elle a décidé de ne pas y aller. Elle regrette maintenant cette décision car elle s'est disputée avec son petit ami lorsqu'elle a découvert qu'il avait plusieurs autres petites amies et, d'après ce qu'elle pouvait voir, il la considérait comme à mi-chemin de la liste. Elle avait déjà son emploi actuel, greffier chez Maîtres Paillard-Montaigne où travaille Jeanne. Il ne lui semblait pas judicieux de suivre ses parents. Elle est très seule et a sauté sur l'occasion de partager un appartement avec Jeanne.

Aurélie me laisse parler avec Zoé mais de temps en temps elle évoque quelque chose qui met Georges en valeur. Brillant. Je ne crois pas que j'y aurais pensé et en tant qu'épouse, ce ne serait pas pareil si je le disais. Ce qu'Aurélie comprend, c'est qu'il est très bien d'inviter Zoé à rester un week-end mais qu'elle n'a même pas rencontré Georges. En tant que personne timide, cela pourrait bien la rebuter. Aurélie réduit donc ce risque. En fin de soirée, je dis à Zoé combien j'ai aimé discuter avec elle et je l'invite chez moi pour le week-end. Elle est évidemment un peu dubitative mais je pense parce qu'elle est timide. Avec Aurélie là, c'est un peu difficile pour elle de refuser.

"Merci Catherine" dit-elle. "C'est très gentil de ton part. J'aimerais ça. J'ai hâte de rencontrer ton mari. Il a l'air d'un type intéressant."

Voilà donc la deuxième phase terminée. La troisième phase appartient à Jeanne. Elle est seule. Ni Aurélie ni moi ne pouvons l'aider avec ça. Jeanne me dit que Gérard a accepté son offre de rester le week-end. Avec enthousiasme, c'est ainsi qu'elle l'a dit. Lorsqu'elle me rend visite quelques jours plus tard, elle est revenue à elle-même. Elle attend avec impatience ce qui se passera le week-end prochain. Accueillir Zoé est un vrai plaisir. Elle semble vraiment touchée que je l'invite. J'espère que si elle découvre la vraie raison, cela ne la mettra pas en colère ou ne la montera pas contre moi. Georges est génial. Il parvient à lui accorder exactement la bonne attention. Pas au point qu'elle puisse sentir qu'il la drague ou même que je pourrais devenir jalouse, mais suffisamment pour qu'elle se sente vraiment chez elle. Donc ça s'est très bien passé. Un autre avantage était que j'étais désormais une véritable amie de toutes les occupantes de mon ancien appartement et j'y étais la bienvenue quand je le voulais. L'inverse était également vrai maintenant que Georges les connaissait toutes. Nous formions une bande heureuse, même si, en tant que seul homme, Georges se sentait peut-être parfois en infériorité numérique.

Pour les vacances de Noël, je demande à Georges si je peux inviter Louise à rester quelques jours. Je ne l'ai pas vraiment vue depuis des lustres. Même à ce moment-là, il n'était pas vraiment possible de lui parler longuement. Georges, comme toujours, est heureux de se conformer à tout ce que je veux. Je dois faire attention à ne pas prendre cela pour acquis. Je fais visiter Lyon à Louise. Elle est plutôt gênée par mon lieu de travail.

"Ce n'est pas un quartier très salubre, n'est-ce pas Catherine? Qu'est-ce qui t'a poussé à trouver un travail ici?"

Je me rends compte que je n'ai pas raconté à Louise la scène d'il y a presque exactement deux ans où j'ai failli être violée. Ce n'est pas quelque chose que l'on raconte à quelqu'un par téléphone ou par email. Je lui dis maintenant. Elle est horrifiée.

"Tu as certainement réfléchi vite Catherine. Je n'aurais pas pensé à un acquiescement apparent suivi immédiatement d'une violence extrême. Quel salaud, ça lui servira de leçon! Je m'en souviendrai si jamais l'occasion se présente."

"Le fait est que j'étais très vulnérable à ce moment-là et que je voulais être près de Jeanne. Elle est devenue pour moi une aussi bonne amie que toi. Nous nous sommes entraidées tout au long de nos études universitaires. Ce quartier est peu recommandable mais en fait l'entreprise n'est pas mauvaise du tout." Je suis toujours vraiment désolée quand Louise doit partir mais c'est inévitable.

Au Nouvel An, bien plus tard que prévu, j'invite tous mes amis à un repas caribéen, basé sur mon expérience lors de ma lune de miel. Je leur donne des Fricassée de Crabes et des Écrevisses Étouffées. Je fais la Fricassée selon la recette mais je modifie un peu les Écrevisses Étouffées au cas où l'original serait un peu trop épicé pour quelqu'un. C'est un peu de réglage fin. Réduisez un peu le poivre de Cayenne et augmentez l'ail pour compenser. Oui, cela fonctionne. Vous devriez l'essayer. Cela s'est certainement bien passé avec mes amis.

Puis un partenariat pour un notaire se présente à Limoges. Je croise mes doigts. J'espère que c'est une entreprise décente car je sais que Jeanne postulera n'importe quoi. Je ne vais pas croire Jeanne sur parole. Je fais des recherches moi-même. Dieu merci! Il s'agit d'un cabinet de bonne réputation, Maîtres

Garraud-Vincent, situé avenue de la Libération au centre-ville. Jeanne postule et elle obtient le poste. Je pense 'bien sûr, elle le ferait,' mais je suis sûre qu'elle ne s'attendrait pas nécessairement à obtenir le premier partenariat pour lequel elle a postulé. Je suis un peu inquiète pour elle. Elle semble tellement attachée à Gérard mais il semble plutôt désinvolte quant à la relation. Au moins, c'est un bon poste pour elle, qu'elle ait ou non une relation durable avec Gérard.

Je dois attendre encore trois mois avant de trouver un partenariat auquel je pense peut-être postuler. J'aurais aimé Annecy idéalement. Ce poste se trouve à Albertville. À sa manière, Albertville ressemble un peu à un mini-Lyon. C'est la Préfecture du département de la Savoie et comme Lyon est au confluent de deux rivières, l'Isère et la petite Arly. Bien que l'Isère soit une rivière de bonne taille, l'Arly est très petite et toutes deux ne sont que des ruisseaux de montagne comparés aux puissants Rhône et Saône à Lyon mais néanmoins elles sont très jolies.

Le cabinet auquel je songe postuler, Maîtres Fernand et Perrier, se trouve rue Gambetta, tout près de l'Hôtel de Ville. Maître Fernand prend sa retraite mais ils sont tous deux présents pour les entrevues et leur greffier en chef Robert Duprès est également là, formant un panel de trois. Nous sommes quatre présélectionnés. Les trois autres sont des hommes. Deux d'entre eux sont considérablement plus âgés que moi. Le troisième est un grand homme très beau, peut-être de deux ou trois ans de plus que moi. Nous sommes tous impeccablement habillés. On nous a dit que même si la décision sera prise aujourd'hui, nous serons informés par lettre officielle de notre nomination ou non.

On ne sait jamais ce que vivent les autres candidats. Mon entretien était un enfer. Robert Duprès n'a jamais dit un mot mais il avait l'air très sombre tout au long. Maître Fernand me demandait sans cesse si j'avais une expérience des situations juridiques rares qu'à mon âge il était très peu probable que j'aurais vues. J'ai répondu à chacun en disant ce que je ferais dans les circonstances, mais j'ai dû admettre à chaque fois que c'étaient des aspects que je n'avais pas encore rencontrés. Chaque fois, il disait. "Je ne suis pas surpris, vous êtes si jeune, n'est-ce pas?" C'était très déprimant. Puis quelque chose s'est passé qui m'a donné un peu d'espoir et m'a remonté le moral. Maître Perrier, qui si j'étais nommée serait mon associé principal, a déclaré:

"Je pense que nous avons assez entendu dire que Catherine Diacre est si jeune Jean, comme nous tous, elle vieillira."

Il m'a fait un léger sourire et m'a posé une question simple et agréable sur le transfert de propriété. C'était ça. Je sortais. Il s'est écoulé plus d'une semaine avant que la lettre n'arrive. Georges était revenu avant moi. Il m'a donné la lettre à ouvrir. Je me suis assise et mes mains tremblaient lorsque je l'ai ouverte. Ces lettres officielles peuvent être stupides. Il y avait beaucoup de conditions et de mises en garde avant d'en arriver à l'essentiel. Quelque part vers le bas de la page, j'ai découvert qu'on m'avait confié le poste. Oui, j'étais absolument ravie. Comme vous vous en doutez maintenant, cela m'a donné une de mes 'hallucinations' avec des formes et des couleurs incroyables.

"Eh bien Catherine, est-ce qu'on te l'a donné?" Je ne peux pas parler. Je tends la lettre à Georges. Je dois commencer dans un peu moins de trois mois, le 1er août. Je contacte papa et maman. Ils sont tous les deux ravis pour moi. Maman (c'est une maman typique) me demande si je suis déjà enceinte. Non, je ne suis pas prête pour ça. Je demande à papa à propos de la maison. Je sais que la location sera bientôt examinée. Y a-t-il une possibilité que Georges et moi vivions là-bas? Il dit qu'il va examiner les petits caractères de l'accord et contactera les locataires pour connaître leur point de vue sur les choses. Georges est ravi pour moi mais je nous pose un problème. En réalité il faut plus de deux heures de Lyon à Albertville donc plus de 4 heures par jour pour faire la navette. Ce n'est pas réaliste. Je suppose que cela serait réalisable pendant une semaine ou deux, mais certainement pas pour longtemps.

Papa me répond. Le contrat de location de la maison se termine le 31 août et les habitants disent que cela ne les dérange pas s'il n'y a pas de nouveau contrat. Ils s'y sentent un peu isolés et préféreraient s'installer en ville. Il dit qu'en tant que son enfant unique, cela finirait de toute façon par me venir, donc ça pourrait aussi bien être maintenant que lorsque lui et ma mère seront morts. Nous pouvons faire transférer la maison aussi tôt que je le souhaite. C'est une belle pensée que je puisse confier cela à ma nouvelle étude notariale. (Dans combien de temps puis-je changer le nom de la firme en Maîtres Perrier et Diacre?) Comme la maison a plus de 15 ans, plus de 150 ans en fait, elle nécessitera une vérification électrique complète. Je peux demander à Jacques de faire ça. Beaucoup de choses se mettent en place.

Mi-juillet, une invitation arrive pour Georges et moi pour assister au mariage d'Aurélie et Jacques. C'est beau, le mariage de ma cousine et du meilleur ami de mon mari. C'est aussi le mariage d'un Parisel et d'une Diacre. Une chose qui, selon la légende familiale, n'arriverait jamais. J'espère que cela n'attirera pas la colère du ciel sur leurs têtes! Je commence mon nouveau travail d'associé chez le cabinet 'Fernand-Perrier' le 2 août car la date officielle de début (le premier août) est un dimanche. Le greffier en chef, Robert Duprès, me conduit à mon bureau. Il me félicite d'avoir obtenu le poste. Il rit en me racontant mon entretien.

"Ce qui est drôle, c'est que le vieux Fernand avait vraiment un dent contre toi. Je pense qu'il ne voulait pas de femme. Tu l'as deviné, j'en suis sûr. Je t'ai vu plutôt déprimée. Mais plus il te posait des vraies colles, mieux tu répondais. Avoir donné toutes les bonnes réponses sans jamais avoir été confrontée à ces situations nous a rendu, Maître Perrier et moi, de plus en plus certains que tu méritais ce poste. Non seulement tu étais la meilleure candidate, mais tu avais en plus toute notre sympathie. Tes deux arbitres ont couvert le fait que tu es très remarquable pour ton âge. Je ne peux donc pas dire que le panel était unanime mais Louis Perrier et moi n'avions aucun doute. Laisse-moi t'emmener voir Louis. Il sera ravi de voir que tu es arrivée."

En effet, Louis Perrier donnait l'impression d'être très heureux de me voir. Cela augure bien pour la suite de ma carrière. Les deux choses les plus importantes dans la vie sont sûrement d'avoir un mari aimant et un patron par qui on est apprécié. Je pense que j'ai la chance d'avoir les deux.

Le 14, le jour du mariage d'Aurélie et Jacques arrive. Nous sommes en ce moment à L'Hôtel Impérial. Ils ont fait une simple cérémonie à la mairie et sont désormais mariés. J'ai toujours dit que même si Aurélie et moi nous ressemblons beaucoup, elle est plus jolie que moi. Si j'ai une moitié de la beauté d'Aurélie le jour de son mariage, je dois aussi être d'une beauté à couper le souffle. La plupart des mariées sont belles. Je pense que c'est la couleur de leurs joues donnée par l'excitation de l'occasion. Bien sûr mon oncle Robert et ma tante Nicole, les parents d'Aurélie sont là avec mon cousin, Léo. En regardant autour de moi, je constate que Jules et Marianne semblent toujours être ensemble. Jeanne et Gérard le sont également. Guy et Eugénie dont je me souviens de la soirée de Jacques sont toujours ensemble. Georges me présente à son oncle. Il me l'a fait remarquer à la fête, mais je pense qu'il était trop occupé à flirter avec moi pour pouvoir présenter son oncle. Il y a beaucoup de gens que je ne connais pas. Il y a un homme âgé qui a une belle canne avec qui je discute un moment. Il était apparemment électricien comme Jacques avant de prendre sa retraite. Puis Aurélie et Jacques sont prêts à partir. Personne ne semble savoir s'ils partent en lune de miel ou non, et si oui, où ils vont.

Quelques semaines plus tard, nous pouvons emménager dans la maison de mon enfance à Écharvines. J'ai l'impression incroyable de rentrer chez moi après un long voyage. La fissure dans le plafond du salon est identique à celle de mon enfance. Le terrain défoncé qui mène à la dépendance que nous utilisions comme garage semble complètement inchangé. La vue depuis la fenêtre de ma chambre est toujours aussi belle, mais je suppose que je devrai emménager dans la chambre principale avec Georges. Je ne sais pas quand cela aura lieu, car il n'existe pas encore d'emploi convenable pour Georges dans la région. Nous avons commencé à louer un logement à Saint-Alban-de-Montbel au Lac d'Aiguebellette début août lorsque j'ai commencé mon nouvel emploi. Saint-Alban se situe plus ou moins à mi-chemin entre Lyon et Albertville. Cela signifie que nous faisons tous les deux environ une heure de trajet dans chaque sens pour nous rendre au travail et en revenir. Il veut dire également que nous devions acheter une deuxième voiture. J'étais tenté d'acheter un vieux classique comme la Citroën 'Deux Chevaux' de ma mère, mais Georges m'en a dissuadée.

"Avant de t'en rendre compte, tu serais en panne sur l'A43" dit-il, "et tu ne trouveras plus cela très amusant."

Il a raison. Je choisis une Renault Mégane de trois ans. Je l'aime. C'est un beau bleu et c'est ma fierté; un vrai bonheur à conduire. Le trajet aller-retour au travail est un vrai plaisir. Je n'aurais jamais pensé que faire la navette serait aussi agréable. Nous avons arrêté de payer pour l'appartement au rez-de-chaussée que George louait à Lyon et il doit maintenant attendre qu'un poste convenable dans son entreprise se présente. En novembre, nous recevons enfin la nouvelle que nous attendions. Le responsable de la succursale d'Annecy du cabinet de Georges a été promu pour diriger le bureau de Genève en Suisse. Cela se passera effectivement le 10 janvier. C'est donc le jour fixé pour Georges à la tête de l'agence d'Annecy.

Je demande à Jacques de faire les tests électriques de l'ancienne maison qui sont devenus une obligation légale. Bien sûr il dit que pour Georges et moi, il n'y aura pas de frais. Je réponds que nous l'inviterons à la pendaison de crémaillère. Comme elle n'a pas changé de mains depuis que la règle des 15 ans est entrée en vigueur, il s'avère qu'il y a beaucoup à faire pour mettre la maison vieille de 200 ans aux exigences électriques modernes. Avec Jacques, au moins, je sais qu'il nous ferait du bon travail. Il a tout terminé bien avant le temps requis. Ainsi, le soir du vendredi 7 janvier 2005, nous emménageons dans la maison de mon enfance et je chante dans la maison comme l'enfant que j'étais la dernière fois que j'habitais ici. C'est tellement bon d'être de nouveau à cette maison: vraiment chez moi.

CHAPITRE 11
Jacques 2004 – 2005

Nous l'avons gardé secret pour tout le monde. Lorsque nous quittons notre réception à L'Hôtel Impérial, personne ne sait où Aurélie et moi allons. La raison de ce secret est que nous allons passer une quinzaine de jours en Provence. Aurélie va me faire découvrir tous les endroits préférés de son enfance. Si quelqu'un le savait, les parents d'Aurélie pourraient très bien s'attendre à ce que nous restions avec eux. Nous avons l'intention de leur téléphoner vers la fin de notre séjour et s'ils nous invitent, d'y passer les derniers jours.

Je suis très heureux d'avoir épousé Aurélie. Il existe généralement dans les pays développés un sentiment de 'il n'y a pas la peine, pourquoi s'embêter?' Il n'y a plus de stigmate social lié au fait de ne pas être marié; il n'y a plus de différences dans les paiements d'impôts. Il existe encore des problèmes d'immigration lorsqu'un acte de mariage peut être nécessaire pour permettre à un partenaire d'immigrer dans certains pays. J'aime la tradition et particulièrement l'engagement envers une autre personne que représente le mariage. J'ai laissé à Aurélie le soin de réserver ces vacances. Elle connaît la région et elle sait ce qu'elle veut me montrer. Elle nous réserve au Moulin de Sainte Anne; un ancien moulin à huile d'olive construit au XVIIIe siècle. C'est un choix enchanteur. C'est un peu en dehors du centre de Grasse à l'ouest. Puis elle me fait visiter les alentours.

Dans les environs de Grasse, il y a plus de 250 kilomètres carrés de champs de lavande. Nous sommes un peu tard dans l'année pour le pic de floraison de la lavande mais les variétés plus tardives sont encore en fleurs. L'odeur est partout, au bout d'un moment le nez s'adapte et elle devient moins perceptible. Aurélie, à ma grande surprise, ignore plutôt la lavande cultivée. Elle m'emmène sur un plateau au-dessus de Grasse, le plateau de Calern. Si l'on regarde en bas, on peut voir de la lavande sauvage pousser à profusion. J'imagine que c'était à quoi ressemblait toute la région avant le décollage du commerce du parfum. J'ai tendance à oublier que ma belle épouse est bien plus que cela. Elle est en fait un médecin de haut niveau. Elle a écrit des articles sur les maladies causées par des troubles nutritionnels et sur une maladie appelée syndrome de Guillain-Barré qui ne me dit rien mais qui provoque apparemment une faiblesse musculaire. Elle occupe également un poste principal en neurologie dans l'un des meilleurs hôpitaux du pays. Elle me montre toutes sortes d'herbes qui étaient couramment utilisées comme médicaments il y a cent ans et plus. Ils poussent à l'état sauvage dans les montagnes; Baume d'été, feuilles de tilleul, origan, thym et romarin. Elle semble savoir lesquelles de ces choses qu'ils ont utilisées ont fonctionné et lesquelles n'ont probablement pas. Tout ça dépasse complètement ma compréhension. Je me souviens qu'elle avait dit qu'une préparation de feuilles de tilleul était utilisée pour traiter l'hypertension artérielle, mais qu'elle ne fonctionnait probablement que chez les personnes souffrant d'hypertension artérielle en raison de leur niveau d'anxiété élevé, car elle contenait un ingrédient apaisant. Le vieux remède qui me surprend le plus est qu'une infusion de violettes contient suffisamment de salicylate pour être aussi efficace contre un mal de tête que l'aspirine ou paracétamol. Je m'accroche à chacune de ses paroles mélodiques. Je pourrais volontiers écouter sa voix toute la journée mais je ne comprends presque rien. Nous sommes au grand air, le cadre est magnifique et lorsque nous revenons au vieux moulin, elle est à nouveau ma merveilleuse épouse aimante.

Elle m'emmène visiter quelques lacs où elle était allée pendant son enfance. Elle aimait particulièrement une petite plage à Bauduen, au bord du lac de Sainte Croix. Pour être honnête, pour moi ça ne semble pas très spécial. Elle dit qu'elle avait autrefois un petit ami dans ce quartier. C'est peut-être ce qui lui donne des souvenirs. Je préfère de loin le Lac de Cassien et la Plage du Cheion au Lac de Castillon. Nous faisons également la partie touristique en regardant les trois Rubens dans la cathédrale de Grasse. Puis à trois jours de la fin, Aurélie contacte ses parents et nous partons rester chez eux pour la fin de notre lune de miel. Robert et Nicole sont ravis que nous soyons venus leur rendre visite. Ils étaient un peu déçus, je crois, que nous ayons décidé de nous marier à Annecy et pas à Grasse. Il semble que ce soit une compensation pour eux. Fin août nous sommes de retour à Annecy.

Peu après notre retour, Catherine me demande de vérifier les installations électriques de la maison où elle a grandi lorsqu'elle était enfant. Son père la lui a transférée. Si une maison ou un appartement est transféré à un nouveau propriétaire et qu'il n'a pas fait l'objet d'un contrôle depuis quinze ans, c'est une obligation légale. Je lui dis qu'il n'y aurait pas de frais. Entrer dans la maison me rappelle de vifs souvenirs de quand j'avais treize ans. Là-bas, c'est la pièce où son père m'a dit que ma mère était décédée. À l'étage se trouve la chambre dans laquelle j'avais dormi. Là, sur le côté, se trouve l'extension conçue par Claude et par la fenêtre j'aperçois la dépendance où Catherine m'a dit "choisis n'importe lequel de ces vélos."

Je me mets au travail et il va y avoir énormément de choses à faire. Cette maison a deux cents ans. L'électricité a été installée, selon une estimation, vers 1950 peut-être. Les choses ont changé. Olivier a fait un superbe travail sur l'extension de la maison. Je peux passer ça tout de suite. Rien n'a besoin d'être modifié. Ce qu'il a fait, habilement et j'imagine pour réduire les coûts, c'est de doter l'extension de sa propre boîte à fusibles. Il vient séparément directement de l'alimentation principale de la maison. Cela signifie qu'il n'a pas eu à s'occuper du tout de l'ancien câblage. Il n'y a aucun risque de surcharger l'installation vétuste qui alimente le reste de la maison. Bravo Olivier! Mais cela me laisse tout le travail à faire. Il n'y a pas d'urgence. Catherine et Georges n'emménageront pas dans un avenir proche. J'y travaille régulièrement entre d'autres engagements. C'est tout terminé fin septembre.

Pendant ce temps, à seulement un kilomètre d'ici, Aurélie réfléchit à la meilleure façon d'aménager notre nouvelle maison. Le caractère inattendu de la manière dont nous avons acheté cette maison, due à la défaillance du client d'origine, ne nous a laissé pratiquement pas d'argent. En d'autres termes, le déficit est proche du maximum autorisé par la banque. La pauvre Aurélie se retrouve face à un petit dilemme. Notre revenu commun est très bien. Tout devrait s'arranger en quelques mois mais nous rencontrons actuellement un problème de trésorerie. Elle est très pratique.

"La seule pièce qui doit être aménagée correctement pour le moment est le salon" elle déclare. "Bien sûr, nous avons également besoin d'appareils de cuisine décents. La chambre n'a guère d'importance, à part le lit lui-même, car la plupart du temps nous ne pourrons pas le voir. Il fera nuit."

Même ainsi, les appareils de cuisine de nos jours ont un prix. Je lui laisse le soin. Je lui fais confiance. Elle y arrivera. Elle décide que pendant deux mois nous nous contenterons d'un réchaud de camping. Ensuite, nous aurons un vrai four et pour le moment le salon n'aura que deux fauteuils sans table. Début janvier, Catherine et Georges emménagent dans la maison d'Écharvines. Georges se voit confier le poste de directeur à Annecy. Son lieu de travail est dans le quartier des Romains et je trouve amusant qu'il soit à deux pas de l'endroit où se trouvait mon premier 'studio' à mon arrivée à Annecy. Ils organisent une pendaison de crémaillère. Comme les deux maisons sont proches, il y a beaucoup d'espace pour accueillir des amis pour la nuit, même si dans notre maison, cela signifie dormir par terre.

Catherine et Georges font leur fête un samedi. Ils ont invité Jules et Marianne et toutes les personnes liées à mon entreprise ainsi que leurs propres amis. La plupart des invités ne viennent pas de loin mais quelques anciens collègues de Georges à Lyon et les nouveaux collègues de Catherine à Albertville pourraient vouloir un lit pour la nuit, tout comme Pierre et Nadine. C'est une grande occasion. Catherine est vraiment excitée de retrouver la maison de son enfance. C'est un endroit idéal pour faire la fête. Il n'y a pas de voisins très proches. La maison la plus proche se trouve à plusieurs centaines de mètres, il n'y a donc aucun risque réel de déranger qui que ce soit.

Je suis ravi de voir que Jules et Marianne sont très bien ensemble. Cela suggère certainement que le professeur d'Aurélie lorsqu'elle était à Lyon, Jean-Pierre Baudouin, avait beaucoup de succès. C'est drôle de penser à ce qui aurait pu se passer si Marianne avait eu ce traitement un an plus tôt. Je n'ai certainement aucun regret. Je me sens très chanceux. Aurélie est tout ce que j'ai toujours souhaité. Il semblerait qu'un poste serait créé dans l'école de Provence où Jules enseigne l'histoire. C'est tout à fait dans la rue de Marianne et elle va postuler pour ça. Il y a une autre chose pour laquelle nous devons remercier le professeur Baudouin. Il a proposé qu'Aurélie postule pour le poste à Annecy. Maintenant, les choses qu'il avait prédites commencent à se réaliser. La première coopération entre les hôpitaux d'Annecy et de Saint-Julien-en-Genevois commence à se mettre en place même si le nouvel hôpital de la région d'Annecy en construction à Pringy ne semble être prêt que dans trois ou quatre ans. Grâce à cette clairvoyance du professeur, Aurélie finira par occuper un poste très prestigieux.

Mais de mon point de vue, le clou de la soirée vient quand Aurélie et moi discutons avec un couple lyonnais. L'homme, Roland Bouclier, est un ami de Georges. Il était en fait le patron immédiat de Georges et a récemment été promu numéro 2 auprès du PDG et a hâte de pouvoir effectuer davantage de travail à domicile. Son épouse, Renée, possède une boutique de fleuriste. Ils vivent actuellement à Lyon mais tous deux en ont assez de la grande ville et souhaitent s'installer à la campagne. Renée fait partie de filles triplées très proches mais séparées par une certaine distance à cause de leurs mariages. Renée dit que ce qu'elles aimeraient vraiment, c'est qu'elles vivent toutes les trois côte à côte. C'est dans cette optique qu'elles ont convaincu l'année dernière leurs maris que ce serait une bonne idée d'acheter un terrain entre Pont-Évêque et Estrablin, là où la Vesonne se jette dans la Gère, en vue d'y construire trois maisons, une pour chaque couple. C'était un plan à long terme, mais elle pense que le moment est venu de le faire.

"Mes parents sont devenus un peu fous, je pense, lorsqu'ils ont découvert qu'ils avaient des bébés triplés. Ils nous ont nommés Rémy, Reyne et Renée ce qui n'a fait que semer la confusion depuis. Rémy habite à Chambéry. Son mari vient de prendre sa retraite. Rémy a elle-même abandonné son emploi parce que son arthrite s'est aggravée. Reyne et son mari habitent à Davézieux de l'autre côté du Rhône mais ils travaillent tous les deux à Vienne qui n'est qu'à un quart d'heure de route."

Puis Renée demande à Aurélie "Que fais-tu?"

"Je suis neurologue à l'hôpital d'Annecy" répond-elle, "et Jacques est associé dans une entreprise de bâtiment."

Aurélie m'a mis là sous un bon jour. Je suppose qu'il est vrai que je suis partenaire de PRO mais je me serais quand même appelé électricien si on me l'avait demandé. Ceci, bien entendu, au vu de la conversation précédente, présente un certain intérêt pour les Bouclier. Lorsqu'ils découvrent qu'il est également vrai que Georges et moi sommes les meilleurs amis depuis presque notre naissance, Roland déclare:

"Eh bien, je vais jeter un œil à ce que votre entreprise a fait et obtenir quelques références. Si tout va bien et que le devis est compétitif, j'imagine que les autres seront heureux si nous vous accordons le contrat."

"L'entreprise, c'est Parisel, Rouget et Oudart" je lui dis. "PRO pour faire court."

Il rit. "Intelligent" dit-il. "Cela envoie certainement le bon message. Tu as une carte?"

En fin de compte, nous obtenons ce contrat. Notre société PRO est enfin définitivement solvable. Le carnet de commandes est sain. C'est aussi grâce aux Bouclier que nous allons devenir connus sur un territoire beaucoup plus vaste. Il semble déjà que nous devrons embaucher plusieurs travailleurs supplémentaires. Pierre, Guy et moi nous accordons une modeste augmentation. Je suggère à Guy et Pierre que nous accordons à Roch et François un pourcentage d'augmentation un peu plus élevé que nous et ils sont d'accord.

Le 22 mai 2005, c'est mon 27e anniversaire. C'est un dimanche. Aurélie et moi invitons Catherine et Georges à déjeuner. C'est une belle journée. Notre jardin est encore en gazon brut avec les deux petits arbres sur le côté. Ils produisent un peu d'ombre pour nous quatre. Après le déjeuner, Georges et moi sommes assis le dos aux troncs. Catherine et Aurélie sont allongées avec la tête sur nos genoux. C'est idyllique. Je regarde nos femmes. Elles sont presque identiques. Une idée me vient. C'est peut-être un peu gênant d'exprimer mes pensées, mais depuis Diane, j'ai vu l'avantage de parfois dire ce que l'on pense.

"Catherine" dis-je, "dans des moments comme celui-ci, entends-tu parfois une douce musique de rêve?" Catherine et George me regardent avec étonnement. Aurélie a l'air très inquiet, peut-être même un peu agacé.

"Pas tout à fait" répond Catherine, "mais je vois parfois des formes et des couleurs extraordinaires." L'expression d'Aurélie change en un instant. Elle voit maintenant l'avantage que je sois un peu franc. Maintenant que nous savons tous que Catherine et Aurélie ont toutes deux cette étrange propension, tout le monde peut en parler. Comme c'est bizarre. En quoi les expériences de Catherine et Aurélie diffèrent. Elles n'ont jamais su qu'elles avaient hérité tous les deux de cette - c'était synesthésie? – comment Aurélie l'appelait?

"Je suppose que ce n'est pas surprenant" conclut Aurélie. "Nous sommes très semblables. C'est héréditaire et on dit que toutes les personnes atteintes de cette 'maladie' ont un résultat quelque peu différent. Nos expériences correspondent à ces caractéristiques."

Quand juillet arrive, il fait chaud. Je pense que ce serait sympa pour Georges, Catherine, Aurélie et moi de pique-niquer au 'Balcon au Lac'. Nous pourrions facilement y aller à pied depuis nos maisons, mais je veux le faire avec un peu de classe. Lorsque nous avons tous convenu du jour, je loue un petit bateau. J'achète la nourriture, toute froide, chez Pauvert, dont deux de leurs belles quiches végétariennes (je trouve que la viande attire plus d'insectes lors des pique-niques que les légumes), et avec je prends une bouteille de champagne et beaucoup d'eau. Nous dirigeons le bateau jusqu'au débarcadère rudimentaire en dessous du Balcon au Lac pour le pique-nique. L'endroit à côté du lac où j'étais il y a quelques années quand Jean et Catherine étaient au-dessus de moi. Le pique-nique terminé, nous montons tous au Balcon et nous nous asseyons avec les pieds pendant pardessus le côté du rebord, comme Catherine et moi le faisions quatorze ans auparavant. Il y a à peine assez de place pour que nous quatre pouvons nous asseoir côte à côte, mais c'est ce que nous faisons. Je suis si heureux que si j'étais ma femme, j'entendrais une musique douce et rêveuse d'un autre monde. Mais tout ce que j'entends moi-même c'est le coup de klaxon dur du ferry du lac qui s'approche de Menthon Saint-Bernard.

Eh bien, on ne peut pas tout avoir!